売国

BAI KOKU

真山仁

Jin Mayama

文藝春秋

売国

目次

装幀　多田和博
写真　西井上剛資／セブンフォト／アマナイメージズ

プロローグ

世界の始まりは混沌《カオス》だった。カオスから夜と闇が生まれ、それが交わって光が生まれた――古代ギリシャの叙事詩人ヘーシオドスの「神統記」には、そう記してある。

だが、やがて人類は光にばかり惹かれ、夜と闇を忌むようになる。そして夜をネオンで彩り、闇を人工の光で塗りつぶした。やがて、光さえ満ちていれば繁栄が続くと、愚かにも錯覚してしまった。

夜と闇がなければ、光は輝かない――この真理を我々はいつしか見失っていた。

昭和三〇年――カオスから生まれた光が日本を燦々と照らし始めていた。テレビジョンから流れるニュースは戦後復興の成功を高らかに宣言し、力道山の空手チョップが貧困や敗北感を吹き飛ばした。そして物質的な豊かさが国民の日常に浸透しつつあった。

その年の一月一〇日、橘《たちばな》洋平《ようへい》は〝鎌倉の老人〟に呼ばれた。

〝鎌倉の老人〟は、戦前の満州経営に辣腕を振るった一人だ。敗戦後、A級戦犯に問われたものの、釈放され鎌倉に隠棲している。その影響力は今なお健在で、中央政界のみならず財界や官僚達にも及んでいる。橘は老人の口利きで、昨年秋に通産省に入省した。

「馬子にも衣装とは、よく言ったものだね。すっかり背広姿が板についているじゃないか」

「恐れ入ります」

「通産省の居心地はどうだね」

夕陽の射し込む奥座敷で、差し向かいに座っていた。知りあって既に一〇年近いが、未だに緊張する。膝の上に置いた手に力が籠もった。

「ようやく慣れました。ただ、派閥間の争いが絶えず、一度決まったはずの決定事項がすぐに白紙撤回されるといったような行政の停滞が、頻繁に起きています」

「愚かな。なぜ、日本人はコップの中での競い合いばかり好むんだろうな」

「私のような下っ端が申し上げることではありませんが、情けない限りです」

落陽に染め上げられた障子は燃えるような朱色だが、冷え込みは厳しい。火鉢の暖などないのも同然で、両の拳を握りしめても胴の芯が震える。対する老人は、着物の中で体が泳ぐほど華奢な体にもかかわらず悠然とお茶を啜っている。

老人が新聞の切り抜きを机の上で滑らせた。

「あの男が、また、面白いことを言っている」

記事に見覚えがあったので、誰のことなのか、すぐに分かった。男の肩書きは東京大学の音響工学教授とあるが、戦前は陸軍の戦闘機「隼《はやぶさ》」や防空戦闘機「鍾馗《しょうき》」の開発に携わった飛行機屋だった。それが、今度はロケット産業を振興しようと奮闘しているらしい。

二〇分で太平洋横断、という見出しで始まる記事には、ロケット旅客機なるものを開発すれば東京からサンフランシスコまで二〇分で結ばれるとある。それを一五年以内に実現すると言っているのだ。かなり眉唾ものの話だった。

この男は終戦直後からアメリカに留学し、一年ほど前に帰国した。そしてある日、日本の重工業や電気業界の関係者を経団連に集め、いきなり二時間にわたる大演説をぶったのだ。老人の指示で橘はその講演を聴いている。

近い将来、ロケットの時代が来る。日本は世界に先駆けて、科学技術の全てをロケット開発に注ぎ込むべきだ――。小柄な体のどこからそんなエネルギーが湧いてくるのか、誰もが圧倒される大熱演だった。そこで教授は支援を呼びかけたが、実際に彼の要請に応じた企業は皆無だったらしい。

教授の情熱には敬意を表するが、あまりにも現実性に欠けると呆れたものだ。だが戻って報告すると、老人は目を輝かせて、今後は教授の行動を注視せよと言った。

必ずやこの国を、米国から取り戻すという老人の妄執は、齢七〇を過ぎても衰えを知らない。そして、世界と互格に戦える才能を見つけては、積極的に応援していた。

もっとも、老人は気まぐれで短気な性分で、すぐに成果が出なければ即刻援助を打ち切る。この一件もその後、話題に出なかったのですっかり忘れたものと思っていた。記事は知っていたが、報告しなかったのもそのためだ。

「先週、彼が私に会いに来たんだよ」

「呼んで下さればよかったのに」

「二人きりがいいと判断したんだ。愉快な男だったよ。まさしくあれはサムライだな。国破れて猛者《もさ》あり。ああいう男がいてくれるのは心強い」

あの男なら、怪物のようなこの老人を前にしても熱弁を振るうだろう。

「占領軍を進駐軍と呼び、敗戦を終戦と呼ぶ我が国の欺瞞に心底から憤っていたよ。そして、我々は何がなんでも未踏の分野で世界一を目指さなければならないと言っていた。この男、日本を蘇らせるよ、きっと。とてつもないことをしでかすに違いない」

この頑固一徹の老人を、教授はたった一度で夢中にさせてしまったらしい。だからといって、ロケット旅客機が飛び交う時代が簡単に来るという話までを信用するのは無理がある。

トヨタ自動車が四八馬力の乗用車、トヨペット・クラウンを完成させ、ついに国産車が国際基準に並んだと大騒ぎしていた。とはいえ、キャデラックやリンカーン、ロールスロイスの前では、子供だましのレベルだ。そんな国が、世界を差し置いてロケットで世界一になるなんて。そもそもロケットなんて、誰も見たことがないというのに……。

「ところで、私は前々から生き甲斐を探せと言ってたが、もう見つかったかね」

これからが本題らしい。橘は気を引き締めた。

「肝に銘じております。しかし、一命を賭するほどの使命には、なかなか出会えません」

敗戦という大きな喪失感の中で、老人の言う使命とやらを橘なりに探してはいた。しかし、命を賭してまで守るべきものなど本当にあるのだろうか。

「ならば教授の後方支援を君の生き甲斐にしたまえ」

あんなホラ吹き男を支えよと言うのか……。

「ドン・キホーテだと笑う奴もいるだろうが、どうやら成果が出始めているようだぞ。いずれ星条旗が妨害に入るだろう。それを阻止して欲しい」

まさか。教授一人が奮闘したところで、所詮は蚊が巨人の脛を刺すようなものだ。米国は気づきさえしないだろう。とはいえさすがにそのままは言えなかった。

「年寄りの妄想とでも思ってるのかね。日本というアジアの小国が生き残る唯一の方法は、世界にとって掛け替えのない存在となることだ。日本なしでは世界は立ちゆかない——そんな国にならなければ復活の目はない。宇宙開発には、その可能性がある」

日本なしでは世界が回らないような国になる——その目標は橘の胸に強く響いたものの、それと一命を賭してあのホラ吹き男を支援するというのが合致しなかった。

「私のような者にはお話があまりにも壮大すぎて実感が湧きません」

叱られるのを承知で、疑問を口にした。

電気冷蔵庫、電気洗濯機、テレビジョン——という〝三種の神器〟が主婦の憧れとなり、娯楽や余暇を愉しむ人々が増えはしたものの、未だに公娼が一二万人にも及び、舞鶴港には今なお復員兵が帰国している。敗戦がもたらした荒んだ気分は濃厚に残っており、凶悪な犯罪が続発するなど社会は殺伐としている。世界中から忌み嫌われた極東のこの国を、世界が必要だと思う時代など本当に来るのだろうか。

「世間は、やれ自動車だ、テレビジョンだと囃し立てるが、所詮はアメリカの後追いに過ぎない。やるからには、日本が世界最強になれる産業を興すんだ」

「それが宇宙なのですか。なぜ、自動車や飛行機ではいけないのでしょうか」

老人に意見するなどもってのほかだが、世界一を目指す産業のために人生を捧げろと言われたのだ。納得できないまま引き受けるわけにはいかなかった。

老人は手にしていた火箸で、鉢の際を鋭く叩いたが、言葉は発しなかった。

「もしかしたらトヨタの自動車が、世界の強豪と肩を並べる時がくるかもしれない。だがね、所詮は追随なんだ。圧倒的なトップに君臨し産業界を牽引するリーダーにはなれんよ」

確かにそうかも知れない。

「では、航空機はいかがでしょうか。そもそもあの教授は、戦中から最新鋭の戦闘機の開発に携わってきたんです。軽量ではありますが、我が国の戦闘機は世界に比肩するレベルを持っています」

「しかし、我が国は航空禁止令のために、飛行機開発で遅れをとってしまった」

開発どころか、機体は全て破壊され、工場も閉鎖に追い込まれ、日本国内に航空産業があったという痕跡すら一掃された。航空禁止令は、サンフランシスコ講和条約によって昭和二七年にようやく解除された。

「日本が禁止令に縛られている間に、世界で何が起きたか知っているかね」

飛行機についての知識は浅い。橘はすなおに頭を振った。

「プロペラ機から、ジェット機への大革新だよ。ジェットエンジンとジェット機の機体は、従来のプロペラ機とは思想から異なる。欧米先進国では、既に実用化が始まっている。なのに我が国は、いまだその緒にすらつけていない」

国民の多くは、アメリカが明るい社会をもたらしたと喜んでいる。だが、その一方であの国は、日本が先進国の仲間入りを望むなどと二度と思わぬよう手を打ち尽くしている。

「だからね洋平、宇宙しかないんだ」

「だとしても、私のような下っ端役人に何ができるというのでしょうか」

「すぐに結果を出せとは言わない。糸川を支援し宇宙産業を育てるのだ。そのためにはおまえもあらゆる手段を使ってのし上がれ」

戦後一〇年で橘が学んだのは、何があっても老人の決断に従うということだ。それが自分を生かしてきた。

「不勉強で申し訳ありませんでした。ご期待に添えるよう全身全霊を注ぎます」

「我々の目標が不利益をもたらすと分かれば、アメリカは容赦なく叩き潰そうとするだろう。おまえはアメリカに負けない情報網を構築しろ。そして情報戦には必ず勝て。そうすれば道は自ずと開ける」

「つまり、特務機関をつくれ、と?」

「違うな、デュ・トランブレーになるんだ」

「灰色の枢機卿、ですか」

老人は少しだけ口元を緩めた。笑ったのだろう。

修道士だったフランソワ・ルクレール・デュ・トランブレーは、ルイ一三世の宰相リシュリューの側近を務めていた。修道士網を駆使して諜報活動を行い、当時の政治を操るほどの権力を握った。以来、フランスでは政治の黒幕をそう呼ぶようになった。

「デュ・トランブレーは独自のネットワークで諜報戦を勝ち抜き権力を掌握した。洋平、おまえも同じことをやるんだ。そして国を導くために権力を手に入れろ」

ＧＨＱによる占領は終わっても、日本は未だアメリカの管制下にある。この屈辱を、指をくわえて見ているわけにはいかない。

宇宙開発が日本の切り札になるのかどうか橘には確信などなかった。だがやるしかない。
灰色の枢機卿――。本当にそんなものになれるのだろうか。

＊

それは、世界の宇宙史に残る快挙だった。

無人の火星探査機「あんじん」が、火星の大気圏に突入し、火星特有の砂嵐の中を飛行して塵や砂などを採取したのだ。すなわち、人類史上初めて火星の砂を地球に持ち帰るサンプルリターンに成功したのだ。

月に次ぐ宇宙開発の重要ターゲットと目されている火星には、一九六〇年代から米ソを中心に探査が試みられていた。火星軌道への人工衛星の投入に続き、七六年に米国から打ち上げられたバイキング一号二号が着陸に成功する。しかし、その後も失敗と成功を繰り返し、本格的な地表探査が可能になったのは、二〇一二年に探査ローバー「キュリオシティ」が運用を始めてからだった。

尤もそれらも火星の砂や岩石はもちろん大気すら地球に持ち帰ったことはなかった。

「あんじん」は、宇宙大国である米露欧に先駆けてその偉業を達成したのだ。

「あんじん」の成果はそれだけではない。エアロキャプチャというブレーキ法で「あんじん」の突入速度を制御し、世界を驚かせた。

これは大気圏に突入する際の空気接触を減速に利用するものだが、それは夢物語といわれるほどの技術だった。

各国の宇宙関係者がのけぞる低予算でミッションを達成したこともまた奇跡だった。「程よき貧乏」を標榜し、カネがなければ知恵を出せという伝統が大輪の花を咲かせたのだ。

時の総理は、「科学技術立国ニッポンの面目躍如だ。私たちは宇宙開発という新しい成長産業を手に入れた」と歓喜した。

――ようやく恩師との約束を果たせた。

陰ながら宇宙開発を支援してきた大物議員は、自宅でテレビを見ながら一人涙していた。通産官僚を経て、地元広島から出馬し国会議員に初当選して以来、世界に必要とされる国作りに全力を傾注した。どれほど非難されても原発を推進し、国産自動車の世界市場進出に関するあらゆることを背後から支援した。しかしながら常に気がかりだったのは、宇宙開発だった。

これが日本の切り札になると恩師は太鼓判を押したが、いつまで経ってもまともな成果が上らなかった。冷戦下の米ソの熾烈な開発競争で、アメリカは莫大な予算を惜しげもなく費やし、一番乗りで月面着陸を果たした。日本にそんな財力はない。雀の涙のような予算をどうにかやりくりして、研究者や開発者、そして宇宙工学を学ぶ若者たちが歯を食いしばり頑張ってきた。

経団連も与党の通産族議員も見向きもしない宇宙開発を支えるのは、四面楚歌の苦難だったが、「あんじん」によって遂に報われたのだ。これで少しは予算もつけやすくなるだろう。

同時に、属国扱いしてきたアジアの小国が宇宙開発のライバルとして立ちはだかったことに〝宗主国〟アメリカは激怒しているだろう。本気で妨害してくるのは間違いない。彼らの魔の手からこの虎の子の技術を守る準備を進める必要があった。

なおも成功に沸くテレビのボリュームを絞ると、電話を手にしてかけ慣れた番号をプッシュした。相手は一コールで出た。

「やりましたね！」

相手はすっかり興奮している。

「涙が出たよ」

「先生のご尽力の賜です」

「私は単なる水道屋にすぎん」

カネの流れを良くするためにパイプを掃除し、水源を見つけては枯渇した相手に供給する。それだけの仕事だ。

「そろそろ大掃除をしなければならんな」

「着々と準備は進めています」

相手の声が低くなった。

「三ヶ月後には、作戦《オペレーション》が始動できるように頼むよ」

「畏まりました」

永田町で「ミスター・グレイ」と呼ばれている男はテレビのミュートを解除して、再び歓喜に浸った。

＊

相模原市の通称宇宙センこと宇宙航空研究センターの管制室は、「ハヤブサ」帰還のときよりも興奮していた。寺島光太郎《てらじまこうたろう》教授はひとり壁にもたれて、何度も繰り返される「あんじん」の再突入時の記録映像を見つめていた。

「次は、君の番だね」

声をかけてきたのは、宇宙センの主とも言える萬田《まんだ》名誉教授だった。恰幅の良い体型からは想像できないほど細やかで気配りをする一方で、後輩たちのプロジェクト成功のためなら総理とでも闘うファイターでもあった。

「いやあ、僕はまだまだですよ」

「何を言っている。イプシロンでは『あんじん』サイズは無理なんだ。あんじん２号を種子島から打ち上げるなんて屈辱はごめんだ。より大きく高性能のロケットを頼むよ」

最小限の人員と短時間での準備による打ち上げを可能にした宇宙センの最新鋭ロケット、イプシロンの成功はＮＡＳＡの度肝を抜いた。寺島は「あんじん」プロジェクトにも科学主任として参加し、プロジェクトマネージャーの林原《はやしばら》教授を支えた。

「あんじん」は、イプシロンの前身機であるミューファイブ《Ｍ‐Ｖ》ロケットで大気圏を脱出した。Ｍ‐Ｖは固体燃料ロケットとしては最大規模を誇るが、現在は運用されていない。そうなると宇宙センにはイプシロンしかないのだが、Ｍ‐Ｖより小型化したロケットなので、来年打ち上げが予定されている木星探査機「あんじん２号」は重すぎるのだ。そのため種子島宇宙センターにあるより大型のＨⅡ‐Ａロケットでの打ち上げが決まっていて、これが宇宙センにとっては不名誉な事態なのだ。

日本のロケット開発は複雑だ。一九五〇年代から独自に固体燃料ロケットを開発してきた宇宙センとは別の組織がある。そちらはアメリカの技術供与を受けて開発する液体燃料ロケットが主力なのだ。その代表格がＨⅡ‐Ａロケットだ。

宇宙センと宇宙科学開発事業団というふたつの宇宙開発組織は元々は競い合いながら、それぞれのロケット開発を発展させてきたという関係だった。だが、二〇〇四年に独立行政法人日本宇宙科学開発機構（Japan Aerospace Science Development Agency＝ＪＡＳＤＡ）として統合されたことで、互いの関係が微妙になっている。

宇宙センのロケットであるＭ‐Ⅴの運用が突然、打ち切られたのも、その影響だと言われている。

宇宙センの仲間が精魂込めて作った探査機を、宇宙センの射場である内之浦宇宙空間観測所の発射場から打ち上げられないのは屈辱以外の何物でもない。

「期待しているよ、〝プロジェクトオメガ〟。発想はすこぶる面白いから」

「ベストを尽くします」

それが寺島に返せる精一杯の言葉だった。結果を出すには、予算も人員も足りない。このままでは、運用は夢と終わってしまう。

「程よき貧乏が、ブレイクスルーを生む」という発想は大切だと思う。だが、もはやそれだけでミッションを実現するのは難しい時代に突入してしまった。このジレンマからどう脱するか。新型ロケット設計の前に、こちらの問題解決が先かもしれない。

＊

「あんじん」とは、ふざけた名をつけたものだ。按針とは水先案内人の意味だが、中江《なかえ》信綱《のぶつな》官房長官はこの言葉を聞くと、どうしても、江戸時代徳川家康に仕えたウイリアム・アダムスの日本人名、三浦按針を連想してしまう。

だが、日本人が欧米人をアドバイザーにするなんぞはナンセンスの極みだ。

中国の傲慢、ロシアの増長、そしてアメリカの弱体化を前に、極東の小国として、どう生き残るのか。中江は官房長官として日々、その問題に頭を痛めているというのに、何百億も費やしておもちゃを宇宙に飛ばして何が楽しいのか。

アメリカさんが、その技術を丸ごと欲しいと言ってくれているんだ。熨斗《のし》つけて売り渡してやればいいじゃないか。金も入るし荷物も片付く。けっこうなことじゃないか。

だが、それを「国賊的行為」だの「売国奴」だのと非難する面倒な男が一人いる。

噂では、その男があの火星探査機の影の名付け親だとも聞いている。

一刻も早く叩き潰さなければ。派手な結果が大好きな総理が、本気で「もっと宇宙開発に予算を費やす」などと言い出す前に。

＊

昔気質の男が生きにくい時代になっていた。法務省刑事局の閑職で無聊を託《かこ》つ羽瀬喜一《はせきいち》は、今日古巣から声が掛からなければ、辞表を提出しようと腹を決めていた。

午前中をじりじりした気分で過ごし、昼食も食べる気になれずひたすら待った。午後三時を回って待っているのが苦痛になった頃、ようやく目の前の固定電話が鳴った。

一度で受話器を上げるような、はしたない真似はしない。三度、四度まで我慢して、五度目でようやく受話器を取った。

「はい、法務省刑事局です」

「最高検の山本と申します、羽瀬さんですか」

努めて厳めしく応じたが、思わぬ高所からの連絡に、心拍数が一気に高まった。

「次長検事がお会いしたいと申しているんですが、今からお運び戴けますか」

羽瀬は戸惑いを押し隠して一言「畏まりました」と返し、受話器を置いた。

次長検事だと……。検事総長の補佐役である次長検事を務める小松一平《こまついっぺい》は、羽瀬に検事のいろはを叩き込んでくれた師であり、現役検事で最も尊敬している男だった。

だが、今や雲の上の存在になった小松から呼び出される理由が読めない。これが待ちに待った検察庁復帰の人事連絡とは思えなかった。

椅子の背に掛けた上着を羽織ると、行き先を誰にも告げずに部屋を出た。

最高検察庁は、法務省と同じ中央合同庁舎第六号館A棟にある。長年、検察官として同棟を闊歩してきたが、次長検事室に呼ばれたのは初めてだった。

検察庁の廊下は固い床で、足音がやたらと響く。特捜部に在籍した頃はその音が快感でことさら強くかかとを打ち鳴らしたものだが、今日はやや遠慮気味だった。にもかかわらず、いつも以上に音が耳に響く。

次長検事室からは笑い声が漏れ聞こえていたが、羽瀬は構わずノックした。

「やあ、ご苦労様」

痩身の小松が軽く右手を挙げた。

中央大学法学部出身で叩き上げの検事である小松は、一見すると町役場の職員のような風情だ。趣味が家庭菜園というだけあって、よく日に焼けている。

先客は、知らない顔だった。羽瀬より先に会釈してきて、礼儀正しいが目は笑っていない。そういう職業なのだろうと心に留めた。

「出直しましょうか」

羽瀬はわざと言った。このタイミングで自分が呼ばれたのは、小松がこの男を追い出したかったからに違いない。

「いや、もう話は終わったので、大丈夫です。国松《くにまつ》さん、紹介しておきましょう。私が厚い信頼を寄せている検察官、羽瀬君です。こちらはNSAの国松審議官だ」

NSAと聞いて一瞬、戸惑ったが、総理の肝いりで設立された国家安全保障関係のセクションの略称とすぐに思い出した。

わざわざ部屋の外まで出て審議官を送り出した小松が戻ってきた途端、それまでの柔和な顔が一変した。

「アメリカの犬めが」

小松は吐き捨てるように言い、不快感を隠そうともしない。

「安全保障会議の方ですか」

「その事務方のナンバー2だよ。まったく、とんでもない食わせ者だ。着任のご挨拶だと言いながら、特定秘密保護法違反については、どしどし検挙するように努めて欲しいという総理様のご意向をほのめかしやがった」

法は施行されたが、今のところ実際に逮捕者は出ていない。そもそもどこが取り締まるのかという雛形も曖昧なのだが、検察庁にその役目を押し付けたわけか。

たとえ総理の意向であっても、独任官庁である検察庁の上層部に対して、それを露骨に示すというのは、異例どころか異常だった。

「何を考えているんでしょうか」

「分からんよ。総理としては、法律をつくったものの評判が悪い。そこで、俺たちを悪役にして、実績をつくりたいんじゃないかね。まあ、今の検察庁はそれくらい見下されたということかな」

小松が怒るのも無理はない。法務省にいても、あれこれ官邸から指示が飛んできて、面倒この上ない。時には、法の精神から大きく逸脱したような命もある。

総理はともかく、切れ者で知られる官房長官が総理の暴走を止められないのだろうか。それとも、官房長官も承知の上か……。

地検特捜部勤務が長く、政治家の不正を抉り出す捜査に情熱を注いできた羽瀬からすれば、政治家の傲りや暴走はさして珍しいものではない。問題は、彼らの暴走が法を逸脱した時に、我が方が挑めるかどうかだ。

いずれにしても、検察庁への干渉は許せない。

「それで、何とお答えになったんです」

「日本の国益を損なうような事案があれば、いくらでもやりましょう。ただし我々の判断でやらせてもらうとは言い添えたがね」

小松はそこでタバコをくわえた。

「奴らは、自分たちに楯突く憂国の士を潰したいだけだ。いいかね、羽瀬君。我々の仕事は、国破れて正義ありなんだ。つまらない総理のご意向なんぞ、くそくらえだ」

久しぶりに小松の口癖を聞いた。

国破れて正義あり――。何度聞いても、痺れる言葉だ。

「いっそのこと、さっきの審議官でもパクリますか」

「いいねえ。それなら今すぐやってくれ」

「法務省刑事局の立場では難しいですが」

「それで君を呼んだんだよ」

また、人の良さそうなおっさんの顔つきに戻っている。

「いずれ直接の上司から聞く話だが君に特捜部に戻ってもらいたい。但し、副部長としてだ」

法務省に出向する前に、羽瀬は特捜部副部長を経験していた。いわば出戻りとなるわけで、これは異例の人事だった。落胆が顔に出なければいいのだがと思ったが、小松は見逃さなかった。

「すまんな。私は特捜部長として迎えたかったんだが、人事についてはどうにもならん。これが譲らないんだ」

小松が親指を立てて見せた。つまり検事総長の強い意向が働いたということだろう。

「岩下《いわした》君が就任する」

羽瀬と同期で二歳年下の、上昇志向だけが取り柄の女だ。

「次長、僭越ながら」

「言うな。俺だって腸《はらわた》が煮えくりかえっているんだ。あんな女に特捜部長が務まるか。だがな、上は検察庁のイメージアップに必死で、日本初の女性特捜部長就任という実績づくりにご執心なんだよ」

大阪地検特捜部での証拠改ざんや素人集団である検察審査会による逆転起訴など、検察庁はこのところ恥辱に塗れている。

さらに、政権や政府の意向を汲んだ偏った捜査ばかり行っているとマスコミや市民から糾弾され、国策捜査という言葉が検察庁の形容詞のように用いられている。

過去に経験のない受難の中で、国民に愛される検察庁になりたい、と検事総長が考えるのは致し方ないのかもしれない。

イメージアップのために女性を特捜部長に抜擢というアイディアはよしとしても、岩下希美《のぞみ》では検察官としての能力が低すぎた。自己顕示欲が強く、ろくでもない特捜部長になるのは目に見えている。

「君が副部長として重石になってほしい」

損な役回りだ。成果を上げれば、小生意気な女に持って行かれ、捜査が不首尾に終われば、自分が責任を取らされる。

「酷い人事だが、俺は、東京地検特捜部復権のために君に全権を委ねようと考えている。それを直接伝えたくて君を呼んだ」

なんだって？　小松が何を言おうとしているのか理解した瞬間、声をあげそうになった。

「君があげてきたヤマは、私がどんなことをしてでも前に進めてやる。だから、検察庁に蔓延する閉塞感を破壊するような大疑獄を掘り起こし、結果を出してくれ」

不祥事は、大事件で葬り去れ――。それが検察の掟だった。その使命を、尊敬する次長検事から授かったのだ。自然と背筋が伸びた。

「私が次長検事でいられるのは、長くてあと一年半だ。だから、何とか一年で目処をつけて欲しい」

大物を逮捕するためには、長期にわたる緻密な捜査が必要で、それを一年で遂行するというのは相当な覚悟が必要だった。

「粉骨砕身努力致します」

「期待しているよ。実はその端緒として調べて欲しいものがある」

小松はデスクにあった分厚いファイルを取り上げ、羽瀬に手渡した。

表紙を開いた瞬間、目を見張った。

とんでもない大物がターゲットだった。

「相手にとって不足はないだろう」

「はい」

喉が乾いて、声がかすれていた。

「それともう一つお願いがある。特捜部復権のためには、若手の育成も鍵だ。おまえさんがこれぞと思える若手を二人、この半年で見つけて欲しい。そして、その二人を徹底的に鍛えてこの事件に投入するんだ」

次長検事室を出た瞬間に、武者震いした。

背負った責任の重さのせいではない。

自らの実力を評価してくれた上官に報いたいという高揚感のためだった。

国破れて正義あり――。だが、小松は最後にこう言ったのだ。

正義ありて国甦り――、と。

第一章　秘密の暴露

1

東京地方検察庁公判部の検事、冨永真一《とみながしんいち》は、任官一二年目の秋を迎えていた。同志社大学法学部を卒業後、二年の浪人を経て二〇〇一年に司法試験に合格した。修習第五五期生として、司法修習生を二年務めた後、〇三年に検事に任官された。

東大法学部卒が圧倒的に多い中、同志社大という地方私立大出身の検事というのは、学内で話題になるほど稀だった。しかも、彼の実家は江戸時代から続く京菓子の老舗で、親戚を見渡しても法曹関係者はいない。

任官後は大阪地検を皮切りに、岡山、東京地検刑事部などを経て一二年四月から東京地検公判部の検事を務めている。地検は一部を除き、捜査と取り調べを行う刑事部と、裁判を担当する公判部からなる。冨永は東京地検で主に裁判員裁判の公判を担当していた。

映画やドラマの影響か、刑事裁判をとてもスリリングでドラマチックだと考える人が多い。だが、裁判員制度の施行以降は、ひたすら地味な進行こそが重要になっていた。

犯罪者とはいえ国民を国家の代表として糾弾する責務は重いと冨永は自戒している。刑事部から渡された書類を精読するだけではなく、納得がいくまで精緻性を高める努力を彼は惜しまなかった。

その過程の思わぬところで、人間の生々しい感情が垣間見えることがある。それらを勘案した上で、被告人に対して、どのような求刑をするかを検討する作業は、冨永には充分刺激的だった。

二日酔いのその朝、登庁するなり、冨永は上司である副部長の水野亮介《みずのりょうすけ》に呼ばれた。急ぎ足で固い床を打つ靴音が頭痛を増長させた。

「おはようございます。お呼びですか」

昨夜も遅くまで一緒だったが、水野は元気そうだ。水野は冨永の一〇期先輩で、公判部のキャリアが長いベテランだった。裁判員裁判では、上々の結果を出している。

「やや、二日酔い気味ですが、大丈夫です」

「昨日は、飲んだからなあ」

「久しぶりに、副部長の美声を堪能致しました」

「いや、お陰で今朝、喉が痛かった」

十曲以上もシャウトしたら、喉も痛かろう。

水野は喉のあたりを揉みながらデスクに置かれた記録をこちらに押しやった。A３サイズの厚紙を二つ折りにしたファイルの中から資料が溢れ出ている。表紙に達筆な文字でしたためられた事件名は、マスコミが「あかねちゃん事件」と呼ぶ女児誘拐殺害事件だった。

東京地検内の事件については先入観を極力排除したいので、管轄内の事件に関する記事などには、目を通さないように心がけていた。例えば今朝なら各紙とも、宇宙空間での日米安全保障強化を目指すため、総理が宇宙庁創設を決断という記事が一面だったので、ざっと目を通した。しかし、三日前に渋谷で発見された被害者が、高級官僚夫人だったという記事は無視したのだ。

しかしこのヤマは、世間が大騒ぎしたこともあって、ある程度の概要は知っていた。

いろんな意味で厄介なヤマだ……。

「否認事件だ。しっかり頼む」

日本の裁判では、ほとんどの公判が被告本人が犯行を認めた状態で進められるので、有罪率も高い。だが稀に、最後まで犯行を認めないまま起訴される否認事件というケースがあり、この場合、裁判で有罪を勝ち取るのは、はるかに難しい。

一部のマスコミは「自白の強要が、冤罪の温床」と非難するが、適正な手続で獲得した自白は、有罪を決定づける最重要証拠である。かつて「自白は証拠の女王」と呼ばれたのもそのためだ。自白偏重の取り調べが問題視されても、容疑者を自白に導く検事が「割り屋」と呼ばれ省内では尊敬の対象であることに変わりはなかった。

「確か、逮捕直後に一度自白したんですよね」

「最後の最後で覆したんだ。Ｋ（警察）に嵌められたと言っている」

逮捕されて自白したものの、罰が怖くなって否認する被告は時々いる。しかし冒頭からの完全否認よりは崩しやすい。もっともこういう場合は、公判が始まればマスコミがさらにヒートアップするだろう。

だが、冨永が厄介なヤマだと考える一番の理由は他にあった。未だにあかねちゃんの遺体が発見されていない点だった。殺人罪を構成する最重要証拠である遺体が存在しない。そもそも警察や刑事部は、なぜこんな状態で被告を殺人罪で起訴したのだろう。
遺体亡き殺人――。おそらく弁護側は、あかねちゃんは死んでいないと主張してくるに違いない。

2

もやもやした気持を抱えたまま、八反田遙《はったんだはるか》は自転車に飛び乗った。内之浦ロケット発射場で人と会う約束があった。

自転車をこぎ始めてすぐに、油の差し忘れを後悔した。平坦な道なのにペダルが重い。発射場までは急な坂道がずっと続く。遙は力強くペダルを漕ごうとするが、すぐに息が上がってしまう。レスリングのトレーニングで鍛えぬいた高校時代の体力をもってしても苦手な道だったのに。この調子だと発射場に着く前に体力が尽きて、自転車を押し歩きするはめになる。

そんなげんねこっ（恥ずかしいこと）できるか。

鹿児島大学に入学した直後から大学受験以上に努力して、県の奨学資金資格も得て東京大学大学院工学系研究科航空宇宙工学専攻課程の院試に臨んだのに不合格だった。

鹿児島大の研究室の教授は、「だったら、ウチで研究を続けろよ」と薦めてくれているし、こっちの院試には合格している。

だが、東大の航空宇宙工学に進み、相模原にある宇宙航空研究センター（宇宙セン）で学ぶのが、子供の頃からの夢だった。いや、亡き父との約束だったのだ。

なのに、不合格だなんて……。

失敗の原因は思い当たらない。人一倍勉強したつもりだし、自己採点では手応えがあったのに。秋坂はさらにきつくなり、足に掛かる負荷が急に大きくなった。体勢を変えて立ちこぎした。九月だというのに、今日は夏に逆戻りしたかのような日射しで全身から汗が噴き出してくる。

「東大でないと、ロケットの勉強がでけんの？」と母は言う。宇宙センで学びたいと言うたびにずっと反対し続けてきた母は、鹿大を強く薦める。それが癪だというのもあるが、それ以上に父との約束を果たしたいのだ。

子供の頃から続けていた女子レスリングでの五輪出場の夢も、父は応援してくれていたのに、断念した。日本代表候補に名を連ねた直後に大怪我をして、選手生命を断たれたからだ。それもあってロケット研究の夢だけは何がなんでも諦めたくなかった。

鹿大の研究室は大好きだ。教授も熱心だし、内之浦にも近いので学びのチャンスも少なくない。しかし、工学で最も大切なのは、実験と工夫を何度でも繰り返せる環境だった。本気でロケット開発を学ぶなら、宇宙センしかない。

――そんなに言うなら来年再挑戦してみればいいがね。あんたの人生やっで、納得いくまでやればいい。だけど、お父さんとの約束を果たすためというのはよしなさい。

根負けしたのか、宇宙センへ行くことだけは母は認めてくれたが、浪人してまでこだわるのはさすがに気が引けた。うちはそんなに裕福じゃない。

宇宙なんて諦めて就活にいそしむ方が、正しいのかも知れない――。母を安心させ、妥協点だと思える選択肢が一つだけあった。内之浦の発射場への就職だ。技官見習いとして働かないかと、かつての父の部下が声を掛けてくれていた。

技官は教授や研究員の実験をサポートする技術職だ。宇宙センには達人の技官が何人かいて、彼らが日本の宇宙開発を支えていた。亡き父もそんな一人だった。

博士号を取りロケット打ち上げのプロジェクトマネージャーになるだけが宇宙開発者の道ではない。何より、母と暮らせるのも魅力だった。

「やっぱり、それが一番現実的なのかな」

そう結論した途端に横転しそうになって、気合いを入れ直した。内之浦市街地から発射場まで続く国道には六本の橋がある。それぞれの橋には太陽系惑星の名が付けられ、欄干には過去に打ち上げられた衛星などのオブジェがあしらわれている。

第一の橋、水星橋《マーキュリーブリッジ》からさらに勾配がきつくなる。両脚に強烈な負荷がかかった。鍛え抜いた遙の筋力でも精一杯だった。ハンドルを握る手の甲が汗で光っている。呼吸をしているつもりが、あえぐばかりだ。

「しっかりこがんね！」

掛け声と共に夢中で足を動かしているうちに、ようやく木星橋《ジュピターブリッジ》まで来た。日本初の人工衛星「おおすみ」のオブジェがあるこの橋を渡れば残る橋は二本だ。

汗だくになりながら前進だけを考えて、やっと発射場の門衛所の前に辿り着いた。

「おお、遙。さしかぶい（久しぶり）じゃっどな」

古株の警備員に声を掛けられた。

「斎藤さん、おやっとさあ（お疲れさまです）。ウチん教授《せんせい》と、ここで会う約束をしちょったで」

ゲートを抜けた正面にある銅像の前で自転車から降りた。

遙はこの銅像を見上げては宇宙への夢を叶えるんだと自分に活を入れてきた。腕組みをして彼方を見つめている糸川英夫博士の像だ。いつか糸川先生のような大博士になるのだと、頑張ってきた。いきなり院試でつまずいて夢は一気に遠ざかってしまったが、どんなことでもいいから日本の宇宙科学のお手伝いをしたい――その気持は変わらなかった。

〝人生で最も
大切なものは
逆境と
よき友である
糸川英夫〟

銅像に添えられた碑文だ。何をくよくよしているのだ、と博士に叱られた気がして、自転車を押して事務棟前に駐輪した。坂でへばったせいで既に遅刻だ。遙は猛ダッシュした。

「先生！　お待たせしました！」

事務所の扉を開けて声を張り上げると、二階から「こっちだ」という声が降ってきた。見上げると、担当教授の西田《にしだ》が階段の最上段に立っていた。

「上がっておいで」

西田に招き入れられると、先客がいた。

「あっ、寺島教授《せんせい》！」

宇宙センの寺島光太郎教授だった。宇宙センに行ったら絶対に入りたいと思っていた研究室の主でもあった。

「よお、遙ちゃん、久しぶりだね」

父が内之浦で働いていた頃から、寺島とは面識があった。初めて会った時は、寺島は宇宙センの講師だった。小学生だった遙が学校の水ロケット大会で優勝したと自慢したら、さらに飛翔力のある水ロケットを作ってくれて一緒に飛ばした。だが、今や日本の宇宙輸送工学系のエースとなった寺島は、雲の上の人だった。

「ご無沙汰しています！　まさか、先生にお会いできるとは思いませんでした！」

「そんな肩肘張るなよ。昔のように光太郎ちゃんて呼んでほしいな」

「滅相もないです。そんな古い話は忘れてください」

「八反田、ちょっと落ち着け。とにかく座れ」

遙が遠慮がちにソファの端に腰を下ろすと、汗だくで見るからに暑苦しいと西田にタオルを渡された。

「今、おまえの院試のことで話していたんだ」

したたる汗をタオルで拭いているような状態で、絶対に触れたくない話題だった。

「西田教授、やめて下さいよ。恥を晒したくないです」

「あれほど自信を持って臨んだのに、なぜ落ちたのか。それを、光太郎ちゃんに調べてもらったんだ」

「そんなこと、できるんですか？」

寺島が笑いながら頷いた。水ロケットで遊んでくれた頃と変わらぬ人なつっこい笑顔だ。

「詳しくは言えないが、英語でつまずいたみたいだね。でも、専門科目はとてもよくできていたんだよ」

遙はうつむいてしまった。不合格の原因なんて聞けば聞くほど悔しいだけだ。

「ところで、遙ちゃんの希望は、宇宙センで学ぶことなんだよね」

「はい！　希望は寺島先生の研究室でした」

「知っていると思うけれど、宇宙センは、東大の院生だけが学ぶ場所じゃない。全国の大学からも優秀で意欲的な研究者を募っている。そこで提案があるんだけど、鹿児島大の航空宇宙工学研究科に進んだうえで、宇宙センにこないか」

マジで！

担当教授の方を見ると、嬉しそうに頷いている。

「ウチのムードメーカーを手放すのは残念だが、八反田が望むなら喜んで送り出すつもりだよ」

「本当ですか。本当に、いいんですか!?」

喜びが大きすぎて教授二人を前にしているというのにきちんと話せなかった。

「ただし条件がひとつ。僕の研究室でしっかり勉強すること」

3

自席に戻るなり、冨永は「あかねちゃん事件」の概要を読み始めた。

事件が発生したのは二〇一四年七月一三日、首都圏は朝から激しい雨に見舞われた。午後九時過ぎ、東京都墨田区墨田在住のスーパー店員野間《のま》かすみ（32）から、「娘（あかねちゃん、墨田第一小学校一年、7つ）が夜になっても帰ってこない」という110番通報があった。かすみは四年前に離婚、娘と二人暮らしだった。あかねちゃんは放課後から、午後五時まで、校内の学童保育で過ごしている。その後、同じ地区に住む同小四年の上級生と下校、途中で別れたあとで行方不明になった。

知らせを受けた警視庁向島署や消防署員などが自宅周辺を捜索したが、あかねちゃんは発見されなかった。

周辺の聞き込みで、かすみと交際していた英会話講師井原英明《いはらひであき》（31）が捜査線上に浮かんだ。一三日午後五時半ごろ、かすみの自宅近くのコンビニエンスストアの駐車場で、あかねちゃんを連れた井原が車に乗り込むのを目撃されている。

向島署員の任意による聴取では、「あかねちゃんとは会っていない。その日は秋葉原にいた」と井原は否定しているが、事件当日に彼が秋葉原にいたという証言は得られなかった。

井原には前歴があり、栃木県と埼玉県で、幼女を殺害した容疑で取り調べられている。いずれもが証拠不十分で処分は見送られていたが、両県警は今なお井原に重大な関心を寄せている。

また、事件の一〇日ほど前、近所の児童公園で、井原があかねちゃんを長時間にわたって撮影していたという証言があった。目撃者は「スカートをはいたあかねちゃんを、ジャングルジムの下から撮影していたのを見て、注意した」と言う。

井原は撮影の事実は認めたが、「いずれ彼女の父親になるためのふれあいを図っていた」と答えた。一方、かすみは井原と婚約していたことを認めた。

捜索開始から三日が経過しても、あかねちゃんの行方は摑めなかった。そこで向島署が、井原の自家用車と自宅を任意で捜索したところ、後部座席から微量の血痕と毛髪を発見。鑑定の結果、あかねちゃんのＤＮＡ型と一致した。同署が井原を任意で取り調べた結果、同人が「学童保育が終わった頃を見計らって迎えに行ってやったのに、反抗的な態度を取るあかねちゃんにカッとして、首を絞めた。遺体は、奥多摩山中の渓流の橋の上から捨てた」と自白したため、逮捕した――。

そこまで読んで、冨永はため息をついてしまった。あまりにも取り調べが杜撰すぎた。警察も地検刑事部も、最初から被告を幼児誘拐殺人犯と決めつけている――。

被告が自白を翻して否認したことよりも、被害者であるあかねちゃんの遺体が発見されていないのが問題なのに、そこが抜け落ちていた。

殺人事件の構成要件の大前提は、人が殺された事実の証明だ。簡単に言えば、まず遺体ありきだ。なのに、この事件では遺体がなく、しかも、遺体の捜索は打ち切られている。

過去には遺体未発見のまま殺人罪で起訴し、有罪を勝ち取った例もある。だが、その場合は、殺人を示唆する決定的な物的証拠があった。

しかし、今回の起訴を裏付ける証拠は、とても決定的な物証とは言えない。井原被告の自家用車の後部座席から発見されたあかねちゃんの微量の血痕と毛髪は、ただ、井原の車にあかねちゃんが乗ったことがあるという事実と、そこで微量の血を流したことしか証明できない。

実際、被告はあかねちゃんの母親と婚約しており、あかねちゃんは何度も井原の車に乗っている。また、車中で鼻血を出したことがある――。公判前整理手続のために弁護側から提出された「予定主張記載書面」の中で、母親がそう供述していると記されていた。

公判前整理手続とは、刑事裁判の充実と迅速化を図るために、裁判員制度の開始に備えて二〇〇五年の刑事訴訟法改正で導入されたものだ。裁判官、検察官、弁護人が初公判前に一堂に会して協議し、証拠や争点を絞り込んで審理計画を立てる。原則として、検察は証拠調べを予定している証拠と、弁護人が請求する類型証拠を開示する義務があり、弁護側も検察の主張に対する反論を提示しなければならない。

つまり、裁判の争点は、この手続を通じて明確になる。その結果、公判開始まで重要な証拠や証人を伏せた上で大逆転を狙うようなドラマチックな裁判は、影を潜めることになった。

本件で検察側が決定的な証拠として考えているのが、奥多摩の渓流にかかる一刻橋の土と井原被告の自宅から押収した靴の底から発見された土砂サンプルの一致だった。

これは、井原被告があかねちゃんを殺し、一刻橋から棄てたという自白の信用性を高める重要証拠だ。また、あかねちゃんの名前が書かれたズック靴が橋の下流で発見されたのも、自白を補強していた。

一見すると強力な証拠に見えるが、押収された靴は、事件の二週間前に井原被告が友人と奥多摩へハイキングに行った時に履いていたものだと弁護側は反論している。

さらに、あかねちゃんの靴が発見された事実についても、弁護側は「遺体が発見されていない段階で、あかねちゃんの靴が発見されたことが、殺人事件が起きたという裏付けにはならない」と突っぱねている。

いずれの反論も妥当だった。すべては、あかねちゃんの遺体が見つかっていないためだ。なのに、なぜ捜索をやめたのだ。

捜査本部に任意同行を求められた日に、井原はあっさりと自白している。ところが、勾留三日目に突然否認に転じた。

その理由が不明確なのも大きな疑問だった。

その日は、奥多摩の渓流からあかねちゃんの名前入りのズック靴が発見された日だ。事件当日に履いていた靴だと母親が証言し、決定的な物証となったので、井原被告は怖くなって否認したのではないかと、取り調べた警察官は所感を述べている。

そういう解釈は否定しないが、どうあがいても動かぬ証拠が出てきた場合、人の心理としてはむしろ犯行を認める方向に動くのではないか。何より気になるのが、否認に転じてから、井原被告の態度が一変したことだ。それまではびくびくと怯えていたのに、その日を境に、取調官や検察官に対して太々《ふてぶて》しい態度を取るようになり、脅しても宥《なだ》めても、「自分は無実だ」と譲らなかった。

この変化の理由はなんだろう。

捜査官の所感には、冨永と同様に違和感が書かれていた。それでも結局は、過去にも数件の幼児誘拐殺人の疑惑をすり抜けてきた異常者だからと割り切ったようだ。

気が進まなかったが、井原の聴取を担当した主任検事に会いに行くしかなさそうだった。

4

朝から連続して三本の公判をこなした冨永が東京地検刑事部を訪れたときには、もう日が暮れようとしていた。

開放的で常に人の往来がある公判部と異なり、まるで無人のように静かだった。検事や事務官が取調室と呼ばれる自室に籠もりきりになるのが常の刑事部は、人の気配というものが希薄だ。旧庁舎だった頃は、取り調べの声が漏れ聞こえたそうだが、防音が万全の現庁舎では声はおろか物音一つしない。

あかねちゃん事件の主任検事を務める殿部《とのべ》和輝《かずき》は冨永の三期上で、東大法学部卒、司法試験も一発で合格という立派なキャリアの持ち主だ。要領の良さで出世していくタイプで、法律家としての矜持よりも、上司の思惑に従うことが行動律の第一位らしい。権威主義で傲岸不遜というのは検事にはありがちな気質ではあるが、殿部の場合は検察官としてのセンスが大きく欠けていた。

そもそもなぜ殿部が担当しているのだろう。出世欲が人一倍強いので、派手な事件で名を挙げようと積極的に売り込んだのだろうか。

副部長が事件の難易度と検察官の能力を判断して、担当検事を配点（指名）する。これほど世間を騒がせたにもかかわらず遺体未発見という事件を任されるほど、殿部は上からの覚えがめでたいということか……。

検面調書をはじめ提出された証拠を丹念にチェックすればするほど、精度の粗さが目立ち、明らかに殿部が功を焦っている印象がある。重大事件の起訴に当たっては、次席や検事正だけでなく高検検事長へのお伺いも立てているはずなのに、こんな雑なものが通っているのが不可解だった。

「相済みません。検事は外出されていまして」

殿部を訪ねると、立会事務官が申し訳なさそうに頭を下げた。刑事部の検事は、常に立会事務官と行動を共にする。にもかかわらず事務官が留守番をしているのだから、公務の外出ではない可能性が高い。

「遅くなりそうですか」

「冨永検事とのお約束は承知しています。特に連絡もありませんので、長くはお待たせしないと思いますが」

仕事は山積みだったが待つしかない。事務官は恐縮しながらソファを勧めてくれた。

取調室と呼ばれている個室は、各検事の執務室でもある。被疑者から被害者、証人などを尋問する場所だというのに、殿部の取調室には場違いな装飾品が目につく。じろじろと見てはいけないと思いつつも、つい見入ってしまった。

壁には洒落た絵画が飾られており、その隣には新聞のスクラップが額装されて「山形地検　副知事汚職にメス　独自捜査実る」という見出しが躍っていた。当時三席だった殿部が主任を務めた事件らしい。

その他にも大判のスナップ写真が飾られており、その一枚には、テレビでよく見かける女優と並んで殿部と検事総長が笑顔で収まっていた。

「女性検事が主人公のテレビドラマシリーズがあるんですよ。撮影前に表敬訪問された時のものだそうです」

お茶を出してくれた事務官が、冨永の視線に気づいて説明した。冨永にはその神経が理解できなかった。そこまでして自己を誇示するのは、本人に自信がない証拠だと思う。そして、過去の栄光に縋《すが》る者は、往々にして現状で行き詰まる。

こうはなりたくないものだ。

いきなりドアが勢いよく開いて、殿部が戻って来た。

「やあ、待たせて悪かったね」

そう言いながら殿部がエアコンのリモコンをせわしなく操作すると、急に大量の冷気が降りてきた。

「井原の事件は心配するな。遺体は見つかっていないが、有罪は間違いない。安心しろ、このヤマは世論が味方してくれているんだ。強気でいけ」

持参した風呂敷包みを解こうとした冨永の手が止まった。

「世論が味方しているというのはどういう意味ですか」

「あんな奴は死刑にすればいいって、連日ワイドショーでやってるだろ。今どきの裁判官は世論に弱いんだ。いくら本人が否認しても、十分死刑でやれる」

井原が逮捕された直後から、マスコミは彼を「殺人鬼」と糾弾して、過去の疑惑の掘り起こしに躍起になった。井原は世間から有罪を宣告されたも同然だった。

だからといって裁判所が簡単に井原を有罪にするとは思えない。むしろ法の番人として細心の注意を払い、落ち度のない判決を目指すはずだ。

黙り込んだ冨永の心中など気にする様子もなく、殿部はスマートフォンをいじっている。

「被疑者調べの印象を伺いたいのですが」

ふざけてるのか、といわんばかりの目で睨まれた。

「そんなものは全部供述調書に書いてあるだろうが」

それが使い物にならないから聞いているんだとは言えなかった。

「おっしゃる通りです。しかし取り調べの映像記録を見ると、相当に太々しい井原の態度が気になりましたもので」

「太々しいなんてもんじゃないよ。あれは異常者だ。人をおちょくって楽しんでやがる」

特捜事件や一部の重大事件では、被疑者の検事調べに際して映像記録も残す。当然、井原の取り調べも撮影されていた。それを見る限りでは井原には常軌を逸しているところがある気がした。もっとも異常者というよりも、狡猾な犯罪のプロという印象だった。

「異常者だと感じられたのなら、なぜ精神鑑定をしなかったんですか」

「責任能力は十分ある。そう考えた俺の判断が間違っているといいたいのか」

大間違いです、と返したいのを呑み込んだ。

「ならば、あかねちゃんの遺体捜索を途中でおやめになった理由を教えて下さい」

「俺が止めろといったわけじゃない。単純に時間切れだったんでね。起訴を固めたんだから、俺はそれ以上の継続を求めなかっただけだ」

つまり、警察が勝手にやめたと言いたいのか。

「遺体が見つからない状況で、起訴をお決めになった理由をお聞かせ願えませんか」

「起訴状や検面調書をしっかり読んだのかね」

殿部が仏頂面で睨んできた。

「何度も繰り返し拝読しました」

「なら、ちゃんと書いてあるだろう。井原は、遺体を奥多摩山中の渓流に掛かる一刻橋から投げ捨てたと自白したんだ。その結果、ガイシャのズック靴が見つかった。これは秘密の暴露に当たる」

取り調べの際に、真犯人しか知り得ない事実を被疑者が自白するのを、「秘密の暴露」という。

確かに、一刻橋からあかねちゃんの遺体を捨てたという井原の自白を受けての捜索で、あかねちゃんの名が書かれたズック靴が見つかったのだから、それは、「秘密の暴露」と言えなくもない。だが、見つかったのは遺体ではなく、靴なのだ。それでは有罪の決め手にはならない。

裁判員制度が施行され、その上、検察に対する世論の風当たりが強くなったために、裁判所は、「秘密の暴露」に対して、より厳密性を求めるようになった。取り調べに当たる刑事や検察官が、いかにも自発的に語ったように被疑者を誘導して、決定的な自白を取ることが可能だからだ。つまり冤罪の温床になりがちなのだ。

現在、裁判所が「秘密の暴露」と認めるのは、核心的事実で、かつ取調官が知り得ない事実を被疑者が自白し、その裏付けがとれた場合のみとされている。

たとえ奥多摩の渓流の下流から遺体が発見されても、井原の自白レベルでは、本当に遺体を捨てたのかの迫真性も具体性もないため、核心的事実と言えない。一刻橋から投げ捨てたというだけではなく、頭から捨てたのか、足からなのか、遺棄の状態に関する具体的な証言もほしい。それがあれば、遺体の損傷と証言の照合も可能になる。

これらの細心の注意が、殿部の調書には皆無だった。弁護側はその甘さを指摘し、無罪を勝ち取る突破口にしようとしている。

今からでも遅くないから、最後の最後まで遺体捜索は続けるべきなのだ。

「公判終了のギリギリまで遺体捜索を続けるよう警察に命じるつもりですが、よろしいですよね」

「もしかして君は僕の調書が不満なのか」

「すみません、言葉足らずでした。私は小心者なので不安なんです」

殿部の検面調書や証拠調べが甘いと正直に言えれば、胸もすく。だが、殿部との無用ないさかいは避けておきたい。

「不安だと？　呆れたもんだな。そもそも君のようなデキの悪いのが、なんでこんなデリケートな事件をやるんだね。水野副部長ご自身に担当して欲しいと僕は言ったんだけれどね」

そう言われたら黙るしかなかった。

「まあ、僕に迷惑がかからなければ好きにやってくれていいよ」

「ありがとうございます。それでは、お言葉に甘えます」

本当は、もう少し尋ねたいことがあった。

なぜ、井原が急に自白を翻したのか――。

しかし、これ以上訊いたところで返ってくる答は予想できる。ならば全て自力で確かめる方がよほど安心できる。

5

殿部の部屋を出てすぐに、冨永は事件を指揮した警視庁捜査一課の警部、根津《ねづ》に連絡した。以前も公判維持のための補充捜査を頼んだことがあり、彼とは面識があった。井原が自白を翻した理由が知りたいと告げ、井原を取り調べた刑事に会わせて欲しいと頼んだ。警視庁にとっては既に終わった事件だが、根津は快諾してくれた。

その日のうちに警視庁内で事件の経緯について根津から説明を受けた。もう少し本音を訊きたかったのと、井原を取り調べた刑事が不在だったため、退庁後に、虎ノ門にある行きつけの小料理屋に付き合って欲しいと根津と取調官《とりしらべかん》の中田《なかた》を誘った。

六畳ほどの個室で酒と肴を一通り頼むと、後は構わないでくれと女将に告げた。

「公判維持に万全を期したいので、中田さんの所感をざっくばらんにお話しいただきたいんです」

中田という刑事は人当たりは柔らかいが、警視庁でも伝説的な「落とし」の名人だった。冨永が頭を下げて頼むと、皺に埋もれていた目に力が籠もった。

「冨永検事は具体的には、何をお知りになりたいんです？」

「逮捕三日目に、井原はなぜ自白を翻したんでしょうか」

暫く中田は考え込んだ。空になった猪口を人差し指で叩きながら記憶を辿っているようだ。

「あかねちゃんのズック靴が発見されたと告げた時でした。突然、顔つきが変わったかと思うと、『先ほどまでの話は、なかったことにしてください。僕は、あかねちゃんを殺していません』と言い出したんです」

それ以降、井原は一貫して犯行を否認する。

井原を任意同行で取り調べた際の調書は丁寧かつ克明に記されている。自白のくだりも不自然な点はない。最近の裁判では任意性が重視されるため、刑事が自白を強要したのではなく、井原自らが犯行を語ったとわかるよう細心の注意を払って作成されていた。

それが一転、全面否認となるのだが、中田が手を替え品を替え、井原を何度も追及する様子も記録されている。だが、井原が豹変した理由は見えてこなかった。

「勾留期間中に被疑者が突然自白を翻すというのは、たまにあります。なので、こちらも取り合いませんでした。すると、井原は急に笑い出して、僕の芝居にまんまと騙されたってわけですよと、うそぶいた」

人を食ったような井原の態度は、検察庁での取り調べ記録にも残っていた。常に薄笑いを浮かべ、殿部をからかい続ける井原の姿を映像で見ると、理屈抜きで不愉快になる。殿部が苛立って声を上げたり机を叩いたりすると、「そんなことしたら問題になるんじゃないの、検事さん」と真顔で凄んで見せる様子も記録されていた。

「井原の変化を、どう思われましたか」

「やられた、と思いました」

「中さん、そんな話、初めて聞きますよ」

それまで黙って耳を傾けていた根津が、意外そうな声をあげた。

「奴に侮蔑の眼差しを送られたあの一瞬だけは、確かにやられたと感じました。でもすぐに、単なる強がりに違いないと思い直したんです」

「奴の自白には迫真性があったと思うけどなあ。自白《うた》った瞬間、嗚咽したんですよ。本当に申し訳ない、あかねちゃんに可哀想なことをしたって号泣しやがった。そっちの手応えの方が大きかったんで、否認されても心配しなかったんだ」

根津がまだ納得できない様子で言った。

「その通りですが、冷静に考えると、そんな素直なタマじゃないですよ、あいつは」

「あの涙、俺は本物だと思うけどなあ」

根津は自白の信用性にこだわっているようだが、冨永としては中田の違和感こそ知りたかった。

「私が気になるのは、ズック靴が発見されたのを知った途端に否認している点です。普通なら、動かぬ物証が出て観念するもんですよね」

「なるほど。そのご指摘はもっともです。ですが私には悪あがきとしか思えなかった」

あの自白なら中田がそう考えるのも無理はないか。

悔しそうに空になった猪口を握りしめる中田の代わりに根津が口を開いた。

「あいつの両腕には、誰かに爪で引っかかれたような酷い傷があった。本人は、前夜行きずりで抱いた女が激しくてと言い逃れしていましたが、あれは、あかねちゃんに抵抗されてできた傷だと思います。遺体が見つかれば、爪に井原の皮膚が残っているはずです」

やはり遺体捜索の中止は致命的だな。

「井原が否認したのは、ズック靴が発見されたからじゃないんでしょうか」

「罪が確定して、怖くなったのでは？」

根津の意見を聞くと、切り出しにくかったがそうも言っていられない。

「かなり乱暴な推理なんですが、井原は最初から我々をミスリードするために、任意の取り調べで自白したんじゃないかと思うんです」

「おいおい現実の事件を、安っぽいテレビドラマにしないでくれないか」

詰《なじ》られるのは覚悟の上だった。だが、この二日、資料を読み漁った結果、拭っても拭いきれない疑念が膨らんでいた。

「我々は結局、井原の自白に振り回されているんじゃないでしょうか。だから遺体も発見できない」

刑事二人の顔が不快を示した。

「捜査批判をしているわけではありません。検察側も詰めが甘かった。現状では被害者の靴が見つかっているだけで遺体が見つからず、殺人の発生を決定づける証拠もない。このままでは、井原を殺人で有罪にするのは難しいんです」

井原の弁護人は、かつて地検特捜部長だった大神信介《おおがみしんすけ》だった。政治家追及の責任者を務めたような大物ヤメ検が、快楽殺人犯の可能性すらある幼女誘拐殺人犯の弁護人となるというのは、不可解だった。名を売りたいがためにマスコミが注目する事件を担当する弁護士はいる。だが、大神にはそんな必要はない。

水野に聞いたところ、井原は与党の大物議員秋元治郎の庶子で、秋元が大神に頼み込んだらしいと教えてくれた。

検察官として輝かしい経歴を持つ先輩が、井原のような凶悪犯の弁護人を引き受ける神経が冨永には理解できなかった。

それはともかく、大神なら検察側の穴を容赦なくついてくるだろう。既に公判前手続のための「予定主張記載書面」で、「重要証拠として遺体を提示すべき」だと主張もしている。

彼らは公判前整理手続の席上で、井原の容疑事実を検討する前に、事件性を争う、すなわちこの殺人事件が、本当に起こったのかという点を争うつもりだとも明言している。

なのに、殿部は遺体の捜索を打ち切っている。その上、井原の突然の否認の理由についても中途半端な追及しかしていない。

こんな状況で、百戦錬磨のヤメ検相手に、どうやって闘えというのだ。

「あのズック靴は我々の捜査の目を逸らす囮《おとり》だったと、検事さんは考えているんですか」

根津よりは中田の方がまだ冷静らしく、落ち着いた口調で返してきた。

「あの靴の発見で、全てがおかしくなったように思えるんです。あんな物証が出てきたら、ゴールは間近だと誰でも考えます。それが落とし穴だった」

中田は何度も頷きながら、手帳に書き込みを始めた。

「冨永さんの仮説は面白い。だが、井原は何のためにそんな危ない橋を渡ったんだ」

渋面の根津が話に加わってきた。冨永は一口ビールを飲んで一呼吸置いた。

「津山さんの追及から逃れたかったんじゃないでしょうか」

津山は、幼女誘拐殺害犯として井原を取り調べながら、証拠不十分で立件を諦めた栃木県警本部捜査一課の警部補だった。

井原釈放後も、「絶対にあいつが本ボシだ」と津山は確信していたらしく、井原を執拗にマークした。その執念に苛立った井原は、地元の警察にストーカーの被害届を出している。だが、所轄はまともに取り合わなかった。そこで井原は、実父の秋元代議士に泣きついたそうだ。津山は、県警本部の警務部長から井原の監視をやめるように命ぜられた。その直後、井原は自宅のあった宇都宮市から忽然として、姿を消す。名字を井原に改姓し、墨田区に潜伏したのだ。

井原の行方を捜し続けた津山が数ヶ月後、墨田区で井原を発見する。その時、井原は既に、野間かすみと婚約していた。

津山は、かすみに井原の正体を告げ、今すぐ奴と別れ地元の警察に保護願いを出すように訴えた。だが、かすみは井原にこの件を相談し、「頭のおかしい刑事に濡れ衣を着せられた上に、ずっとストーカーまがいの尾行までされていて困っている」と涙を流す井原を信じた。

その矢先に事件が起きたのだ。

あかねちゃんが行方不明になった直後に、井原が捜査線上に浮かんだのも、釈放後も諦めずに井原を追い続けていた津山が、向島署に通報したことが大きい。

「名字まで変えて逃げ切ったと安心したから、悪い癖が頭をもたげたんでしょう。その矢先、またもや邪魔者が登場した。普通に考えれば、あかねちゃんに手を出すのを控えるはずです。でも、ああいう輩にとっては、逆に彼女への欲望が加速したのでは。それと同時に、二度と自分が疑われないような犯行を計画した」

「幼女を殺して捨ててるんだ。捕まれば死刑かも知れないのに、津山さんから逃れるために殺人を犯したというのかね」

じっと聞いていた根津が我慢ならないように反論してきた。

「いや、あり得ますよ。検事さんの推理は、私が抱いている井原像とぴったり重なる」

根津が呆れるように同僚を見つめたが、中田は構わず続けた。

「あいつはね、自分は特別だと思っているんだ。絶対に有罪になんてならないと確信している。そういう印象を強く持ちました。良心とか罪の意識などと無縁な男です」

井原は大のギャンブル好きだという記録もある。戦略を練って勝負する賭けを好み、麻雀やカード賭博に目がない。暇さえあれば、マカオや済州島にでかけ、カジノに相当額を突っ込んでいるという。中田の意見は、そういう井原のイメージを補強した。

「だとしたら、俺たちはまんまと騙されていたわけですか」

「中田さんは取り調べの際に、『本当は、別の場所に埋めたんじゃないのか』と何度かお訊ねになっていますよね」

「確証があったわけじゃないんです。ただの揺さぶりです」

「その時の井原の反応は、どうでしたか」

中田が記憶を辿るかのように顎に手をあてて考え込んだ。

隣で、根津が面白くなさそうに両の指を鳴らしている。

「特に記憶に残るような反応は見せませんでした」

井原には想定内だったのかもしれない。

「根津さん、図々しいお願いなんですが、もう一度、遺体を捜索してもらえませんか。井原の自白と否認が全て奴の計画だとしたら、有罪を勝ち取るためにもあかねちゃんの遺体は絶対に必要です」

根津が辛そうに唸った。捜索を再開するには、捜査本部の実務責任者として、自らの見込み違いを認めなければならないからだ。将来を嘱望されているであろう根津には大きな失点になるだろう。

「何でしたら、検事が無茶を言っているとおっしゃって下さってもよろしいので」

「いや、冨永さん、そんな無責任な言い訳はしませんよ。井原が異常者であるのと、遺体を見つけられないのは別の話です。途中で諦めてはならなかった。もう一度、大々的に遺体を探します」

その一言を聞いて安堵した。ここで根津に断られたら、絶望的に不利な状況での遺体捜索を余儀無くされるところだった。

人海戦術が求められる捜索は、圧倒的に警察の方が優れている。井原を確実に殺人罪で裁くためには、なんとしてでも遺体を見つけなければ。

「井原の自白が狂言だとして、いったいどこを探せばいいんだろう」

根津は途方に暮れ、中田も考え込んでいる。

「井原の自宅から押収しなかった靴、衣類、それと車――これらの証拠品が手掛かりになるのでは。奴の証言はひとまず無視して、もう一度それぞれの物証を徹底的に調べたいんです」

6

　ＪＲ横浜線淵野辺駅の改札を出るなり遙は方向が分からなくなった。

　宇宙センは、どっちだっけ？

　スマホでグーグルマップを立ち上げた。階段を下り、二番乗り場のバス停に向かったが、閑散としている。時刻表を見ると、出たばかりのようだった。

　歩いても二〇分ほどだと、サイトのアクセスマップにあったのを思い出した。バスのロータリーからまっすぐ南に延びる道を進むことにした。

　道中に児童公園があって、幼児を連れた母親たちがベンチに座って談笑している。このあたりの雰囲気は、鹿児島とさして変わらない。新宿駅の気が遠くなるような人ごみには肝を潰したが、この街でならやっていけそうだ。

　西田教授と寺島教授の計らいで、来春からの修士課程は宇宙センで学ぶことになる。それが正式に決まったと聞いて、遙はいてもたってもいられなくなった。あまりの興奮に見かねた西田教授が「じゃあ、見学に行っておいで。ちょうど来週、僕も東京に出張するから、向こうで会おうか」と提案してくれた。

　鹿児島を正午に出て高速バスで博多へ向かい、そこで午後九時発のドリーム号に乗り込んで新宿駅に到着したのは、翌日の午前十一時過ぎだった。夜行バスではあまり眠れず体はだるかったが、憧れの宇宙センに行けると思うと気持ちだけは元気いっぱいだった。

東京大学の院試の後で宇宙センまで足を伸ばしてみようと思いながら、結局は受験中に世話になった高校時代の友人と東京ディズニーランドに行ってしまった。どうせ合格すれば毎日行けるんだからと、その時は思い込んでいた。不合格になり、これで一生、〝聖地〟には行けないと泣いていた時は、まさか今日みたいな日が来るとは夢にも思わなかった。

共和四丁目の交差点を過ぎたあたりから戸建てばかりの静かな住宅街になり、その先に大きな灰色の建物が見えた。きっとあれが、宇宙センだ。

「いやあ、来たね。わっぜかよ。どげんすっけ。来っしもた」

宇宙航空研究センターの表札が掲げられた正門の前に立つだけで感激した。一人で興奮していると、男性が怪訝な目を向けながら正門をくぐって行った。

ダメだ、完全におのぼりさんになっている。遙は正門の脇に立って西田教授を探した。ここで落ち合う約束だ。だが、それらしき姿はない。

もしやと思いスマートフォンを見ると、西田のメールを受信していた。

〝ちょっと取り込んでいるので、代わりに門田君というD1の学生が迎えに行きます。彼が宇宙センを案内します。そのあとで、一緒にお昼を食べましょう〟

D1ということは博士課程の一年生で、遙の三年上の先輩だ。

「八反田さん？」

声を掛けられて振り向くと、遙よりも小柄で細身の男子学生がポケットに両手を突っ込んで立っていた。

「はい、あの、かどたさんですか」

「もんたです。よろしく。わざわざ鹿児島からようこそ。さすがにレスリングの日本代表は体がごついね」

いきなり肩を摑まれて、遙はまた驚いた。仮にも乙女の体をいきなり触るなんてセクハラだ。知っている相手なら速攻で技をかましてやるのに。

「えと、よろしくお願いします。それと、私は日本代表になったことはありません。高校一年の時に代表候補になったけど怪我をして」

「あんまり細かい話はいいよ。じゃあ、行きますか」

門田が構内を進もうとすると、門衛所から声が掛かった。

「ちょっと、あんた、ちゃんとここで入所手続していってよ」

やっぱり厳しいんだな。

遙は訪問簿に必要事項を書いて、入館バッヂをもらった。

「一応、あれでセキュリティのつもりなんだけどね。実際はザルだよ。『あんじん』人気のお陰で見学者が大勢来るようになったけど、人数もまともに確認しないし、持ち物のチェックもしない」

「何で、そんなことが必要なんですか。ウチの大学なんて出入自由ですけど」

「あのねえ、宇宙開発は国家プロジェクトなんだ。しかも、僕らの研究は世界の最先端を走っている。世界唯一の研究や技術だって少なくないんだよ。そんな情報が漏洩したら大変なことになる」

この人、話が大袈裟だが。

「誰が盗むんですか」

「世界中のライバルだよ」

そんなことも知らないのかと言いたげな目だ。

「世界中って、例えば中国とかですか」

「中国、北朝鮮、ロシア、ベトナム、そして、アメリカ、ヨーロッパもだ」

「んだもしたん」

「なんだ、今のは」

「なんですか」

「『んだからもふたん』だよ。どういう意味だ?」

宇宙センでは絶対に鹿児島弁を使うまいと決めていたのに、やってしまった。

「すみません、〝んだもしたん〟です。地元のことばでマジでっていう感じの、びっくりした時に使うんです」

「さすが薩摩だな。間諜防止目的で方言を考えただけはある」

「何でもよくご存知ですね」

「いいかい、八反田さん。固体燃料ロケットの開発では、宇宙センは世界のトップをひた走っている。それだけじゃない。イオンエンジンや小型衛星技術、さらにはセイル（帆）技術でも他国の追随を許さないんだ。ここはね、宇宙開発の最先端基地だと自覚してほしい」

だが、遙は途中までしか聞いていなかった。いきなり巨大なロケットが視界に飛び込んできたからだ。

「M《エム》‐V《5》だ！」

よほど大声だったらしく、門田が目をむいている。

「ちがう！　M‐V2号機だ」

門田が同じくらいの声量で訂正してきた。M‐Vロケットは、日本の固体燃料ロケットの集大成といわれている。一九八九年に政府が発表した宇宙大綱で、固体燃料ロケットの大型化を目指して開発が始まった日本独自のロケットだ。世界中の宇宙フリークを熱狂させた火星探査機「あんじん」も、このロケットで打ち上げられたのだ。

九七年二月一二日、第一号機であるM‐V1が鹿児島県内之浦から発射された。当時五歳だった遥は、父も開発に携わったそのロケットの打ち上げを固唾を呑んで見守ったのだ。

午後一時五〇分、轟音とオレンジ色の炎と共にロケットは飛翔し、アッという間に小さな点となって消えた。一斉に歓声が上がり、遥は母親に抱きついて大喜びした。この光景は今も鮮明に覚えている。

M‐Vロケット開発の歴史は出足こそ素晴らしかったが、そこから先に試練が待ち構えていた。M‐V2号機では、搭載予定だった衛星の開発が遅れ、その後、ロケット本体も三段目のモーターを伸張する必要があったため、打ち上げられないままで終わった。

こんなところでM‐Vに会えるなんて。父さんが、ほんのこち悔しそうにしちょったんを思い出すわ。遥はたまらずロケットに向かって駆け出していた。

「おい君、勝手にウロウロするなよ」

「すみません。実は、私の父は内之浦で技官をしておりました。Ｍ‐Ｖ２号機の開発のお手伝いもしていたんです」

「えっ、マジで。それってやべえ」

それまではどことなくバカにした素振りを見せていた門田が、この時ばかりは本気で感心してくれた。

「あの、写真撮ってもらってもいいですか。いま撮っとかないと、撮りそこねてしまいそうで」

遙はデジカメを取り出すと、門田に押しつけた。門田は面倒臭そうに片手で撮ろうとした。

「ああ、ちょっと、門田さん！　Ｍ‐Ｖの全長がちゃんと写るようにしてくださいよ」

門田は舌打ちすると数メートル後退して、今度は両手でカメラを構えた。

今、私はロケットの聖地にいる。父が手がけたロケットと繋がった――。

遙はにっこりピースサインをした。

7

警視庁の刑事二人に会った翌日から、遺体の極秘捜索が再開された。既に押収している物証も、科捜研で再調査が行われる。だが、いずれも新たな手掛かりは見つからず、あとは奥多摩一帯を徹底捜索するくらいしか手はなかった。

焦りばかりが募る中、公判前整理手続が始まった。

冨永は補充捜査に時間が掛かっているのを理由に手続開始を引き延ばしていたのだが、それも限界だった。もはや運を天に任せるしかないと、徹夜で準備をして手続に臨んだ。

公判前整理手続は、検察、弁護側双方の争点を明確にするためにある。だが、今回の場合、互いの争点そのものがずれているわけで、この場の主張交換で合致すればよし、できなければ争点の決定は裁判長の判断に委ねられる。但し、主張交換の際には、裁判官は聞き役に徹すると法律で定められていた。大神は、福澤梓《ふくざわあずさ》という元検事の女性弁護士と二人で現れた。彼女とは冨永も面識があり、正義感が強いという印象だった。そんな福澤が、なぜ大神の事務所に所属しているのかが不可解だった。彼女は、冨永と目が合うとさりげなく一礼した。

一方の大神は、メディアを通じて見るよりも迫力を感じた。仕立ての良さそうな三揃えのスーツを身に纏い、全身から傲慢な雰囲気を発散している。よく日に焼けた顔と白い歯が目を惹き、まるで大物俳優のように押し出しがいい。

「君とは初対面かな」

冨永より先に到着していた大神が席を立ち握手を求めてきた。厚みのある手で力強く握りしめられ、冨永は顔をしかめそうになった。

「初めまして、冨永です」

「君は修習何期だ」

法曹関係者が初対面で言及する常套句も、この男が言うと嫌みに聞こえる。

「五十五期です」

「若いなあ。私より二十期も下か。それにしても不思議なのは、私が君の存在を、なぜ今まで知らなかったかだ」

なるほど、こうやって相手を威圧するわけか……。額の生え際に汗が滲むのが分かったが、冨永は精一杯の笑みを浮かべた。

「大先輩のお耳に届くような結果を出していませんから」

「そんな人間が、こんな重大事件を担当して大丈夫か。なあ、梓」

「ご自身では謙遜されていますが、冨永先輩は手強いですよ」

福澤は涼しい顔で答えている。

「ほお、人を褒めない梓がそう言うんだ。心してかかろうか」

冨永は「お手柔らかに」とだけ返して席に着いた。

「なあ、冨永君、遺体もないのに殺人事件というのは、どうなのかね。その上、あかねちゃんが死んでいるという決定的な証拠もないんだ。君だって、無茶な起訴だと思ってるんだろう。悪いことは言わない、公訴を取り消したまえ」

開始早々、大神が爆弾を投げつけてきた。公訴取消を行うためには、東京高検検事長と検事総長の承認が必要なのだ。これを申請するということは、検事生命の終焉を意味する。そんな暴挙をあっさりと言い放つとは、大神の傲慢な態度は度を越えている。

ここで色をなしては相手の思う壺だった。

「私は野間あかねちゃんは亡くなっていると確信しています。それは、提出した証拠請求書をご覧頂ければ明らかです。事件性を争うような真似をなさらず、亡くなったあかねちゃんのためにも、我々の起訴事実を全面的に認めていただきたい。それが、良心を持った人間の判断では」

大神はほんの一瞬だが、顔を歪めた。さしたる実績もない平検事が平然と反論してくるなどとは思ってもいなかったのだろう。

「冨永君、これはまた大きく出たねえ。だが、法廷で争うのは、人間の良心の有無ではない。この程度の証拠で、無辜《むこ》の青年に濡れ衣を着せたいのならば好きにすればいい」

公判では完膚無きまでに叩きのめしてやるよと言いたいらしい。

「では、我々の証拠については、全て同意して戴けますね」

「もちろん全て不同意です」

話にならんと言わんばかりの大袈裟なジェスチャーと共に大神は即答した。

「警察が被告を任意で調べた際、被告は犯行を認めているんです。不同意される意図が分かりかねます」

冨永の反論を大神は鼻で笑った。

「おいおい大丈夫か、検察庁。まず遺体を見つけなさいな。遺体もないのに一九九条の有罪を取るなんて笑止千万だろう。俺の後輩がこんな恥さらしをするなんて情けないよ。冨永君、君もそれは同感のはずだ。公訴取消こそ、良心ってもんだよ」

判事の権堂《ごんどう》が咳払いをした。法廷では礼節を守り厳粛でなければならないと特に厳しく求める判事なだけに、大神の態度は目に余ったのだろう。だが当の本人は、悪びれもせずに肩をすくめた。

「弁護側が事件性を争うというのであれば、なおさらのこと、被告人の員面調書（警察官によって書かれた調書）を証拠として採用するならば、法廷で取調官や被告人に証言してもらおうじゃないですか」

任意取り調べ中の自白を記した調書はどんなことをしてでも証拠として採用してもらわなければならない。冨永はとことん粘るつもりだ。

「時間の無駄だよ。任意で取り調べに応じた時に、刑事に『脅された』と被告人は言っている。そんなものを証拠にできるはずがないだろ。大体、私の反対尋問に取調官が耐えられると思っているのかね」

いちいち嫌みな男だ。

現状では、逮捕に至る自白こそが、検察側の最大の証拠だった。それを排除されたら、先には進めない。

「我々は井原の自白の任意性に絶対的自信を持っています。それを法廷で争うためにも、員面調書が重大な証拠であることには同意されますよね」

「君は勝負師なのか、それとも単なるバカなのか。何度も同じ事を言わせないでくれ。遺体がないのに無実の人間を罪に陥れるような蛮行に、荷担するわけにはいかない。だから、全て不同意だ」

とりつく島もない。ならば法廷で事件を立証するまでだ。弁護側から提出された「予定主張記載書面」のとんでもない主張を攻めることにした。

「先ほどから、大神さんは、我々を愚か者だと何度も詰られていますが、だったら、あかねちゃんが生きているというこの主張はなんですか。あかねちゃんのお母さんの気持ちをお考えになってはどうです」

あかねちゃんは殺されたのではなく別の誰かに誘拐されたと弁護側は主張している。そして、井原被告の逮捕後にあかねちゃんを見たという目撃者を証人として呼ぶというのだ。

「君たちの愚行を決定づける証拠を提出してあげたんだ。証人は二人いる。いずれもが、君らが事件発生日としている日以降に間違いなくあかねちゃんを見たと言っている」

証言は書面で確認しているが、一人は道路の向こう側から見たというもので、もう一件もすれ違いざまの一瞬の目撃だ。こんな曖昧な証言で、あかねちゃんが生きていると主張するのは笑止千万だった。

「こんなものは認められませんよ」

「なぜだね、誘拐された事実を否定する根拠があるのか」

大神は薄ら笑いすら浮かべている。

「誘拐もなにも、私たちはあかねちゃんが殺害されていることに、絶対的な自信を持っています」

「だったら遺体を見つけなさい。あかねちゃんが生きているという目撃証言について、君は母親の心情に言及したが、ならば君はあかねちゃんが死んでいた方が、母親が喜ぶとでも思っているのかね」

やられたと思った。法廷でないのが幸いだったが、軽はずみに死んでるなんて言えば、こんな目に遭うんだぞという大神の警告であるのは間違いない。遺族の感情も充分に慮らなければ。

「弁護側は本筋から逸脱しないように願いますよ」

やりとりにうんざりしたように裁判長の権堂が割って入った。冨永は感謝の意を表すように頷き、弁護側から主張された証拠物に対する異議に話題を変えた。

「被告人が遺体遺棄場所だと自白している一刻橋の土と同成分の土が、被告人所有の靴裏から見つかった点について、事件との関連性に異議が出ていますが、同意しかねます」

大神が大きなため息をついた。代わりに福澤が口を開いた。

「我々が提出した『予定主張記載書面』を精読してくださったのでしょうか」

なるほどボスと同じ挑発的な物言いをするわけか。咎めるように福澤を見てしまったが、彼女はまったく動じる様子もない。

「事件の二週間前、被告人は友人と奥多摩にハイキングに出かけて、一刻橋を通ったと証言しています。土が付着していた靴は、その時に履いていたそうです。すなわち事件との関連性はありません」

だからといって事件と無関係だとは言い切れない。

「押収した靴の土があかねちゃんを殺害遺棄した時のものでないとは言えませんよ」

これ見よがしに大神が鼻で笑った。さらに福澤が何か言おうとするのを、権堂が制した。

「土については事件との関連性を認めます。証拠物として採用します」

証拠に関する判断は、裁判官の専権事項だった。権堂が断を下せば、それ以上の主張は認められなかった。この好機は貴重だ。冨永は、すぐに次の懸案に話を向けた。

「あかねちゃんのズック靴についても、弁護側は本件との関連性に異議を唱えておられますが、靴があかねちゃんのものであるというのは母親が確認しています。関連性は自明では」

これほど明白にあかねちゃんのズック靴であると裏付けているのに、弁護側はこの事実を否定していた。

靴には「のまあかね」という名前がフェルトペンで記されているが、弁護側は文字がかすれて消えかけていた点を指摘して、複数の名前に読めると主張している。さらに、あかねちゃんの靴が、スーパーマーケット等で大量に販売されている廉価物であったために、別人の可能性が高いとも訴えている。

バカげている。そう思うが、丁寧に関連性を主張しなければ、なけなしの証拠までもが潰される。

「我々が異議を唱えている理由は、全て『予定主張記載書面』にしたためてある。検察が提出した程度の証拠で、発見された靴があかねちゃんのものだと主張するのは片腹痛いね」

またもや大神が詭弁を弄してきた。

「大神さんは母親を法廷に呼んで、これはあかねちゃんのものですかと靴を見せて、証言させたいんですね。先ほどは、母親の心情をあれほどまでに忖度《そんたく》されたのに」

本来、相手の挑発に挑発で返すなど愚の骨頂だった。そもそも冨永のやり方ではない。だが、どうにも腹に据えかねて、抑えが利かなくなってしまった。

「だから異議を唱えているんだよ。ズック靴を証拠物から外せば、お母さんを悲しませる必要もなくなる。鬼畜なのは君らの方だろう」

「弁護人は言葉を慎むように」

判事に戒められて、さすがの大神も素直に頭を下げた。

「では、あかねちゃんの自宅に残っている靴を、証拠として新たに提出します。それにも母親が同じ筆跡で娘の名前をフェルトペンで書いていますから。でも、大神さん、ここは大人になって戴きたいですね」

「なら、そうしたまえ。それで、発見された靴があかねちゃんの物だと証明できても、我々は靴とあかねちゃん殺害との関連性については異議を唱えるからな」

何を言ってるんだ。あかねちゃんの遺留品なのだ。事件との関連性は明白じゃないか。

「靴なんてもんじゃなく、まず遺体を証拠物として出してきなさい」

常に検察の最大の弱点をつくという大神の戦術は徹底している。冨永は救いを求めるように裁判長を見た。

権堂はまったく視線を合わせなかったが、「ズック靴については、証拠物として採用します」と認めた。当然の決断にもかかわらず、冨永は安堵のため息を漏らしそうになった。

それからさらに一時間、細部での攻防を行った末に、権堂が争点について言及した。

「双方の主張を伺った上で、本件の争点は、第一に事件性であると判断します。すなわち、野間あかねちゃんが亡くなっているかどうかです。それが仮に証明できた場合、第二の争点として、あかねちゃんを殺したのが被告人かどうかという犯人性について争うことになります。次回はさらに細部について話し合いたいと思います」

大神のような強面にも動じない権堂が裁判長で良かったと、心からそう思って冨永は席を立った。

8

裁判所の会議室の前で、事務官の五十嵐鉄夫《いがらしてつお》が待っていた。公判部検事の場合、刑事部のような専属の立会事務官はいない。チームに一人、捜査の補助や検事のサポート役としての事務官がいるだけだ。五十嵐は五十代後半のベテランで、機転が利き事件勘も良く頼れる存在だった。

彼は、大神らが充分離れるのを見計らって冨永に近づくと、根津が電話を待っていると言った。電話するなり「ちょっとウチまでお運び戴けますか」と根津が勢い込んできた。その声が弾んでいる。

朗報だと察して、その足で五十嵐と共に警視庁捜査一課を訪ねた。刑事部屋の前で待ち構えていた根津は、会うなり科捜研に向かった。

「井原の自宅を改めて捜索して押収した靴から、面白いものが見つかりましたよ」

第一化学科第二化学係の係長を紹介したあとで、根津は言い添えた。

「微量の泥に混じって、ある化学物質が検出されました」

係長がそう言ってデスクトップパソコンを操作すると、手入れの行き届いた革靴の写真とその靴底の写真が浮かび上がった。

「イミダクロプリドという化学物質です」

「何ですか、それは？」

手帳にメモしながら五十嵐が訊ねた。

「農薬成分です。最近は余り使われなくなったようですが、松食い虫駆除に空中散布している地域があるそうです」

つまりハイキング道ではないような山林を歩いた靴というわけか……。だとすれば、今回の捜索で押収した靴こそが遺体遺棄の時に履いていたものかも知れない。

「被告は、靴に異常な愛着を持っていたんですよ」

思いがけない言葉が係長から飛び出した。

「例の一刻橋の靴以外は、全てが本当に丁寧に磨き上げられていました。被告の性格が、よく現れている気がします。中でも、この靴は特別だったんでしょうね」

係長の分析に、根津も興味を持ったようだ。

「靴そのものは雨か何かで革が長時間水に濡れて傷んでいるのですが、徹底的に磨き込まれています。この靴は、余程大事な靴なんですよ、きっと」

「そんな大事な靴なのに、ずぶ濡れになるような状況で履いたというのが引っかかりますね」

思いつきのように呟いたのだが、係長は大いに同感という風に頷いた。

「しかも、山林を歩くときに選ぶ靴ではない。意味深ですな」

特別な思い入れのある靴だから、犯行時に履いたのかも知れない。充分にあり得た。犯罪者は、つまらないことにこだわる習性があるからだ。

「井原はこの靴を履いて凶行に及び、農薬が散布された場所に遺体を隠した可能性が高いと、私は考えています」

根津の推理を、科捜研の係長は否定しなかった。

井原が山林で穴を掘っている光景が脳裏に浮かんだ。いや、それは希望的な想像に過ぎない。

「農薬が付着した時期を、特定出来ますか」

逸《はや》る気持をなだめながら、係長に問うた。

「それは難しいですね。ただ、イミダクロプリドが分解されるのに、約一〇〇日かかるそうです。だとすると、この靴に農薬が付着したのは、今年の五月下旬以降だと考えられます」

「事件前日から数日前まで遡って、関東地方で松食い虫駆除の農薬を撒いた地域があるかどうか調べたんですよ。そしたら、見つけたんです！」

待ちきれないように根津が割り込んできた。彼の興奮が、冨永に伝染した。

「秩父のある地区で事件前日、松食い虫対策の農薬を空中散布したそうです。約一〇キロ四方に撒いたと言っています。広範囲ではありますが、人が立ち入れる場所は限られているでしょう。埼玉県警に応援を要請して、明日から取りかかります。絶対に、あかねちゃんを見つけます」

だが根津の気合いに反して、朗報はもたらされなかった。公開捜索に踏み切り、地元消防団まで巻き込んでの数百人単位の捜索が連日続けられたが、あかねちゃんの遺体は発見されなかった。

結局、遺体未発見のまま十数回に及ぶ公判前手続がおこなわれ、公判日程が決定してしまった。

9

週明けに公判を控えた木曜日、冨永は遺体捜索現場に向かった。朝から激しい雨が降り、フルパワーのワイパーで対抗しても視界が霞んだ。

農薬を散布した松林は、秩父湖の南、手戸沢《てどざわ》地区にあり、県道二七八号線を南下した大洞川《おおぼらがわ》沿いに、あかねちゃん捜索の前線基地が設けられていた。連日、陣頭指揮を執っている根津は目に見えて憔悴していたが、刑事としての矜恃なのか決して指揮をやめようとはしなかった。

この荒天でさすがに捜索は中止されていたが、案の定、広いプレハブの建屋に根津ひとり残っていた。疲労で声も嗄れているらしく、挨拶する根津の発声が聞き取りにくい。

「今晩くらいは気分転換しませんかとお誘いにあがりました。どうです？　一杯やりませんか」

「いや、とてもそんな気分にはなれませんよ。公判、いよいよ来週からなんでしょ。本当に面目なくて」

根津は悔しそうに言うと、膝の上に置いた両手に力を込めて頭を下げた。背後の壁には一帯の白地図が貼られ、ほとんどの面が赤い斜線で塗りつぶされていた。すなわち、結果が出なかったことを意味する。捜索範囲は農薬を撒いたと言われる一〇キロ四方から、更に数キロ拡大して行われているが、徒労に終わっている。

「昨日、秩父説を捨てろと、上から言い渡されました」

成果が一向に出ない現状にしびれを切らした公判部長に呼びつけられて「既にマスコミも騒いでいる。別の場所を探してはどうか」と苦言を呈されていた。根津の苦労を思うと申し訳なかった。

「いや、諦めるのはまだ早い。冨永さん、ここが正念場ですよ」

会う度に、根津は「ここが正念場ですよ」と繰り返している。それは、冨永が毎朝、公判資料を作成する時に自分に言い聞かせている言葉と同じだった。

だが、いくら踏ん張っても朗報はやってこない。

「私もそう思っています。だからこそ、今晩は一息入れましょうよ」

警視庁の捜索班は、秩父市内のビジネスホテルや所轄署の講堂に寝泊まりして現場に通っているのに、根津はほとんど毎日、このプレハブの二階で寝起きしているらしい。護岸工事の際に建てられた現場事務所を居抜きで借りただけなので、夜の冷え込みは相当厳しいはずだ。

「あの日も、こんな雨だったんですよね、きっと」

根津が思いついたように立ち上がって窓に近づいた。隣に並んで立つと、雨の音が激しくなった。川が増水し、真新しい護岸のコンクリートもほぼ濁流に隠れていた。

「私も同じ事を考えていました。こんな激しい雨の中で、あかねちゃんは殺され、どこかに埋められたに違いない。どうして、こんなに必死で探しているのに、見つけられないんでしょう」

「冨永さん、本当に面目ない」

「我々はいったい何を見落としているのでしょうね」

さらに激しさを増す雨に目を凝らしてみたが、視界に入るものはすべてくすんでいる。

「なぜ、井原はここを選んだと思いますか」

自問が声になってこぼれた。

「奴は埼玉に長く暮らしています。土地勘があったのでは」

根津が拳で目をこすりながら答えた。疲労が溜まっているのだろう。

「この場所を選んだ理由を知りたいですよね」

「理由なんてあるんでしょうか」

ここに埋める必然性があったと冨永には思えてならない。だからこれほど捜索しているにもかかわらず遺体を発見できないのだ――。負け惜しみではなく、冷静にそう分析していた。

「ここでなければならない必然が何かあるとは思いませんか」

「そんなこだわりが、あるんでしょうかね」

やはり考えすぎだろうか。この二ヶ月、願望と現実の乖離を痛感するだけで徒労感ばかりが募った。

「井原の居直りぶりからすると、今回の計画には余程の自信があったんでしょう。絶対に見つからないと確信できる場所だったから、このあたりに埋めた」

「絶対ねぇ……」

根津が繰り返した言葉で、冨永に小さな閃きがあった。

「つかぬことを訊きますが、このプレハブは、護岸工事の時に建てられたものだとおっしゃっていましたよね」

根津が凄い顔つきになった。

「ちょっと待ってくださいよ。確かめます」

根津は建屋の隅に駆け出し、段ボール箱を漁りだした。

「工事の連中が、図面なんかを置きっぱなしにしていたんです。そこに確か工期も記されていた。ちくしょう、何でそんな重大なことに気づかなかったんだ！」

事件当日は護岸工事の真っ最中だったのではという可能性に思い当たったのだ。工事現場に遺体を埋めれば、いずれコンクリートが封印してくれる。

「あった！　これだ」

根津がボロボロの図面をテーブルの上に広げた。

「工期は五月一〇日から七月三一日！　つまり、まだ工事中だった！」

思わず窓の外を見つめた。灰色の壁でがっちりと守られた川が目の前にある。

この程度の推理で、護岸のコンクリートをはがすべきなのか。一パーセントでも可能性があれば、そうしたい。だが、そんな大がかりな捜査を今さら上層部が許可するものだろうか――。

10

警視庁と検察庁の両幹部による侃々諤々《かんかんがくがく》の議論の果てに、護岸コンクリートを剝離する許可が下りた。但し、事件発生から三日以内に工事が行われた区域のみに限定された。作業は土曜日から始まり、冨永も現場に足を運んだ。

そして二日後の一二月一日に、野間あかねちゃん殺害に関する公判初日を迎えた。冨永は早朝に出庁して準備に集中した。出がけには公判部長から檄を飛ばされ、裁判所に向かった。

傍聴席は満席だった。五〇倍以上の競争率だったという。検察側、弁護側双方が着席し、被告人が法廷に現れると、法廷内は静まり返った。

いよいよ始まる。捜索は今日も続いているはずだが、果たして世紀の大逆転劇となるのか、それとも検察側の大失態という汚名を残す結果となるのか。もはや運任せだった。

「判事と裁判員が入廷します。一同、起立」

法廷事務官の声と共に冨永は立ち上がった。

裁判員六人は、検察側としては有利とも不利とも言えなかった。女性は三人、年齢も幅広い。ただし顔ぶれを見る限りでは、事実を理解する力がありそうなメンバーで、それがせめてもの安心材料だった。

裁判長が開廷を告げ、冒頭手続が始まった。被告人が起訴された当人であるかを確認する人定質問に始まり、検察官による起訴状朗読という流れだ。そして、裁判長が被告人に対して黙秘権などの権利を告知した上で、罪状認否と呼ばれる被告人による事件に関する陳述機会が与えられた。

証言台に立った井原は、「私はあかねちゃんを殺していません。なぜなら実の娘に思えるほどあの子が大好きだからです。私は警察と検察に濡れ衣を着せられました。どうか、皆さんのご賢明な判断を切望致します」と涙声で裁判員らに訴えた。もちろん、起訴事実については「全面否定し、無罪を主張します」と宣言した。

その後、休憩を挟んで、証拠調べ手続がおこなわれた。

証拠調べ手続は、検察側の冒頭陳述で始まる。冒頭陳述とは、事件の全体像を明確にし、具体的な証拠の裏付けによって被告の罪を特定する、いわば弁護側に対する宣戦布告のようなものだ。公判検事にとっては、論告求刑と並ぶ腕の見せどころといえる。

裁判員制度の導入以降は、検察側が描く印象を裁判員に明確に伝えられるかどうかが判決を大きく左右するようになっただけに、とりわけ重要度が増していた。

この日、冨永はしわひとつないダークスーツとおろしたての白のワイシャツ、そして母校ゆかりのグレイと紺のレジメンタルタイを身につけて臨んだ。

裁判員席の正面に立つと慇懃に一礼してから、目をつけていた初老の紳士に向かって話し始めた。

「大きくなったら看護師になる。そしてママに楽をさせてあげたい――。それが、野間あかねちゃんの夢でした」

そこで言葉を切った。紳士は耐えられないように目を伏せてしまった。法廷前方右手のモニターに映し出された愛らしいあかねちゃんの写真を、冨永は暫く見つめた。裁判員の視線がそこに集ったのを確かめてから続けた。

「しかし、その夢は、歪んだ欲望によって踏みにじられてしまいました。野間あかねちゃんは、既にこの世におりません。被告人の短絡的な欲望に弄ばれた末、命を断たれたのです」

今度は井原の方に視線を向けた。だが、被告は項垂《うなだ》れたままだ。

芝居がかっているのは承知の上だ。遺体が発見されていないために、最重要証拠を持たないまま公判を維持しなければならないのだ。ならば、裁判員の感情に強いインパクトを与えるのが最良だと判断した。

「残念ながら、今なお遺体は発見されておりません。なぜなら、あかねちゃんを殺害した被告人が、隠したためです。この残虐極まりない犯行を、私たちは裁判で明らかにしたいと思います」

そこからはトーンを落として、公訴事実と立証するポイントを簡潔に説明した。

「今なお、数百人規模の警察官や地元の消防団の皆さんが、連日、必死であかねちゃんを探しています。また、本当にあかねちゃんが不憫だと思うのであれば、潔く全ての罪を認め、法廷で洗いざらい告白して欲しいと、私たちは再三にわたり井原被告人にお願いしています」

冨永は被告の真っ正面に立った。そして、俯いている井原が顔を上げるまで、黙って見つめた。耐え難いように、被告は激しくかぶりを振った。こういう扇情的な冒頭陳述は邪道だと思う冨永としては、自己嫌悪しかなかった。

弁護側の冒頭陳述に立ったのは、福澤だった。眩しいほどの純白のスーツを着ている。井原はシロだと体現しているつもりだろうか。

「刑事裁判には二つの重要なルールがあります。まず一点、人を罰するには、決定的かつ被告人の犯行を特定できうる証拠が必要であることです。検察側は、被告人が殺したと主張する野間あかねちゃんの遺体をいまだ見つけていません。にもかかわらず、被告人を殺人で起訴したのです。そして私たちが知る限り、あかねちゃんが死んだという決定的な証拠すら提示されていません」

最初から核心を崩す作戦らしい。福澤の口調は巧みだった。主張すると言うより、裁判員に語りかけるような話し方だ。

「もう一つの重要なルールとは、疑わしきは被告人の利益にという法の精神です。被告人は、警察や検察庁で厳しい取り調べを受けただけではなく、心ないマスコミからも殺人鬼のように糾弾されました。しかし被告人が野間あかねちゃんを殺したという証拠はまったくありません。それどころか、被告人はあかねちゃんのお父さんになるのを楽しみにしていたのです。悲しみに暮れる被告人を、殺人鬼として糾弾する。こんな無慈悲がまかり通るならば、それは国家が無実の人を陥れる暴挙を許すことになります」

言語道断と言わんばかりに憤りながら、福澤は反証を具体的に提示した。

「検察側は、先ほどこの法廷で、被告人に対して侮辱的な態度を取りました。あかねちゃんを殺したと自白しろと言わんばかりに、詰め寄ったのです」

そこでいきなり、福澤はこちらを指さした。

「どうすれば、そんな無神経な態度ができるのでしょうか。無実の人を人殺し呼ばわりする前に、まず検察側は、この事件が殺人事件である証明をしてほしいものです。そして、私たちは信じています。あかねちゃんは、まだ生きている、と」

裁判員の心証をつかむために、芝居がかるのはお互いさまだ——、分かっているのに冨永は暫し動けなかった。遺体という証拠がない限り、何を言っても言いがかりだと退けられるのだという現実を突きつけられた気がした。追及する立場でなければ、福澤の主張に賛同したいくらいだ。だから五十嵐がメモを差し出してきたのにも気づかず、隣に座る新任検事に耳打ちされてようやく走り書きの文字が目に入った。

〝根津警部より、遺体発見との連絡。状態良し。野間あかねちゃんに間違いなし〟

よし！　と思った瞬間、冨永はテーブルを叩いてしまった。

「何ですか、検察官」

権堂が眉間に皺を寄せている。勢い良く立ち上がった足が震えていた。

「失礼しました、裁判長。たった今、あかねちゃんの遺体捜索を続けている捜査本部から連絡があり、埼玉県内で幼児の遺体が発見されたそうです。即刻、休廷を求めます！」

法廷内が騒然となった。記者数人が外に飛び出し、他の傍聴人は口々に何か叫んでいる。冨永は興奮を抑えながら、被告人席を凝視した。井原は俯いたまま首を激しく振るばかりだ。

裁判長が休廷を宣言するとすぐに、検察側、弁護側双方が裁判長の執務室に呼ばれた。

「確かなんだろうね」

普段は能面のような判事が興奮して問うてきた。

「間違いありません。捜査本部の責任者に確認しました。捜索を続けていた埼玉県秩父の川の護岸コンクリートの下から、幼女の遺体が発見されたそうです。遺体の状態が良く、野間あかねちゃんの可能性が高いそうです。今週いっぱい休廷してください」

「結構ですよ。しっかりと調べてもらわないと、公判にも影響するでしょうから」

大神があっさり引き下がったのが意外だった。

「遺体が野間あかねちゃんだった場合、公判の争点は、事件性ではなくなるかと思います。その場合、期日間整理手続を求めます」

期日間整理手続とは、公判中に新たな事実や証拠が判明したことで、裁判の争点や証拠の確定を再度行うための手続をいう。公判前手続と同様に、検察側、弁護側双方が、新証拠を踏まえて主張を変え、それに準じた証拠提出などについて交渉する。

冨永が請求するのを天井を睨みつけながら聞いていた大神は、ひと唸りしてから、「致し方ありません」と返してきた。

権堂は遺体の身元確認を急ぐように指示してから、あかねちゃんと特定された段階で期日間整理手続に入ると宣言した。

同日遅く、冨永自らが野間かすみを連れて、遺体の搬送先である東京大学法医学教室に赴いた。

母親は気丈に遺体を正視し、娘だと確認した。

司法解剖の結果、死因は扼殺で暴行の痕跡も認められた。さらに遺体の爪の間に僅かばかり残っていた皮膚片が井原のＤＮＡと一致した。

これらの事実を証拠として提出した結果、弁護側は無罪主張を取り下げ、代わって被告人の責任能力を争点にすると主張し、精神鑑定を申請した。つまり公判では、犯人性を争わないということであり、事実上、検察側の勝利を意味した。

弁護側、検察側双方の鑑定人によって精神鑑定が行われ、証拠の整理の後に公判は再開された。その後は心配したほどの長丁場にならず、翌年二月に結審した。

裁判員は、井原が興奮状態に陥ると正しい判断力を失うという弁護側の精神鑑定を退け、殺人罪及び死体遺棄罪で有罪の評決を下した。死刑求刑は退けられたが、懲役二〇年は大成果だった。

その翌週、東京地検特捜部への異動を冨永は打診された。検察庁の場合、「打診」とは名ばかりで、異動は拒否できない。

第二章　夢は宇宙

1

一三年前の秋――。

遙は二基の水ロケットを両脇に抱えて、自分の順番を待っていた。空は晴れ渡り西風も止んでいる。桜島の噴煙も今日はまだ少ない方だ。今日は二号機を使うと決めた。

「よし、次の組、準備始め」

六年二組担任の田中先生の号令で、参加者が一斉にロケットを発射台に設置し、空気の注入作業に取りかかった。ペットボトル内の水を空気圧で押し出し、その力を利用してロケットを飛ばすのだ。

手作り水ロケットの飛行距離を競う第七回内之浦第一小学校ウォーターロケット大会も、あと三組を残すばかりとなった。

ほとんどが五、六年生の参加者の中で、四年生でエントリーしているのは遙一人だった。レスリングで鍛えた体格はがっしりしていたが、それでも高学年に混じるとちびっ子だった。

水ロケットを遠くに飛ばすには、できるだけたくさんの空気をペットボトルに注入しなければならない。遙は同学年の男子に負けたことはないが、体格が圧倒的に違う上級生が相手となると、ロケットにも工夫を凝らさなければ勝ち目はなかった。

そこで異なる長所を持つロケットを二基作り、発射時の条件に合う方を勝負機として選ぶ作戦を考えついたのだ。

風のある時はスピンさせて飛ばすと、安定して飛行距離が伸びる。そのために、後部のフィン(翼)に角度をつけて安定を確保すれば、スピンの効果が最大限に得られる。一方、風がない時はフィンを直角にして回転を抑える方が、飛行距離が伸びるのだ。

二号機は、風が弱い時用だった。

田中先生の掛け声と共に、前の組のロケットが勢い良く発射された。「おお」と大きな歓声が上がったのは、六年一組の山村明のロケットが見事に打ち上がったからだ。彼は昨年度のチャンピオンでもある。

「これは記録更新だな」

田中先生が感心しながらメジャーで距離を測っている。

「四一メートル五〇」

「よぉーしっ！」

山村がガッツポーズで喜ぶのを見て、俄然闘志が湧いてきた。

見てろ、あたしはもっとわっぜい(凄い)が。

「じゃあ次の組、行くぞ」

遙は勢い良く立ち上がり、両頬を叩いて気合いを入れた。発射台に愛機をセットすると、渾身の力でロケットに空気を注入した。飛翔距離を決めるのはフィンの形状だけではない。水の量と先端のおもりの重さも重要なポイントだ。実験を繰り返した結果、水の量は三五〇ミリリットルがベストだと分かった。粘土で作るおもりも、何度も実験をして最適の重量を決めた。

「おお、最年少の八反田の登場だな。遙、準備はどうだ」

声を掛けてくれた田中先生に「ばっちり」と大声で返した。心臓が破裂しそうなくらい緊張しているが、闘志は満々だった。

「よし、じゃあ、行くぞ。三、二、一、発射！」

ロケットはものすごい勢いで上昇していく。

「なんだ、あれは。んにゃ、わっぜ（まじ、すげえ）」

男子児童が叫ぶのを遙は満足そうに聞きながら、ロケットに向かって「きばれ（頑張れ）〜、きばれ、きばいやんせ！」と叫んでいた。

二号機は、山村のロケットよりもさらに遠くまで飛んで着地した。

「五八メートル四〇」

「やったっ」

一〇メートル以上も差がついた。嬉しくて嬉しくて、遙は飛び跳ねた。そして、仕事の合間を縫って応援に来てくれた父に向かって手を振った。

突然、「あいつ、ずるしたんだ」と叫ぶ声がした。

声の方を向くと、遙の二号機を手にした山村が叫んでいる。それを見た瞬間、カッと頭に血が上って、遥は駆け出した。

「どこがずるけ。私は、いっぱい実験して工夫したんがよ」

「何が、工夫がよ。おまえ、女のくせになまいきじゃっど」

山村がロケットを壊そうとした。

「何すっと」

無我夢中でタックルを仕掛けた。山村は衝撃で尻餅を着いたが、すぐに立ち上がって反撃してきた。それをかわしながら技をかけると、相手は顔から地面に落ちた。

「わあ、血じゃ。血が出た」

鼻血が出たのに驚いたらしく、山村が泣き出した。

「こら、遥、やめんか」

田中先生に後ろから羽交い締めされて身動きが取れず、遥は悔しくて暴れた。

「あいつが悪《わ》りが。私が一生懸命作ったロケットをずるしたっち。女のくせにじゃっち」

涙が溢れてきた。

「確かに山村が悪い。じゃっどん暴力はいかん。おまえ、こげんこつしちょったら、レスリングの大会に出られなくなっど」

その一言で、遥は抵抗をやめた。黙って地面に転がっていたロケットを拾うと、まだ泣いている六年生に背を向けた。

せっかく勝ったのに、喜びは吹き飛んだ。同級生や見物していた大人たちが励ましてくれたが嬉しくも何ともなかった。

「遙、おめでとう」

発射台のそばにおいてあった一号機を拾い上げた時に父が声を掛けてきた。

「悔しか」

「おまえは立派に六年生を打ち負かしたんだ。喜べばいい」

「あいつ、女の癖に生意気だち言っちょった」

「言いたい奴には、言わしておけ」

父の太い腕が、遙を強く抱きしめてくれた。

「だからって暴力はいけないぞ。いくら酷いことを言われても、手を出しちゃだめだ」

遙が小さく頷いた。

「山村君に謝っておいで」

「何で？　あいつが悪《わ》りが」

「最初に手を出したのは、おまえだろ」

背中を押され、遙は仕方なく山村に近づいた。またやられると思ったのか、彼は田中先生の背後に隠れた。

弱虫の卑怯もんが！　と言うかわりに睨み付けたが、それ以上の抗議は我慢して「突き飛ばして、ごめんなさい」と頭を下げた。

その夜、優勝を盛大に家族で祝ってくれた後、父と一緒に庭に出て夜空を見上げた。星がよく見える夜だった。

「今日は、本当によく頑張ったな」

「でも、もっと遠くに飛ぶて思っちょったが」

父は笑いながら、遙の頭を撫でた。

「お父さんが感心したのは、遙が一等賞を取ったことだけじゃない。そのために努力を惜しまなかったのがえらいと思う」

「だって、努力が大事ってお父さんは、いつも言ってるがね」

「そうだ。遙は目標とした距離に辿りつくまで挑戦を諦めなかった。そして、何度も水の量を足したり減らしたり、おもりを変えたりもした。自分で考えて工夫するのはとてもすごい。でも、何がすごいって、工夫したことを実際に確かめたところだ。頭で考えたことが、本当にできるのかを実験する。それを根気よく続けて、一番良い数値を探していた。それが、父さんには嬉しかったな」

それは父の仕事そのものだった。たとえば燃焼実験と呼ばれる作業では、ロケット燃料の量や配合を微妙に変えて気が遠くなるほど何度も実験を繰り返す。その地道な作業を積み重ねてようやく、ロケットを宇宙に打ち上げるために必要な燃料の最適値がわかるのだ。

父の実験を見学するたびに、微細な工夫や量の調整で結果が大きく変わることに目を丸くしたものだ。

だから、父に負けずに、「最適値」を探そうと思ったのだ。大変だったけれど、父と一緒にくり返した実験の日々は楽しかった。そして結果を出せたのが、何より嬉しかった。

「実験している時、ずっとアヒルの水かきの話を思い出してた」

アヒルは水面を、悠々と進むように見える。けれど、水中の脚は必死で水を掻いている。だから、努力は大事なのだと。レスリングの大会で負けた日の夜に、こうして庭で星を眺めながら、父が教えてくれたのだ。さらに父はもう一言付け足した。

――何より大切なのは、前進だ。一生懸命に水を掻いても、それで進めないようじゃ意味がない。やるからには結果を出せ――と。

「そうか、あの話を覚えていてくれたんだな」

忘れるはずがない。大好きな父が教えてくれたことは、どんなことだって全部覚えている。

「今日は初めて、努力と結果が結びついたど」

「よく頑張ったな」

「じゃっどん、女のくせにとか言われち、腹けた（腹が立った）」

「それでも暴力はいかんぞ、遙」

「でも、あいつの言葉やっで暴力だがね」

父はそれ以上は何も言わず星を見上げた。

東京出身の父は、ロケット打ち上げの技官として内之浦に赴任して母と出会い、この街でずっと暮らすと決めたそうだ。

「あたし、決めたど。いっぱい勉強して博士になっど」

「なんだ、いきなり」

「博士になって、ロケット打ち上ぐっど。女のくせにち言われんごつ、一番《いっぱん》偉い人になっせ、お父さんの火薬で、北極星まで打ち上ぐっ」

地球から見上げる星の中で、ただ一つ動かない北極星が遙は好きだった。

父の話では、北極星は地球から光の速度でも四〇〇年以上かかる場所にあるのだという。そこまで行った宇宙探査機はない。でも、遙は北極星に呼ばれている気がするのだ。

ここまでおいで——。

「レスリングで金メダル取る夢は、どうするんだ」

女子レスリングは近い将来オリンピックの正式種目になると言われている。幼稚園の時からレスリングを習っている遙は、周囲に「あたし、オリンピックで金メダル取っど」と言い続けてきた。

「それも頑張る。じゃっどん、一番やりたいのは、内之浦から自分のロケット飛ばすことじゃっど」

「そうか、じゃあ、しっかり勉強しないとな。楽しみにしているよ。遙がプロジェクトリーダーになってロケットを打ち上げるのを」

絶対にやってみせる。博士になって、北極星までロケットを飛ばすが。

父は、遙がやりたいと言ったことは、いつも応援してくれた。

何でもやってみたらいい。ただし、途中で音を上げるな。それだけ言って、遙にとことん付き合ってくれた。

だから遙は頑張れた。

父がいてくれたら、なんだって頑張れる。

その時の自分の言葉が、父が胸の奥深くに抱えていた傷に触れてしまっていたなんて、知りもしなかった。何より、父があと数年しか生きられないなんて、思ってもみなかった。

2

冨永は大学の同窓会に出席するため京都に向かった。検事に任官してからは、激務に追われてなかなか顔を出せずにいた。今回も随分迷ったのだが、恩師である教授の学長就任祝賀会を兼ねているとあって参加を決めた。

会場は、御所の南東角に近い、寺町通丸太町上ルにある新島会館だった。同志社校友会の寄付金で建てられた施設で、卒業生の親睦を目的に結婚式から同窓会まで広く利用されていた。大学の創設者である新島襄《にいじまじょう》の邸宅に隣接するジョージアンスタイルの会館は、明治時代初期の代表的な洋風建築物といわれる新島襄邸とよく調和していた。

桜の季節にはまだ早いものの古都の空気と風は、季節感のない職場で過ごしている冨永には何よりの癒しだった。

「おお真一、来てくれたか」

受付の芳名帳に記入していると、同期の武藤が声を掛けてきた。京都の呉服商社の四代目で、中学時代から流行に敏感な洒落者だった。

「幹事、ご苦労様。誘ってくれてありがとう」

「事件とか、大丈夫やったんか」

会場に入ると武藤は飲み物を配るボーイから二人分のシャンパングラスを取り、一つを冨永に渡した。

「何とかね。それにしても盛大やな」

旧友の口調に合わせて自然に京都弁が出た。

「まあ、教授《せんせい》の学長就任祝いでもあるからな。僕らが会《お》うたこともないような大先輩まで来てはるわ」

冨永の指導教官である実崎誉教授は、司法試験の受験で世話になった恩師だった。刑罰は、犯罪を規定する法律が適正でなければならないという実体的デュー・プロセスの信奉者であり、政府の刑事政策審議会の委員も務めている。教授の気質からすると退官までは刑法学者としての研究に徹すると思っていただけに、学長就任の報には驚いた。

「早めに挨拶しておこうかな」

「そうしてくれ。教授にとっても、おまえは自慢の学生やからな」

実崎教授のゼミでは、司法試験に合格しても検事の道を選んだ者は数人しかいないので、少なくともお世辞ではないだろう。

「左門《さもん》は？」

誰よりもまず会いたい相手だった。

「ちょっと遅れるゆうてさっき連絡があったわ。京大でひと仕事かたづけてから来るねんて」

近藤《こんどう》左門は幼馴染みで、冨永にとってたった一人の親友と呼べる人物だった。家同士の付き合いがあったので、物心ついた時には左門と遊んでいた。

老舗のお茶屋の御曹司で、しきたりが家族関係までも支配するという似たような境遇にありながら冨永とは対照的に、社交的でお人好しのお節介焼きだった。性格がまったく異なることが互いを引きつけたようで、ノートルダム学院小学校、同志社中学、高校、大学を通じて友情は続いた。彼がいてくれたから内向的な冨永も学校で孤立することはなかった。

　中学生の時には既に法律家になると決めていた冨永は、大学の進学では迷わず法学部を選択した。だが、まさか左門も同じ選択をするとは思わなかった。彼は読書好きの文学青年で、高校時代には自作の小説を読ませてくれたりしたので、てっきり文学部に進むと独り合点していたのだ。

　――学部にこだわりはないんですよ、僕の場合。でもね、真ちゃんみたいな論理的な思考力を身につけたいと思《おも》てたんや。それやったら、法学部がええかなと。

　そして、彼は「性に合わん」と言いながら法律を学んだ。ゼミの選択を迫られる三回生の春、左門はまた冨永と同じ実崎ゼミを選んだ。

　――もしかして、僕に合わせてくれたん？

　思わず訊ねると、「そんなことないと言えば、嘘になるけど。僕、実崎教授《せんせ》は好きなんですよ。あの正義感には痺れる。それにくらべて法哲学の進藤教授は、苦手や。ということで、またご一緒させてもらいます」とあっけらかんと返された。

　そしてさらなるサプライズが待っていた。卒業後は家業を継ぐか、外国の一流ホテルにでも修業に行くものだと思っていたのに、国家公務員試験一種を受けると左門は言い出したのだ。

「親が一番驚く就職先を選んだろうと思いましてな」と言って、見事に一発で合格し文部省に入省したのだ。

　社会人になってからも互いの予定をなんとかやりくりして共に酒を飲んだ。もっとも最近ではそれすら難しくなり、最後に会ったのは三年ほど前だった。

冨永が出席するなら絶対に顔を出すと左門から連絡をもらっていたので期待していたのだが、どうやら相当無理をしてくれていたのか。

冨永は武藤と別れると会場の中央で大勢に囲まれている白髪の老人に近づいた。

「冨永君、久しぶりだね。よく来てくれた」

こちらから声を掛ける前に、教授の方が気づいた。

「すっかり、ご無沙汰しております」

「検事の忙しさは異常だからね。それよりなかなかの活躍じゃないか」

何を指して言われているのか分からず、冨永は曖昧な笑みを浮かべた。

「日々、仕事に押し潰されて窒息しそうですよ。それより教授、学長就任、おめでとうございます」

「似合わないと承知しているのだが、断り切れなくて……。まあ、巡り合わせというやつだね。それはそうと」

笑みを浮かべながら、実崎教授が声をひそめて距離を縮めてきた。

「あかねちゃん事件について聞かせてくれないか。君が大金星をあげたと聞いたぞ」

ご存知だったのか……。

冨永は困惑した。こんな場で披露する話じゃない。どう返そうか迷っていたら、教え子の女性数人が教授を取り囲んだので、冨永はさりげなくその輪から離れた。

「なんや難しそうな顔をして」

懐かしい声と口調に、冨永は嬉しくなって振り向いた。丸顔の近藤左門が立っていた。

「左門、久しぶりやんか」

「ほんまに、ご無沙汰ですな。元気そうやね、真ちゃんは」

「元気やないし。もう、毎朝起きるのが辛いくらいや」

「それは僕もご同様やで。今日は智美《ともみ》ちゃんは？」

「留守番。家族で帰ってくるつもりやったけど、子どもたちの行事が重なってね」

祝い客でごった返す会場の中で、密度の低い場所を探して移動した。

「雅之《まさゆき》君と希実子《きみこ》ちゃんは、いくつにならはった？」

「十歳と五歳や」

「小学校の四年生か。早いなあ」

「そっちは？」

左門夫妻は子宝に恵まれず、三年前に会った時は、不妊治療を受けていると言っていた。それもあって、誕生日やクリスマスなど事あるごとに雅之や希実子にプレゼントを贈ってくれる。

「あきませんな。どうやら僕は種なしカボチャみたいでして、諦めました。どうや、真ちゃん、もう一人、僕らのために生んでくれませんか」

こういう冗談とも本気とも付かないことを左門は真面目くさって言う。

「アホ言うな。夫婦二人っきりというのも、ええもんやって聞くで」

「どうでしょうかねえ。そう言えば、そろそろ異動じゃないんですか」

「四月から、特捜部や」

本来、検事の辞令は口外無用だが、左門なら構わない。むしろいち早く伝えたい相手だ。だが左門は大げさなほど驚いている。

「なんや、そのリアクションは。僕にそんなもん務まるわけないって言いたそうやな」

「ちゃうちゃう、官僚の条件反射や。東京地検特捜部は、霞が関のもんにとっては天敵ですからね」

「お宅は大丈夫でしょ。それに、僕のオフィスかて霞が関やよ」

「せやったね。でも、大出世ですなあ。京菓子屋の真ちゃんが、泣く子も黙る現代の鬼平やなんて」

東京地検特捜部長は「鬼平犯科帳」の主人公である幕府火付盗賊改方の長官、鬼平こと長谷川平蔵に喩えられることが多い。だが、冨永は新任の木っ端役人に過ぎない。そういう左門だって高級官僚には見えない。そもそも、はち切れそうな体を背広に押し込めているより、和装でお茶屋を取り仕切る若旦那の方がよほど似合う。

「物は言いようやな。それで左門の方はまだ、いじめ対策を担当してるんか」

三年前に会った時は、いじめ撲滅を掲げた特設セクションの係長を務めていた。辛いことばかりで気が滅入るとグチっていた。あの時と比べると、今夜の左門はくたびれてはいるものの充足感があるように見える。

「いやいや、あれは一年でクビになりましたわ。今はね、宇宙やってます」

「宇宙って、ロケットか」

「まあ、ロケットというより宇宙開発全般ですね」

「すごいじゃないか」

そう言ってみたものの実際にどんな業務を担当しているのかはすぐにはピンとこない。

「凄いかどうかは分かりませんけど、余りにも門外漢で往生してます」

聞けば、文科省内で宇宙開発やJASDAの長期計画を策定する宇宙委員会の事務方を務めているのだという。

「『あんじん』だっけ、火星まで行って還ってきたんだろ？　雅之が夢中になっている」

もともと小さい頃からロケットや飛行機が好きな子だったが、「あんじん」以来、雅之の宇宙熱はさらに過熱して、この春休みは、相模原の宇宙航空研究センターに行きたいとせがまれていた。

「へえ、真ちゃんでも知ってはるやなんて、『あんじん』は偉大やな。今や総理まで、次の成長産業は宇宙やって大ハリキリしてはるし、本気で宇宙庁を作る気ですわ。おかげで僕ら下っ端はてんてこまいです。それで宇宙委員会は何ぞやというと、要は、衛星や宇宙の探査などを行っているJASDAの事務局みたいな役割です」

少し前の新聞でそんな記事を読んだ気がする。宇宙ロケットはとにかくカネがかかるらしい。機体を再利用することで宇宙旅行の実現を目指したという米国のスペースシャトルも莫大な費用が嵩んだせいで、結局は運用が中止されたはずだ。

「夢のある仕事やんか」

「せやねん。僕はこの夢を絶対守りたいねん」

左門には似合わない強い口調だった。

「真ちゃんは日本の将来ってほんまに大丈夫やろうかって、思うことありませんか」

「確かに、それは感じるなあ。若い後輩たちを見ていても、一見みんな素直でそつがないようだけど単に覇気がないだけなんだよな」

「僕は未来の希望を子ども達に与えたいと思て文科省に入ったんですけど、実際はアホな教育ばっかりでねえ。なんか、機械みたいな人間ばっかりつくっている気がします」

左門にしては辛辣だった。

「そんな深刻な顔せんといてください。霞が関で働いてたら陥りがちなジレンマです。せやけど真ちゃん、宇宙はよろしいで。希望があります。冒険心とか探求心、それにSFの世界みたいな発想がどんどん現実になっていく。素晴らしい可能性や。僕はね、宇宙は日本の最後の希望やないかと思い始めてますねん」

「おまえ、珍しく夢中やな。そんなになったんは二人でスパイごっこしてた時以来ちゃうか？今度、じっくり話聞かせてよ」

左門が本当に嬉しそうに頷いた。

「ぜひ、ゆっくり聞いてほしいな。それはそうと真ちゃんもこれから大変そうやね。特に今は、特捜部に対する世間の目は厳しいし」

「それは幹部が考えたらええ話や。僕ら兵隊は、ただ、目の前の事件を処理すればええねん。それに今度もまた地方転勤を覚悟していた智美は喜んでいるよ」

「真ちゃんのような人が地検特捜部でバリバリ活躍したら、この国も少しはまともになるかもしれません。巨悪を眠らせん――。期待してます」

「やめてや。今どき、巨悪やなんて、どこにおりますねん」

冗談ぽく返したが、左門は笑わなかった。

「いや、今でもおりますよ。僕らのような仕事をしてたら、突然、闇の中から飛び出してきよります。ただ、みんな昔より巧妙になっただけや」

「左門？」

「おっ、教授《せんせ》のスピーチが始まるみたいやないですか。僕らも行きましょか」

一体、今のは何だったのか。一般論を話しているようには思えなかった。もう少し詳しく聞きたかったが同期の友人らに捕まってしまい、きっかけを失ってしまった。二次会に流れる時にでも聞けばいいかと思い深追いしなかった。

だが、宴会が半ばを過ぎた時に、左門に急用の電話が入り、そのまま退席するという。不要だというのを無視して宴会場の外まで見送りに出た。

「おまえ、何か困っていることでもあるんか」

「いやいや、そんなもん、ありませんよ。今日は会えて良かったです。おかげで元気もらいましたわ」

クロークで大きな鞄を受け取りながら左門がやたら明るく振る舞うので、余計に気になった。

「今度、東京で一杯どうや。宇宙の話も聞きたいし」

異動前の異常な忙しさの中にあったが、会うべきだと思った。長いつきあいならではの直感だ。

「ほな、携帯にメールください。いや、スマホにしてもらおうかな。プライベート用にもう一台持ったんよ」

左門は名刺にアドレスを走り書きした。

「僕の心配より、真ちゃんこそ御身お大事にやで。特捜部はきつそうや」

冨永の肩に置いた手に強く力をこめてから、左門は背を向けた。

3

「それにしても遙、なんで、おまえは宇宙飛行士にならんの？」

地元の有志が開いてくれた送別会の席で、レスリングの先輩である勇二が突然聞いてきた。

「そんなこと考えたこともないが」

「なんでね。おまえ、自分でロケット開発して宇宙に行こうって、先日の〝宇宙のつどい〟で子どもたちに言うたが。だったら、まずおまえから、やれや」

宇宙教育や国際交流を目的とする団体である宇宙少年団の恒例イベントの時に司会役を務めた遙は子供たちに向かって確かにそう呼びかけた。

「そんなこつ言ってたら、アブハチ取らずになりますよ」

「おまえなら、やれるって。おまえほどの練習の虫はおらんが。皆が嫌がるトレーニングでも率先してやれる子や。夢はもっとでっかく持って欲しいが」

高一の時に遙が膝を痛めてレスリングを諦めた時も、「おまえなら必ず復活できる。自分に負けるな」と勇二先輩だけが最後まで励ましてくれた。

だが、レスリングを諦めた理由は、膝だけではない。全国大会に出場した時に、己の実力を思い知ったのだ。努力だけでは越えられない相手が大勢いた。それに負けないために猛練習したら、体が悲鳴を上げた。そこが限界だと自覚したのだ。

「こら、勇二、遙が困っとるが。快く見送ってやれ」

コーチが割って入ってきて、なおも納得できなさそうな顔の先輩の頭をこづいた。

だがここ数日、送別の言葉をもらうたびに先輩と同じような疑問を何度となく投げかけられている。

なぜ、ロケットの研究をやるのか。そんなもののどこが楽しいのか。それだけ良い体格をしている上に頭もいいんだから、いっそのこと宇宙飛行士になればいいのに――。

あまりにも多くの人が、宇宙への夢と言えば、宇宙飛行士だと思っているのに驚いた。毛利衛をはじめ多くの日本人宇宙飛行士が、宇宙に飛び立ったのを遙だって知っている。その偉業は素晴らしいが、遙自身は宇宙飛行士に対して一度も憧れを抱かなかった。

その度に、遙は夢を語る。

昔からロケットを宇宙に飛ばすのが夢だった、と。父の夢を叶えたいんだと。それに宇宙ロケットを打ち上げる時の緊張と興奮に勝るものはない――。

おそらく、その衝動は、世界一速いレーシングカーを作りたいと思う人が、F1レーサーになりたいとは思わないのと同じだった。遙は、自分自身が宇宙に飛び出すのではなく、誰も考えなかった宇宙ロケットを創り出したいのだ。

それにロケット工学をやっているというと、時折「女だてらに」という反応をされる。だから、余計にガッツが湧いてくる。

上等じゃが。私が世界一のわっぜかロケットつくって、皆をびっくいい（びっくり）さすっで。

「前から思ってたんですけど、なぜ、種子島と内之浦と二ヶ所も、打ち上げ場があるの？」

鹿児島市役所への就職が決まっているバイト仲間の美奈が訊ねた。

「簡単に言うと、打ち上げるロケットの種類が違《ちご》ど」

種子島宇宙センターは、Ｈ－Ⅱロケットに代表される液体燃料ロケットの発射場だとつけ加えた。

「液体燃料ロケットって？」

「ロケットの燃料に液体燃料を使うロケットのこっよ」

「つまり、ガソリンみたいなもんか」

勇二先輩の理解はある意味正しい。

「実際は、液体水素と液体酸素じゃっどん。で、内之浦の方は燃料が固体やっどです」

簡単に説明したつもりだが、全員ぽかんとしている。

「固体ってのは、火薬です。要するに花火の要領で火薬を固めて、それでロケットを打ち上ぐっとです」

素人相手の説明とはいえ、こんなに単純化すると、門田先輩あたりから「固体ロケットの伝統を軽視しているぞ」と怒られそうだ。でも難解すぎて誰にも興味を持ってもらえないよりはマシじゃないかと思う。

「でも、なんで二種類のロケットを開発するの？」

美奈の疑問は至極当然だと思う。

「それぞれに長所短所があるっどよ」と言って、具体的に説明した。液体燃料は大型ロケットを打ち上げることが可能で、有人ロケットもこのタイプだ。ただし打ち上げには巨大な施設が必要になる。一方の固体燃料は中型のロケット打ち上げが精一杯だが、低予算で済むうえに発射場所を選ばないから可動式の発射台が利用できた。

「で、遙はどっちを作りたいわけ？」

「当然、内之浦で打ち上ぐっちょる固体燃料ロケット」

「固体燃料ロケットっちゅうのは、あの糸川英夫博士が打ち上げたペンシルロケットが原点ってやつだな」

宇宙少年団鹿児島支部のイベントに姪と一緒に参加してくれた勇二先輩が自慢げに言った。

「そうです！　日本が戦後ずっと独自に開発しっきたとよ。鉛筆より少し長いぐらいのちっちゃなロケットに始まり、今やイプシロンロケットを打ち上げるまでになったがよ。その技術のほぼ全ては、相模原の宇宙センで生まれたがよ」

まさに宇宙開発の聖地、それが宇宙センだった。私はそこで学ぶんだ！

気がつくと、完全に自分だけが浮いていた。

「よし、じゃあ、遙がその宇宙センで、わっぜぇロケットを生み出すことに乾杯！」

気をきかせてくれた勇二先輩のかけ声は意味不明だったが誰も気にもせず、全員が威勢良くジョッキを掲げた。

4

これが射場なのか……。遥は、広大な敷地に目を見張った。

手入れの行き届いた芝生の向こうには太平洋が広がっている。海岸線ギリギリにまるでリゾートホテルのような建屋が数棟ほど並び、内之浦とは規模も高さも異なる発射台《ランチャー》が聳《そび》えている。

種子島東南端にある宇宙センターが、「世界一美しいロケット基地」と呼ばれる理由を初めて理解した。

晴れた日なら内之浦からでも種子島が見えるぐらい近いのに、今まで種子島宇宙センターを訪れたことがなかった。射場と言えば、内之浦宇宙空間観測所しかないという遥なりのこだわりがあったのは事実だが、宇宙を目指す者ならもっと早くに見ておくべきだと反省した。

「感想は、いかがかかな？」

寺島教授に訊ねられても、暫し言葉が見つからなかった。

「えっと……映画のセットみたいです。とってもきれいで、何もかもが大きい」

情けない感想だった。せっかく教授直々に見学を誘ってもらったというのに、これじゃまるで小学生だ。だが、絶対に内之浦と比べたくなかった。だから、そうとしか言えなかった。

明日、ＪＡＳＤＡとＮＡＳＡが共同開発した全球降水観測（ＧＰＭ）計画の主衛星の打ち上げがここでおこなわれる。宇宙センの代表として打ち上げに列席する寺島が、鹿児島大の西田教授と遥に声をかけてくれたのだ。

「八反田、もう少し言いようがないのか」

西田に呆れられて、遥は体を小さくするしかできなかった。

「いや西田さん、言い得て妙ですよ。世界一美しい射場なんて言われていますが、僕からしたら大きいだけで無駄が多い」

口調のせいかずいぶん批判めいて聞こえた。

「まあ、かなり負け惜しみが入っているけどね」

「私はやっぱり内之浦の方が射場らしいと思います」

言うまいと決めていた言葉がこぼれてしまった。

「僕も同感だよ。ＮＡＳＡさんはこっちがお気に入りのようだけれどね」

「Ｈｉ！　光太郎！」

大きな声に振り返ると、ＪＡＳＤＡの四駆車から金髪の女性が降りてきた。

「Ｈｉ！　サラ」

寺島は明るく応じて、親しげにハグし合っている。

「西村さん、彼女がジェット推進研究所《JPL》のパートナー、サラ・ジョーンズです」

ＪＰＬと聞いて遥は緊張した。宇宙科学の研究者にとって聖地とも呼ばれているＮＡＳＡの研究機関だ。遥も一度は行ってみたい憧れの場所だった。

寺島が二人を紹介すると、ジョーンズ教授はさっそく話しかけてきた。面と向かって外国人と話す経験がほとんど皆無の遥はすっかり緊張してしまって、英語がろくすっぽ聞き取れなかった。

「八反田、しっかりしろ。専攻は何かと聞かれているぞ」

西田が助け船を出してくれた。遥はしどろもどろになりながら、今年の四月から寺島の下《もと》で宇宙輸送工学を学ぶと伝えた。

「彼女の夢は、誰も考えたことのないロケットを開発して、北極星に探査機を飛ばすことなんだよ」

寺島に言い添えられて、遥はさらに焦った。それは子どもの頃に調子に乗って口走った夢だ。よくそんな話を覚えてくれていたものだ。

「まあ、素敵な夢ね。光太郎の研究室で学べるなんてラッキーじゃないの。期待しているわ」

というような英語をサラが口にした。遥は「ベストを尽くします」と返すのが精一杯だった。

サラの好意でＪＡＳＤＡのバンに乗り込むと、サラと寺島はすぐに早口の英語で話し始めた。

遥はホッとして、車窓を眺めた。

「夏には昼休みにサーフィンを楽しむ職員がいるらしいよ」

西田の話を聞いて、ロケット発射場ではそんな不遜なことはしないで欲しいと思った。その話を聞いて改めて、ここには何かが足りないと思った。それが何かは分からない。でも、内之浦では感じたことのない物足りなさだ。

打ち上げを明日に控え、管制センターは準備に追われて騒然としている。寺島も他にやるべきことがあるだろうに「後学のために」と言って、自ら案内してくれた。

あまりのスケール感にため息とともに見学を終えかけたところで、遥は廊下で激しく怒りをぶちまけている外人に出くわした。

ダブルのスーツを着ている金髪男が怒鳴り散らし、その前でＪＡＳＤＡの制服を着たスタッフが恐縮するように項垂れている。

聞こえる単語だけ拾っただけだが、どうやらアメリカからの来賓がトラブルを起こして、地元住民ともめたようだ。その時の対応が失礼極まりないと怒っている、らしい。

寺島の方を見ると眉間に皺を寄せている。

「教授《せんせい》」

遙が声をかけたが、寺島には聞こえないようで彼らのやりとりを凝視している。金髪男はさらに大きな声を張り上げた。

「無礼を働いた奴に、即刻謝罪させろ。それと、二度とこんなことが起きないように、ご子息に付き人を用意しろ」

そんな無茶なという表情で相手を見上げているＪＡＳＤＡ職員は、「分かりました」とだけ返した。

「なんですか、あれ。嫌な感じですね」

「アメリカの関係者には、種子島くんだりで衛星を打ち上げるなんて無駄以外の何ものでもないと思っている輩がいるんだ。それで打ち上げさせてやる代わりに、宇宙開発支援者への接待の場として使わせろと言うらしい。何しろこの環境の良さだからね。ふざけた話だ。あんな奴らの要求なんて突っぱねればいいんだけど、日本人にはそれができない。でも、僕らは堂々と対等でいるべきなんだ」

まるで寺島自身に言い聞かせているようだった。宇宙開発で世界をリードしたいのであれば、寺島のように毅然としていなければ、いつまで経っても日本は井の中の蛙で終わるのかもしれない。

これからは、苦手な英語をしっかり勉強しよう。

宇宙の夢に近づくためにはやるべきことがいくらでもあった。

第三章　最初の一歩

1

　東京地方検察庁特別捜査部での勤務初日。四月一日午前八時半、冨永は、中央合同庁舎第六号館A棟九階の第二会議室に来るよう命ぜられていた。

　予想外の人事だった。検察官になれば誰もが特捜検事を目指すと世間は思っているようだが、冨永は任官以来、一度も特捜部を希望したことはない。むしろ自分は特捜検事には向いていないと思っていた。それだけにこの異動で何を期待されているのか分かりかねた。

　検察官というエリート集団にとって特捜検事は現場派の頂点で、腕に覚えがある検察官たちの目標でもある。そこに名を連ねたい者は激しい競争を勝ち抜くのは勿論のこと、時に上司に取り入るような器用な処世術も必要だった。だが冨永にはそういう願望がなかった。

　もちろん捜査や公判という検察官の仕事に、それなりの自負や自信は冨永にもあった。だが、強権力を発動してでも巨悪を駆逐するという思想が馴染めなかった。

　出自のせいかも知れないとも思う。京菓子司という老舗のしきたりが嫌で、家業に背を向けて突っ張ってきたと言っても、所詮はボンボン育ちだと自覚している。独自捜査で結果を出している同期や先輩検事の中にあるギラギラした闘争心を持ち合わせていないのも、そこに一因があると思う。

検事は独任官庁という発想で、事件を担当した検事が自己完結するように求められている。そのスタンスを愚直に遂行するというのが冨永の理想だった。自分自身が納得するまで、徹底的に事件を追えるのが検事の魅力なのだ。マイペースが許されるスタイルが性に合っていた。

だが特捜部だけはまったく別物だった。一つの事件に大勢の検事を充て、時に競わせてでも立件を目指すという独特の文化がある。

辞令を受けた直後、公判部副部長の水野に理由を尋ねたが「俺が聞きたいよ」と返された。水野は同じく四月一日付で、仙台高検検事に異動になる。本人は法務省を希望していたのに叶わなかったらしく不満そうだった。高等検察庁勤務はいかにもエリートコースに見えるが、裁判で必勝が求められ、日々プレッシャーがかかる割に、実は注目度が低いポジションだった。

不本意な異動でもやもやしている夫を見かねたのか、智美が「ドラマとかでよくやってる部署でしょ？　かっこいいじゃない。じゃんじゃん悪い政治家をやっつけてよ」と励ましてくれた。妻の前向きな意見を受け入れて、冨永は腹をくくった。

新年度初日ということもあるのだろう。まだ、午前八時過ぎにもかかわらず、エレベーターホールは人だかりができている。低層階用エレベーターに乗り込んだが、互いに背中と胸が密着するほどの混雑だった。その中に、同期の女性検事がいた。他の同乗者の目が気になって何となく声を掛けるのが憚られ、お互い黙って会釈をするだけに止めた。

ネクタイを締め直し、九階で降りようとすると彼女も続いた。

「もしかして、冨永先輩も今日から九階っすか」

藤山《ふじやま》あゆみは同期だが、ストレートで司法試験に合格しているので実際は二歳年下なので冨永を先輩と呼ぶ。

「藤山さんも？」

「そう。何で私のようながさつ者が呼ばれたか、チョー不思議なんですが」

本人はそう言っているが、藤山は屈指の逸材という評判だ。慶大法学部出身とはいえ東大法学部出身者に負けないくらい優秀で、確か前職は米国日本大使館勤務だったはずだ。

小柄で華奢な体格からは想像出来ないほどエネルギッシュで、瞬発力にも優れていた。わざと砕けた言葉を連発するのだが、実際は米国大使まで務めた外務省高官の令嬢だと聞いている。

「いやあ、よかったあ。特捜のあくの強いオッサンどもにいたぶられたらどうしようって不安で不安で。でも、冨永先輩が一緒だったらチョー安心っす」

「当てにしてもらっては困るな。僕の方こそ異動の理由がわからないんだから」

「そりゃあ、あかねちゃん事件で大活躍したんですから、当然っしょ。とにかくよろしくお願いします」

藤山が右手を差し伸べてきた。彼女が一緒と知って、ちょっと気が楽になった。

藤山と連れだって副部長室の扉をノックすると、即座に太い声が「入れ」と返ってきた。

部屋では白髪頭をクルーカットにした体のがっしりした男がデスクで書類を睨んでいる。強者揃いの特捜検事の中でも、泣く子も黙る鬼検事と噂されている羽瀬喜一だ。

「本日付で、特捜部勤務を命ぜられました冨永真一です」

思わず声を張り上げた。

「同じく藤山あゆみです」

さすがの藤山も緊張気味だ。

デスクの前まで来いと命ぜられた。

「なぜ、おまえら二人が呼ばれたか分かるか」

そう言いながらも羽瀬は文書を読み続けている。

「分かりかねます」と冨永が返すと、藤山も頷いた。

「藤山はどうだ？」

そこではじめて羽瀬が顔を上げた。被疑者が汗を流して自白したという伝説もウソではなさそうな眼力だ。

「分かりかねます」

「考えろ」

「では、思い切って申し上げますと、副部長が我々二人に期待されている証ではと」

藤山が答えると、豪快に笑い飛ばされた。

「そんな訳がないだろ。アメリカで少しは鼻をへし折られてきたかと思ったが、相変わらずおまえは傲慢だな」

藤山は舌を出して肩をすくめた。藤山と羽瀬は面識があるようだ。

「私はともかく、冨永検事は副部長のお好みではないでしょうか」

羽瀬が品定めをするように冨永を見た。

「私には分かりかねます。ご期待に添うように粉骨砕身努力致します」

普段は口にしない言葉が出てしまった。

「努力だけじゃダメだな。結果が欲しい」

頷くしかない。

「俺がおまえらを選んだのは、ここの腐った体質に毒されていないからだ」

いきなり何を言い出すんだ、この人は。

「特捜部がこれ以上バカにされるのは、我慢できない。そこで、おまえら二人に強い特捜復権のために命を張ってもらいたいと考えている」

命を張れとはまた大ゲサな。この旧態依然とした考えの方が、特捜部を退廃させたんじゃないのか。

「何か意見があるのか、冨永」

「いえ、ありません。ベストを尽くします」

「副部長、私は冨永検事とは違うタイプですから。強い特捜復権を期待されても無理です」

「謙遜すんな、藤山。おまえはがさつだが腕は一流だ。しかも割り屋としての評価も抜群だ」

「お誉めにあずかり光栄ですが、割り屋は今どき必要とされていません」

検察では昔から、自白を引き出す練達《れんたつ》を〝割り屋〟と呼び、高く評価されてきた。だが、〝割り屋〟と呼ばれたくて強引な取り調べをした挙げ句、証拠固めも不十分な状況で、被疑者に自白を強要したり、調書を改竄《かいざん》する者も現れるようになった。そのため〝割り屋〟という言葉は、現場ではもはやタブーとなりつつある。

いきなり羽瀬の分厚い手がデスクを叩いた。

「でっち上げの調書を巻くようなできそこないを、俺は割り屋とは呼ばんよ。事件の核心をつく〝調べ〟をした上で、被疑者を完落ちさせるプロをそう呼ぶんだ」

確かに藤山の訊問は独特で、先輩検事がいくら詰めても埒が明かない完黙の被疑者を、これまでに何人も落としていると聞く。

「俺が欲しいのは本物のプロだけだ。そしておまえ達の仕事ぶりを調べた上で、選んだ」

羽瀬の言葉をどこまで信用していいのだろうか。

「なんだ、その迷惑そうな顔は。天下の特捜検事に抜擢されたんだぞ」

「お言葉ですけど、今、特捜部が置かれている状況じゃ天下も何も……。むしろ火中の栗を拾うようなもんですから」

藤山は歯に衣着せない。

「冨永も、同じ意見か」

「正直申し上げて、私の何が評価されたのか戸惑っています」

「私は、君の徹底した証拠重視主義に期待している。君の捜査スタイルこそ検察官の原点だ」

反論しても無駄なのだろう。冨永は一礼するしかなかった。

「君らは、私が責任者を務める特殊・直告班に配属される」

特殊・直告班は、政界や官僚の不祥事を独自捜査で追及し立件するためのチームで、いわば特捜部の花形だ。それ以外には財政班と経済班がある。財政班は国税庁と連携して脱税事件の摘発を担い、一方の経済班は証券取引等監視委員会、公正取引委員会からの告発に加え知能犯罪を担当する警視庁捜査二課からの送致事件の起訴判断も行っている。

　このところ部内の比重は経済事件に傾いているのだが、羽瀬はそれを本来の形に戻す使命を担っているのだろうか。

「では、私からの最初のミッションだ。今年度中に必ず国会議員一人をパクってほしい」

2

　東京地検特捜部は、検事が四〇人、副検事二人、検察事務官九〇人という大所帯だ。検察事務官の中には、捜査や家宅捜索などを行う機動捜査担当というエキスパートもいる。

　その全員が午前九時、大会議室に集まっていた。

　人の多さに加え羽瀬の厳命を聞いた直後でもあり、冨永は全身の汗が止まらなかった。

　さすがにショックだった。今年度中に、必ず国会議員を逮捕せよとは何事だ。いくら特捜部が政治家の犯罪捜査を担うセクションとして期待されているとはいえ、あれではまるで犯人をでっち上げろと言わんばかりだ。

　あんな無理難題には、いの一番に反論しそうな藤山が、何も言わなかったのが意外だった。羽瀬の威圧感に気圧《けお》されることもなく堂々とやりあっていたのに、なぜかあの時だけは黙り込んだ。あの様子では、もしやこういった厳命を覚悟していたのだろうか。

　それについて彼女に訊ねようとした時、部長以下幹部が入室してきた。「起立！」の声が掛かり、出席者が一斉に立ち上がる。

部長の岩下は黒ずくめのスーツ姿だった。「検察が目指すのは、常に有罪判決」と、言い放った特捜部長就任の記者会見以来、トレードマークになったいでたちだ。

「みなさん、おはようございます」

出席者が応じると、顎を少し上げて満足そうに頷いた。

「まるで軍隊っすね。さすが、女ハイドリヒ」

藤山が喩えるのは、美貌のナチス親衛隊長、ラインハルト・ハイドリヒだ。良家の出でありながら金髪の野獣と呼ばれ、ユダヤ人殲滅計画の実質的責任者であった。

父親が防衛大学長で、母親の家柄は元華族という毛並みの良さと、モデル顔負けの容姿を持ちながら、岩下は部長就任半年で、軍隊的な厳しい規律を浸透させた。

「藤山さん、何か」

いきなり名指しされて、藤山は飛び上がった。

「おはようございます、部長。本日付で配属になりました藤山あゆみです。よろしくお願い致します！」

調子の良さを発揮して、藤山はつらつと返した。

「こちらこそ。では、今後は私が話している時は、私語を慎んで下さい」

「肝に銘じます」

「さて、本日より新年度です。総勢で二三人の検察官の顔ぶれが入れ替わりました。この数の多さは、私の覚悟の現れだと思って下さい。各班ともに、選りすぐりのエキスパートを揃えました。

あとは結果を出すだけです」

後ろ手に組んで足を肩幅に開いて立っている羽瀬は、険しい顔つきで前方を見つめたきり微動だにしない。

「それでは、異動してきた諸君は、全員壇上に上がって下さい」

「マジで。これじゃあ、転校生の挨拶じゃないの」

藤山のぼやき、その通りだと思った。まず、若い期の者から順番にと言われて、藤山と冨永が前に押し出された。

「レディファーストでどうぞ」と譲ったが、「ここは先輩がバシッと言ってください」と藤山に背中を押されてしまった。

人前に立つのが苦手な上に、一癖も二癖もある特捜検事全員から注視されているとあって、緊張した。

「本日付で特捜部に配属となりました冨永真一です。皆さんの足を引っ張らないように精進致します」

そう言って頭を下げようとした時、背後から羽瀬の声が飛んだ。

「そんな消極的でどうする。所信表明しろ」

冗談じゃないと抗議もできず、冨永は腹をくくった。

「特捜部勤務を拝命してから自分なりに勉強をしておりましたところ、心に響く一文に出会いました。『ひたすら法律違反の証拠を追って検察は進むべきで、政治の思惑に左右されるな』。特捜部長でいらした河井信太郎氏の言葉です。そうありたいと思っています」

大先輩の信条は、冨永の信条そのものだった。

3

「皆もう知っていると思うが、鹿児島大学の八反田遙さんだ」

宇宙センの研究室で、寺島教授に紹介されて遙は頭を下げた。

「これでようやく僕はパシリから解放されるんですね」

門田が嬉しそうに手を叩いた。

寺島研究室の院生はわずかに二人しかいない。それに加えて助教の関岡《せきおか》、そして今日は顔を出していないがもう一人准教授がいる。そして寺島と教授秘書の渡部という三〇代の女性の総勢六人という小さな所帯だった。

鹿児島大の西田教室ですら学生だけで五人、さらにポスドクの先輩が数人出入りして賑やかなゼミだったので、少し寂しく感じた。

「じゃあ八反田、これは君の担当ってことで」

さっそく門田が鍵束を差し出してきた。

「今日からは、君が寺島教授の付き人兼研究室の管理人になるんだ。ここの鍵以外に、プロジェクト推進用の会議室、さらに倉庫、備品室の鍵もあるけれど全部札が付いているからわかると思うよ。とにかくゼミに関わる事務管理は全部、八反田の担当だからね。この鍵、絶対になくすなよ」

そんな大事なものを私が管理するなんて！

「悪いが、ウチは新人にそういうお手伝いをお願いしているんだ。よろしくね」

秘書の渡部さんがやればいいのに……。彼女は何をするんだろう。

「私は、教授のスケジュール表をメールで送ります。それを見て行動してください」

遙の戸惑いを察知したように渡部が説明した。

「但し、あくまでも学業優先だから。実験や授業がある場合は、遠慮なく申告してくれたまえ」

寺島の横で門田がにやつきながら首を横に振った。そんな申告、役に立たないぞ、という意味だろうか。

「何だ、門田。何か言いたそうだな」

すかさず寺島に指摘されると門田は肩をすくめた。

「何も言いたくありません。寺島先生の付き人として様々な方とお会いできた経験は貴重だったなあと、しみじみ思い出しているだけです」

宇宙センに通い始めて一〇日ほど経つが、その間に門田は宇宙センの流儀を細かく教えてくれた。

――ここは大学院ではあるけど、同時に国家の宇宙ミッションを実現する場でもある。僕ら院生や関岡さんのような助教は、専攻とは無関係に、数多くのプロジェクトに参加しなくちゃいけない。もちろん、並行して実験もするし授業も受ける。さらに論文も書かなければならない。君は人に何かを頼まれたら断れないタイプだと思うけど、お人よしに何でもかんでも請け負って、潰されないことだ。寺島教授は特に人使いが荒いから。

それを聞いた時は門田は大ゲサだと思ったが、あながちウソではないらしい。

「先生、そろそろお時間です」

渡部が重そうなブリーフケースを遙に手渡した。

「八反田さんは、寺島教授と一緒に内閣府までお願いします。鞄には資料が入っています。向こうでも資料をもらうと思いますが、それもこの鞄に入れてください」

一緒にスケジュール表とタクシー代などの経費に使うお金も渡されて、領収書を忘れないようにと釘を刺された。

スケジュール表には、午前一一時から内閣府の宇宙庁準備委員会とある。昼食を挟んで午後三時まで。その後、午後四時から大手町のＪＡＳＤＡ本部で会議と記されていた。

今日の午後はソーラーセイルの実験に参加することになっていた。それを告げると、「まあ、あれは大したもんじゃないから、出なくていいだろう。どうしてもというのなら別だけれど」と寺島に素っ気なく返された。

そう言われて、実験に参加したいと通せるような立場ではない。遙は仕方なく寺島に続いた。


霞が関の中央合同庁舎四号館に入館する際に、身分証明書の提示を求められた。厳重なセキュリティチェックの経験などなかった遙は焦ってしまった。寺島が「免許証をもってないの？」と言ってくれて慌てて提示し無事に通過した。同じ官公庁でも鹿児島県庁とは違うのだと感心した。

守衛に敬礼されながら館内に入ったが、まだ動悸が収まらない。

「すみません、こういう場所が初めてで、緊張してしまいました」

「気にしなくていいよ。僕だって未だに慣れないから」

とてもそうは見えない。

「これから出席する委員会について教えてもらえませんか」

「そうだね、何の説明もしていなかったね」

宇宙センからタクシーで淵野辺駅まで行ってから電車に乗ったのだが、寺島はずっと眠りこけており、ほとんど会話できなかった。

目についた長椅子に並んで座ると、寺島が委員会の概要を教えてくれた。会議開始までまだ一五分余りある。

「政府は宇宙庁の設置を検討している。僕はＪＡＳＤＡの代表として、議論に参加しているんだ」

宇宙開発は文部省、科学技術庁、総理府の関連研究施設が独自の開発を続けてきたが、二〇〇四年に現在のＪＡＳＤＡとして統合した。そして、二〇〇八年に宇宙基本法が制定されてからは、内閣府に担当大臣と宇宙戦略室が設けられ、ＪＡＳＤＡもその傘下に入った。

だが、与党から国家戦略遂行に向けた宇宙総合戦略を進めるべきだという提案があり、国家安全保障にも目を向けた宇宙利用を進めるという政府方針が打ち出された。その目玉が宇宙庁の設立で、これまでは各省庁でそれぞれ計上されていた宇宙予算を一括し、宇宙利用を推進すると謳っている。

「実際には、宇宙の安全保障の強化に主眼が置かれているんだけどね」

安全保障と宇宙利用が、遙の中では繋がらなかった。

「宇宙には領空がない。だから各国は自由に衛星を飛ばすし、それを利用してスパイ活動をしてもどこからも咎められない。しかし中国の宇宙開発が加速してからは、宇宙空間でも安全保障をしっかり行おうという考えが生まれてきたんだ」

「何だか、いやな感じですね」

遙の率直な意見に寺島も頷いた。

「確かに。でも、それによって宇宙予算が一元化されて、さらに増えるなら大歓迎だよ。何より、宇宙センの予算拡大のチャンスでもあるしね」

ＪＡＳＤＡの年間予算は約二〇〇〇億円で、ほぼ横ばいだった。そして宇宙センに配分されるのは、統合前と同様に約二〇〇億円に過ぎない。統合前の規模の差が、予算の差として現れている。

「組織規模に合わせて予算配分をするというのはナンセンスなんだ。プロジェクトごとに精査し、適正な予算を配分してほしいと心から願っているんだけどね。でないと、中途半端な成果しか出せないんだ」

火星無人探査で大きな成果を上げた「あんじん」と同規模の探査機を、新型ロケットで打ち上げようと寺島は奮闘している。もちろん射場は内之浦だ。遙も、そのプロジェクトのメンバーだった。

「日本が世界と競争して宇宙空間で成果を上げるためには、宇宙庁の設立は大歓迎だ。そしてこれを機に従来のしがらみを断ち切るべきだ。それは、僕らのロケットプロジェクトを成功に導くと信じている」

ロケット開発は、新しい発想と何万通りものシミュレーション、さらには実験と試行錯誤によって進化するものだと今日まで遙は思い込んでいた。だが、何より大切なのが予算獲得だなんて。寸暇を惜しんで研究開発に没頭すべきプロジェクトマネージャーが、その先頭に立って予算獲得に奔走するのは本末転倒だ。しかしそれが現実なのだ。

誰かが寺島教授の代わりをすべきじゃないのだろうか。でも、誰が……。

4

翌朝、登庁すると直属の上司である班長の比嘉《ひが》に呼ばれた。デスクの脇には先輩の前原《まえはら》が立っている。前原は冨永の六期上の四九期で、昨夜の歓迎会では隣に座っていたが、ほとんど話もしない寡黙な検事だった。

「応援に入って欲しい事件《ヤマ》があります。前原君が調べている事件です」

前置きなく比嘉が切り出した。

「じゃあ、前原君、後はよろしく」

地検刑事部では、事件の担当検事は一人と決まっている。だが特捜部の場合は、複数の検事がチームを組んで捜査、立件する。その中で、事件の捜査および起訴の責任者を主任検事と呼ぶ。チーム編成によって異なるが、国会議員を追い詰めるような大疑獄事件になれば、全国から応援を募る場合もある。

比嘉に目礼した前原は何も言わずに部屋を出た。事件の概要説明なり、指示がなされると思っていただけに、一言も発さない先輩検事に戸惑いながら後に続いた。

前屈みになって、前原はすたすたと先を歩いて行く。くたびれた冴えない小役人にしか見えないが、そんな人物が特捜部にいるはずがない。見かけからは推し量れない能力を秘めているのだろう。

廊下の突き当たりにある会議室の前で前原が足を止めた。そして、冨永が追いつくのを待ってから、ドアを開けた。長テーブルが一〇台ほど並ぶ部屋で、十数人の男が書類に没頭していた。二人の入室にも誰も反応しない。

「君にお願いしたいのは、この手帳の解読です」

前原はデスクに着くなりコピーを突き出してきた。

「これは？」

「ある手帳の写しです。国税庁の告発を受けて群馬県の土建会社を脱税で上げたところ、気になる手帳が見つかりましてね」

前原はそう前置きして概要書を示した。同社の本社や役員宅を家宅捜索した際に、本郷五郎《ほんごうごろう》会長宅から使途不明金の用途を示唆するリストが記された手帳が発見された。手帳は一年一冊の割合で、五年分、保存されていたそうだ。

現段階では、それが裏金リストなのかどうか確定していない。はっきりと分かるのは日付だけで、その他は、〝パリ＋2　1655〟とか、〝阿佐谷　4368〟などという暗号めいた地名と数字ばかりが並んでいる。これらの地名と数字が何を意味するのか関係者に聴取をしても誰も口を割らないために、立ち往生しているという。

その上、手帳の持ち主と見られる本郷会長は、手帳が発見された翌日、自宅で首吊り自殺してしまった。

前原に渡された概要書にざっと目を通した。

脱税容疑で告発されたのは、群馬県前橋市に本社がある本郷土木という会社だ。従業員三九六人、年商三七〇億円余の同族会社で、ゼネコンの大規模工事の下請けや孫請けではあったが、公共事業工事を中心に堅実な経営だった。ただ、創業当初から会長は政治家との関係が深く、事業実績の割に納税額が少ないために国税庁が査察を行ったところ、総額で六億円の所得隠しが判明したため、社長、専務を逮捕した。

「両者は、脱税についても否認しているんですか」

二人とも容疑否認のままで、既に前橋地検に送検されていた。

「全ては会長の命令だった。自分たちは言われたことをしただけで、脱税の片棒を担いでいたとは思いもしなかったと繰り返していますね」

だが、社長は本郷の息子だし専務は実弟だ。年商が三七〇億円もある中堅土建会社の脱税行為を、役職に就く身内が知らないはずはない。

「この手帳が裏金リストであるという根拠は、何ですか」

「地元の市会議員から県議、さらには国会議員に至るまで、主に与党、民自党各議員への県内の土建業界票の取りまとめを、会長が一手に引き受けていたそうなんです。それで地元の陳情の窓口として知られていました。これらの事実から表裏含めた政治資金を供給していたと考えられています」

近年めっきり減ったが、昔は全国各地にいた地方のフィクサーのような存在か。

「本郷五郎は、国会議員《バッヂ》絡みの贈収賄事件で過去に何度か名前が挙がっていました。今回は県内同業者からの告発があって、国税が内偵した。その結果、脱税の事実を摑んだんですな」

前原は丁寧な人だと思った。六期も下の冨永の質問に、これほど詳しく答える必要などない。

検事は序列がうるさい〝業界〟で、修習生の期がすべてを支配する。普通なら資料を放り投げられ、「あとは、自分で読んでおけ。とっとと参考人を聴取して、裏金の事実を聞き出せ」と言われるのが関の山だ。

「裏金作りには、財務担当役員の協力が不可欠だと思うのですが」

「会長の実弟である専務が財務担当ですが、本人は兄が一人で全てを仕切っていたと言い張っています」

死人に口なしというわけか。あるいは兄の遺言かも知れない。

「このリストについては、何か手掛かりはあるんでしょうか」

「あれこれ知恵を絞っているし、本郷土木の社員にも聴取しましたけれど、ヒントすら見つかりません。どうです、何か閃きませんか」

前原は何でも教えてくれるが、人の目を見て話さない。だが、この時だけは、冨永の目をしっかりと見つめてきた。

「すみません、何にも。ただ、気になる点がいくつかあります」

「ぜひ、それを聞かせてください」

ぜひ、というような気持ちは微塵もこもっていないが、冨永は気にしなかった。

「まず、地名ですが、これは人物を表すと考えられるのですが、重複が少ないですね。大抵は、同じ地名は一、二回しか使われていません。一番多いのが〝秋葉原〟で四回」

「そういう意見は既に出ています。なので、同一人物を複数の地名で呼んでいたのではないかと見ています」

それは混乱の元でしかない。だが曖昧な推測に基づく反論は無意味だった。

「それにしても、過去に何度も疑獄事件で名が上がっていたような人物の裏金手帳が、脱税の査察程度でよく見つかりましたね」

「上手の手から水が漏れる――。特捜にいたら、そんな経験を何度かしますよ。それと一つ大切な情報を、言い忘れていました。裏金を贈った相手として、羽瀬副部長から最優先で特定するように言われているバッヂがいます」

言い忘れていたというより、わざと言わなかったのだろう。

「元副総理の橘洋平です」

最後の大物政治家と呼ばれる人物だ。総理経験はないが、八〇代の今も絶大な影響力を誇っている。

「とんでもない大物が出てきたんですね。でも、なぜ橘がこのリスト内にいるとわかったんです。橘を示す暗号だけが解読できたのでしょうか」

「この写真です」

色褪せたモノクロ写真の複写を渡された。学ランを着てタバコをくわえた二人の若者が、肩を組んで笑っている。真ん中を二つ折りにして保管されていたらしく、中央が皺になってよれているのが複写でもはっきり確認できる。

「例の手帳の間に、後生大事に挟まれていました。左が橘、右が死んだ本郷会長です。ふたりは、終戦直後に愚連隊を結成していたそうですよ」

もう一度よく見ると、確かに左の学生には橘の面影がある。

「橘についての知識は？」

「一般常識程度です」

聞こえよがしのため息が漏れる。

「なら、橘に関連したスクラップと資料を精読してください。この二人は古いつきあいで、本郷は橘に様々な便宜をはかっていたと思われます」

暗号が解読できれば、大事件に化けるわけか。

「では、今から前橋に行ってもらえますか」

前原が薄いファイルを差し出してきた。

「自殺した会長の夫人から事情を訊いてください。午後三時に、自宅に伺うと伝えています」

そんな重大な参考人を、初心者に任せていいのか。しかも準備不足も甚だしい。

「私なんかで、大丈夫でしょうか」

「どういう意味ですか」

「事件の概要すら頭に入っていないのに、死んだ会長の夫人の聴取を受け持つなんて」

「副部長のご指名です」

つまり、自分は試されていると考えるべきなのか。やれやれ、とんでもない役回りを押しつけられた。

　無理とは言わないが、もう少し準備する時間が欲しかった。しかし既決事項なのだから、頭を切り換えなければ。

「承知しました。ベストを尽くします」

「会長は愛妻家で知られていました。彼女は、あの暗号の意味をきっと知っていますよ。お渡ししたファイルには、住所と会長の略歴、さらには夫人についての情報も入っています」

　励ましの言葉一つかけるわけでもなくそれだけ言うと、前原はデスク業務に没頭してしまった。

　かなりの量になる資料を抱えて、冨永は自室に戻るしかなかった。

5

　東京駅から上越新幹線に乗り込んだところで、本郷五郎を知っているかと立会事務官の五十嵐に訊ねた。

　刑事部や特捜部の検事には、立会事務官が配される。常に検事と行動を共にして、取り調べから現場検証まですべての業務をサポートする存在だ。立会事務官の優劣が、その検事の成果を左右するといわれるほどで、文字通り女房役である。

　公判部のときの担当事務官だった五十嵐が立会事務官としてついてくれたのは心強かった。それが意図的な配属なのか分からないが、不安ばかりが募る中での僥倖だった。気心が知れた相手だし、何より優秀な男だった。

五十嵐は元々は立会事務官を長く務めていたが、四年前に大病を患ったために暫く同職から遠のいていた。それが今回の異動で復帰したのだ。

「二度ほど、参考人聴取の際に立ち会ったことがあります。本郷は戦後のどさくさに紛れて一儲けした口ですが、単なる金の亡者ではありません。故郷群馬を発展させたいと奮闘したという功績もあります」

それが地元のためになると分かれば受注額にはこだわらず、人が嫌がるような公共事業でも喜んで引き受けたのだという。

「若い頃に修羅場を潜《くぐ》っているのも幸いしたんでしょうが、もともと商才があったんでしょうな。群馬屈指の土木企業のトップになったわけです」

土建業が軌道に乗ると、本郷は積極的に政治家の支援に乗り出し、いつしかタニマチとして名を馳せるようになる。

「橘洋平代議士と関係が深いと、前原さんから聞いたんですが」

「不忍《しのばず》隊つながりですな」

前原から受け取った資料にもその名はあった。不忍隊というのは、終戦後上野駅あたりを縄張りにしていた愚連隊の名だった。旧制の一高出身者などインテリも多く、その隊長が橘洋平だった。

「彼らの拠点が不忍池のそばにあったのと、もう我慢しないという意味を掛けて不忍と命名されたとか。妖怪とか曲者とか言われる橘代議士も、若い頃は血気盛んなやんちゃだったようですね。本郷も不忍隊に所属して、橘代議士ともその頃からのつきあいのはずです」

「いやあ、五十嵐さん、本当にお詳しいですね。助かりました。でも、それほどの大物が脱税で足が付いた上に、逮捕前日に自殺するなんてなんだか呆気ないですね。ちなみに新聞記事、ありましたっけ」

「地方紙のベタ記事があった程度ですかね。我々の業界では本郷五郎は有名人ですが、結局一度も逮捕されてませんから、ニュースバリューとしては大したことないんでしょう。それに本郷が自殺した頃は、検事はあかねちゃん事件の大詰めでしたから、それどころじゃなかったのでは」

なるほど、それで事件に全く覚えがなかったのか。

「検察や警察にずっとマークされながらも、八七歳になるまで尻尾を摑まれなかった大物が、この期に及んで脱税容疑で逮捕されかけているというのが、引っかかるんですよね」

「あるいは、魔が差したか。大物と呼ばれる方にはありがちですが、最後の最後に晩節を穢《けが》すような失態を犯すというのは何も珍しい話ではありません」

とはいえ、政界の闇と群馬県内の土建業界を何十年と渡り歩いてきた人物が、裏金を記した手帳をあっさり押収されてしまったのが驚きだった。

それを伝えると、五十嵐もまったく同感だと返してきた。

「確かに検事のおっしゃる通り、気になりますね。ちょっと調べてみましょう」

新幹線が都内北部を抜けたあとは、しばらく田園風景が続く。列車はほぼ満席だったが、二人席が取れたのと、通路を挟んだ三人掛けの席では母親と祖母が子供をあやすのに夢中だったお陰で、他人の耳を気にせず会話できた。

「さっき、二度ほど聴取に立ち会ったと言ってましたけれど、その時の検事は羽瀬さんですか」

五十嵐が頷いた。五十嵐は通算で四年ほど羽瀬に仕えている。

「じゃあ、羽瀬さんにとって、本郷は宿敵だったんですね」

「腐れ縁という方が適切かも知れません。羽瀬副部長が前橋地検在籍時に、県議の贈収賄事件で取り調べたのが最初だったようです。一時は情報提供者だったとも聞きますが、この一〇年ほどは、縁が切れていたと思います」

羽瀬が平検事だった頃は、闇金業者や右翼崩れなどという〝闇の紳士達〟と付かず離れずの関係を保ちながら情報提供を受ける検事も少なくなかった。

「羽瀬さんにとっても今回の件は驚きだったでしょうね」

「そのようです。本郷土木のガサ入れの時に突然、羽瀬副部長から電話があり、何か情報を持っているかと訊ねられました。ただ、私もあかねちゃん事件に没頭していましたから、何も存じ上げないと返したのですが」

その五日後、地検から呼び出しを受けた本郷は、自宅の物置で首を吊ったのだ。

「本郷の自殺を、五十嵐さんはどう見ますか？」

窓の外を流れる風景が、細部まで見える速度になった。そろそろ大宮駅に到着するのだろう。

「あれだけの人物ですから抱えていたものも相当深かったでしょう。検察に捕まって、万が一にも秘密を話すわけにはいかないと考えたのでは。覚悟の自殺でしょう」

羽瀬と腐れ縁だったなら、それほどの非常事態に何らかの接触はなかったのだろうか。

「本郷が自殺した後、羽瀬さんと話をされましたか」

「いえ。ただ、ショックだったと思いますよ。いつかは逮捕してやると何度もおっしゃっていましたが、その一方で、敵ながら気骨のある奴だという評価もされていましたから」

　そういう感情が、冨永には理解できなかった。事情聴取が長時間に及ぶと、被疑者と運命共同体にでもなったような連帯感が生まれる場合もあるが、あくまでも検事と被疑者なのだ。違法行為を犯した相手を、敵ながら天晴《あっぱ》れと評価する気にはなれない。

「それにしても、本郷の未亡人の聴取をなぜ私なんかに任せるのでしょうね」

「検事への期待の証では」

　五十嵐は、そつがない。

「未亡人にお会いになったことは、ありますか」

「いいえ。なかなかの女傑だという噂は聞いています。これがうまくいけば羽瀬副部長のご期待に十二分に応えたことになるでしょう」

　それは見解の相違だった。重要な参考人を聴取するには、あまりにも手持ちの情報が少なすぎる。期待に応えるも何も、これでは通常の聴取すら難しいかもしれない。

　そもそも未亡人から何を聞き出せと言うのだ。夫が自殺し、息子は拘置所の中、義弟も同様だ。そんな渦中に、ろくに事情も分かっていない検事がいきなり現れても、事件解明のヒントなど話すわけがない。

「高崎には昼ごろに到着しますよね。未亡人の聴取の前に、ガサ入れした査察官から話を聞いてみたいんですが」

「なるほど。それは有効かも知れませんね。ちょっと調べて、連絡してみましょう」

　その時、腰のベルトに携行していた携帯電話が振動した。発信者は左門とある。デッキに出たところで、電話は切れた。

折り返し電話を掛けたのだが、つながらなかった。暫くしてから掛け直そうと席に戻りかけると、同じくデッキで電話中だった五十嵐が「査察官と連絡が取れました」と報告した。但し、査察を行ったのは、さいたま市にある関東信越国税局調査査察部で、新幹線はすでに通過していた。電話で話を聞くしかない。

6

その後、高崎に着くまでは、橘洋平のファイルを読みふけった。

終戦後に通産省に入省した橘は主に産業政策事業に携わり、国家レベルの大事業を何件も成功させた若き期待の星だったようだ。ただ、政治家との関係が深く、野心家だったことが災いし、省内の権力争いに敗れた。広島通産局部長の時に退職すると、四二歳で民自党公認で衆議院議員選挙に立候補して初当選を果たす。

二一世紀に入ってすぐの頃に、民自党が国会議員の定年制を実施しようとしたところ、橘は頑強に反対し、それが原因で離党した。その後は無所属で二度の当選を果たし、結局は復党している。足掛け四〇年以上も政界で君臨してきたが、今期限りでの引退を表明している。

政治家としてのキャリアも華々しい。五〇歳で科学技術庁長官に就いたのを皮切りに、文部、通産、外務、そして副総理とほとんどの重要閣僚を歴任している。当選回数が増えるごとに圧倒的な政治力と集金力を身につけて大派閥を形成したのだが、なぜか総理の座には縁がなかった。

実力とは別に、橘にはダークなイメージがつきまとったせいだ。過去、数回にわたって疑獄事件の最終目標として捜査が行われたが、いつも瀬戸際で罪を逃れていた。そのため、いつしか「ミスター・グレイ」というあだ名がついた。

橘にはさらに二つの〝顔〟があった。元通産官僚という経歴を生かし、原発推進や、半導体産業の世界戦略などについて、政治主導の旗振り役として成果を上げてきた。異色なところでは、宇宙開発にも積極的な支援をしており、財界関係者などからなる日本宇宙財団の理事長を長年務めていた。

宇宙と言えば、左門からの電話は何だったのだろう。

資料読みの合間に一度電話をしてみたが、今度は電源も切られていた。諦めて資料を読み進んだ。

親米族の代表格というのが橘のもう一つの〝顔〟だった。まるでアメリカ政府や企業の代理人かというような発言を繰り返し、〝親米族〟とまで揶揄されている。

橘が国会議員に初当選した当時は、日本には反米思想が根強く残っていたが、そうした風潮を抑えたのも彼だった。親米派を拡大するためのプロパガンダ工作（本人曰く、日米親善の架け橋運動）を積極的に行うと同時に、反米分子の徹底掃討を断行している。また、多くの日本の良家の子女を留学生としてアメリカに送り込み、エリート層の親米派育成にも尽力したようだ。

「日本の発展はアメリカとの協調路線があってこそ。対立からは何も生まれてこない。アメリカとのパートナーシップこそが、日本の未来を拓く」というのは理事長を務める日米友好親善協会のサイトのトップページにある橘のメッセージだ。

官僚時代からの橘代議士の写真資料を見ると、いずれも意志の強そうな面差しだ。前原から渡された若き橘と本郷のツーショット写真の複写と並べてみた。

「やけに古い写真がありますね」

「不忍隊の頃の橘代議士と本郷だそうです」

「へえ、こりゃ驚いた。こんな写真、初めて見ました。二人とも良い面構えしているじゃないですか」

戦後の混乱期を必死で生き抜いてきた若者のエネルギーが、写真から溢れている。

「裏金の手帳に挟んであったそうです」

五十嵐が大きく驚いた。

「こんな写真を不用意に手帳に挟むなんて。ちょっと意外ですね」

車内放送が、まもなく高崎だと告げた。

7

高崎で乗り換え、前橋駅の改札を出ると、五十嵐は人通りの少ない場所を選んで、国税局の査察官に連絡を入れた。挨拶と電話の主旨を説明してから通話を代わった。まるでボディーガードのように五十嵐は傍らに立っている。玉岡《たまおか》と名乗った査察官は「何でも聞いてください」と協力的だった。

「同業者からの垂れ込みが端緒だったと伺っているのですが」

「実は匿名でした。我々も発信者を捜したんですが、分からずじまいでした」

「なのに同業者からだと判断されたのはなぜです？」

「資料が同封された密告文が届いたのですが、その冒頭に、群馬県で真面目に土建業を営む者です、とありましたので」

密告する者は、自らの名を明かしたがらないものだ。たとえそのような断りがあったからと言って、必ずしも真実だという保証もない。ということは、同業者からの密告というのは推測に過ぎないと考えるべきだった。

「具体的な心当たりはありましたか」

「結構粘って調べたんですが、該当者を見つけられませんでした」

「それで資料の中身は何だったんです？」

「盗聴データと通帳のコピーでした。盗聴データには、裏金工作に関する会話が録音されていました」

密告資料としては、できすぎだった。

「珍しいですね。それほどはっきりした証拠を送ってくるなんて」

「こんなことは私も初めてでした。どうやら寝物語で裏金作りの苦労を語っているのを録音されたみたいですね。同封されていた通帳のコピーは裏金リストです」

あまりにも迂闊すぎないか。

「寝物語とおっしゃいましたが、自殺した会長は九〇歳近かったのでは」

「失礼しました。盗聴されたのは、息子の方です。現社長ですが、どうしようもないドラ息子で六〇に手が届こうかというのに放蕩三昧です。本人に聞かせたら自分じゃないと否定しています。もっとも、すっかり顔色を失ってましたがね」

「寝物語の相手は特定できなかったんですか」

「特定はしましたが、査察の前日に姿を消しているんです。前橋一のクラブのホステスなのに写真もありません。ママや同僚の話では、とびっきりの美人で社長はもうデレデレだったとか。彼女に店を持たせると言って渡した通帳が、裏金によるものだったようです」

そのコピーを取られたのか……。

「女性の名前と、働いていた店の名前を教えてもらえませんか」

源氏名はフジ子で、履歴書に記されていた名は峰不二子だったという。人気アニメに出てくる女盗賊の名前だ。

「そんな名前なのに嘘だと見抜けなかったんですか」

「ホステスの履歴書なんて適当よと、相手にされませんでした」

履歴書にも写真はなかった。

「もしかして、ハニートラップじゃないんですか」

「あり得ます。ただ、地元有力企業とはいえ、たかだか土建屋の社長に、そんな手の込んだことをしますかね」

社長がターゲットなら同感だ。しかし、父親の本郷五郎は地方によくいるただの土建屋の会長ではない。彼を陥れたければ、やるかも知れない。あるいは橋が狙いだったのかもしれない。

「会長宅のガサ入れで見つかった手帳について発見時の詳細を教えてください」

「会長の寝室に隠し金庫がありまして。そこに入ってました」

「隠し金庫なんて、よく見つけられましたね」

「まあ、あって当然だと決め込んで必死で探したのが良かったんでしょうね」

それぐらいなら、脱税容疑のときだってやっているはずだ。なのに過去のガサ入れでは、こんな〝お宝〟は発見されていない。にもかかわらず、査察の事務官は一発で見つけている。あまりにもできすぎではないか。

「これから会長未亡人を聴取するんですが、彼女にもお会いになっていますよね」

「凄い怖い婆さんですよ。上品な奥様に見えますが、どうしてなかなか強情ですし、親族や社員に対しても相当に厳しい女傑ですね。手強いですよ」

一瞬、実の祖母の顔が浮かんだ。あの人と同じタイプなら心してかからなければ。

聴取後にそちらに立ち寄りたいと言うと、玉岡は元気よく「お待ちしています」と返してきた。

8

本郷会長の自宅は、豪邸というより城郭と呼ぶ方がふさわしかった。周囲を堀が囲み、さらに石垣と有刺鉄線を張った高塀で、来る者を徹底的に拒んでいた。

「これはまた、凄いお屋敷ですな」

五十嵐は携帯電話で写真を撮ってから、インターフォンを押した。

来訪の意を告げると、門扉が自動で開いた。

屋敷に入り玄関の間で暫く待っていると、お手伝いとおぼしき若い女性が案内に立った。時代劇のロケができそうなほど空間を贅沢に使った造りだった。庭園に面した廊下の障子越しにお手伝いが声を掛けると、「どうぞ」という声が返ってきた。

室内は絨毯敷きで、センスの良い和洋折衷の部屋だった。紫檀のテーブルの上座に、姿勢の良い銀髪の女性が座っていた。

「東京地検の冨永と申します」

「本郷の家内でございます」

老婦人は座ったままで正面の席を示した。あなたたちは客ではないと言いたげだ。彼女の前には蓋付きの茶碗があるが、おそらく自分たちには出てこないだろう。

やはり亡き祖母の面影と重なった。

未亡人は準備が整っているようなので、冨永はノートを開いて、本郷五郎の死に対してのお悔やみを述べてから聴取に取りかかった。

「私は、亡くなったご主人の寝室にあった隠し金庫から発見された手帳の調査を行っています。奥様は、この手帳の存在をご存じでしたか」

「夫婦の寝室です」

一瞬、何を言われているのか分からなかったが、すぐに失言を悟った。

「失礼しました。ご夫妻の寝室ですね。それで、手帳についてですが」

「今、検事さんは隠し金庫とおっしゃいましたが、大切な物をしまう金庫を、おおっぴらに見せびらかす方がいらっしゃるでしょうか」

夫人の声の調子からは、年齢も訛りも、そして感情も感じさせない。まるでNHKのアナウンサーのようだった。そして冨永をまっすぐに見つめる目に迫力があった。気圧されないようにせねば。

「なるほど、確かにそうですね。どうも我々は、何でも疑わしく変換して考えてしまうようです。ご容赦ください。それで、手帳の存在ですが」

冨永は固い雰囲気をほぐしにかかった。

「全く存じません。ところでそちら様は、主人が政治家へ裏金を贈り、金額をその手帳に記録していたとお考えのようですね」

やりにくいな。こちらのペースに合わせる気は全くないらしい。

「そう考えています。奥様は、この手帳をご覧になったことは一度もないとおっしゃるんですね」

五十嵐がすかさず、発見された手帳の写真を見せた。夫人は一瞥もしない。

「ございません。国税庁や検察庁の方を悪く言う気は毛頭ございませんが、誰かが濡れ衣を着せたとしか私には思えません」

つまり、この家で押収されたという事実すら否定したいわけか。

「それは穏やかではありませんね。お言葉を返すようですが、この手帳が、ご夫妻の寝室にあった金庫から発見されたのは、紛れもない事実です。適正な手続きで、証拠物が押収されていますし、写真もあります。また、ご子息が裏金捻出が大変だと話しているのが録音されている証拠物もあります」

「バカな子。あれは、いくつになっても愚かなままです。しかし、息子が何を言おうとも主人は無関係です」

夫への信頼は頑として揺るがないらしい。なるほど、皆が女傑と呼ぶわけだ。

「百歩譲って、主人が政治家の先生方に何らかの便宜を図っていたと致しましょう。だとしても、いちいち記録して残すなんて卑怯なことは、絶対に致しません」

夫人の理屈に思わず感心してしまった。

「つまり、ご主人は見返りを求めない支援はするが、賄賂などというケチなことはしないと」

夫人は大きく頷いた。

天晴れだ。たとえ拷問にかけられても、夫人は主張を曲げないだろう。

「だとすると、ご主人は自殺などせずに、身の潔白を証明すべきだったのではないでしょうか」

冨永の一言で、未亡人の体温が上がったように思えた。冨永は平静を装って耐えた。死んだ祖母に感謝せねばならない。幼い頃に、こんな目つきで何度も陰険に叱られた。

最後は、未亡人が根負けした。

「自殺とは敗北者の行為です。そんな情けない最期を遂げるなんて、それだけが恥ずかしい」

「ご主人は己の弱さをご存じだったのでは。うっかり見つかってしまった手帳を突きつけられて、自分がどこまでシラを切り通せるか、不安になってしまった。だから、死を選んだ」

とんでもなく酷いことを言っている自覚はある。だが、これぐらいの劇薬をぶつけないと、突破は不可能だと思った。

「それ以上の侮辱は許しませんよ！　今すぐ立ち去りなさい」

「奥様は納得されているんですか。絶対に見つけられるはずのない手帳が発見された挙げ句、ご主人が逮捕直前に自殺するなんて。それがあなたが愛した本郷五郎という男なんですか」

夫人の腕が大きく動き茶碗が飛んできたが、冨永は微動だにしなかった。鎖骨に茶碗が当たる衝撃とほぼ同時に背後の壁にぶつかる鈍い音が響いた。

「なぜ、ご主人は自殺されたのです？」

「嵌められたんです」

それまで力んで見えた未亡人の肩が少し脱力したように見えた。

「国税庁の方が家宅捜索に来る三ヶ月ほど前に、空き巣に入られました」

そんな記録はない。

「警察に届けましたか」

夫人は眉をひそめて首を横に振った。

「盗まれたものは、なんですか」

「存じません。ただ、主人が珍しく慌てふためいていましたから、大切なものが盗られたのではないかと察しました」

それを聞いて、小さな疑惑が灯った。

「その時に手帳が盗まれた？」

「存じません」

そして、そこから本郷五郎への攻撃は始まった――。未亡人はそう言いたいのだろう。

「残念ですが奥様、被害届を出されていない以上、空き巣に入られたという事実は証明できません」

「でも、あの時から夫は変わりました。思い詰めていた気もします。その矢先の家宅捜索です。金庫から手帳が見つかったと知った時の、主人の驚きぶりは異様なほどでした」

一旦盗まれた物が、ガサ入れ直前に戻されたと言いたいのか。では、誰が戻したのだ。

「いよいよ逮捕されるだろうと覚悟した夜、久しぶりに二人きりで外食を致しました。それが、最後の晩餐になってしまいました」

しんみりとした口調とは裏腹に、彼女の両眼《まなこ》は力強かった。

「ご主人がなぜ、自殺されたのか、奥様にはお分かりなんですね」

長い沈黙の後に、未亡人が口を開いた。

「命に替えてでも、守るべきものがあったからです」

9

さいたま市にある関東信越国税局調査査察部に到着したのは、午後五時に近かった。約束より遅れたが、調査査察部の玉岡は笑顔で二人を迎えてくれた。

「例の手帳を発見した事務官の方にも会えますか」

「待たせていますよ。連れてきます」

手帳の顚末には誰かの作意が働いていたのではないか——。本郷未亡人への聴取で浮かんだ疑惑について、捜査できることは全てやっておきたかった。

「お待たせしました。事務官の西条《さいじょう》君です」

玉岡の後ろに立っている若者は緊張しているのか、小柄な体がさらに小さく縮こまっている。

「本郷土木のガサ入れでは、お手柄でしたね」

名刺交換しながら努めて朗らかに冨永は切り出した。だが、西条の緊張は緩むどころか、かえって高まったようで、神経質そうにメタルフレームの眼鏡の位置を何度も変えている。

「ベッドの下に金庫があるのは、ご存じだったんですか」

驚いたように顔を上げた瞬間、冨永は相手の視線を捉えた。何かに怯えているように見えるのは、気のせいだろうか。

「知りませんでした。とにかく隠し金庫があるはずだから探せ、と言われたので」

「それはどなたの指示ですか？」

「上司です。それに、玉岡査察官にも」

玉岡は肯定するように頷いた。

「先ほど、本郷会長の未亡人に会ってきたのですが、あれは隠し金庫でも何でもないとおっしゃっていましたが」

「そんなことはありません。金庫はありますかと我々が訊ねても、在処《ありか》を言わなかったんですから。それで部屋に掛かっている額の後ろなどを探しました。それでもダメだったんで、ベッドをずらして床を調べてみたんです」

「誰がベッドをずらそうと言い出したか、覚えていますか」

西条が救いを求めるように玉岡を見遣った。

「たぶん、私だったと思います。検事さん、失礼ですが何を疑ってらっしゃるんですか」

玉岡の不審を、冨永は無視した。

「すぐに金庫は見つかりましたか」

「床を叩けと命ぜられて、僕と同僚でやってみました。すると明らかに音が違う箇所がありました。その周囲を叩いたり押したりしているうちに突然、床が弾ね上がり、その下に金庫がありました」

「金庫は誰が開けたんです」

「階下で待機させていた会長を寝室に呼んで、協力を求めました」

「その時の会長の反応を覚えていらっしゃいますか」

そこでまた西条が玉岡を見た。

「私が代わりにお答えします。別に驚く様子もなく、素直に協力してくれました。検事さん、一体何をお知りになりたいんです」

玉岡の声に苛立ちの色が滲んでいる。

やはり手帳は盗まれたのでは――冨永の疑念はますます強くなっていった。

「理由はあとで話します。どちらが答えてくださっても結構です。そこが隠し金庫であるならば、発見されてうろたえるはずです。そういう反応は、なかったんですね」

「ありませんでした。我々が査察に入った時から、ずっと苦虫を嚙みつぶしたような顔でした」

今度も玉岡が答え、西条は黙って頷いた。

手帳が盗まれて金庫にはないと、その時点で思い込んでいたなら、ベッド下の金庫が発見されたくらいでは本郷会長は動じなかっただろう。未亡人が言うように単なる用心で設けられた金庫であり、手帳がそこにあるのを知らないからこそ、堂々と金庫を開けたに違いなかった。

「金庫の中に入っていた物について、教えてもらえませんか」

「これです」

西条が文書を差し出した。現金三〇〇〇万円、金塊二キロ、会社と住宅の登記簿、さらに複数の債券、そして例の手帳だった。原本は特捜部に提出されているはずだが、それを確認する余裕もなく、冨永は前橋に派遣されたのだった。

「手帳は、どこに？」

「金庫の一番奥底にありました」

西条は少し落ち着いてきたようだ。すかさず手帳発見時の証拠写真を見せた。ミカン箱大の金庫の底に、黒い手帳が数冊、無造作に置かれてあった。

「それを発見した時の本郷会長の反応を覚えていますか」

「いえ、手帳の発見で興奮してしまって、よく覚えていません」

今度は玉岡に同じ問いを投げた。

「全身がブルブルと震えていました。顔も引きつっていました。それまでの余裕が嘘のようでしたよ」

「その激変ぶりを、不審に思いませんでしたか」

「いえ、だって明らかに裏金を示しているであろう暗号が並んだ手帳が発見されたんですよ。驚いて当然では？」

「西条さんのお話だと、手帳は金庫の底に無造作に置かれていた印象ですが」

玉岡はその通りだと肯定した。

「つまり金庫を開けば簡単に見つかる場所にあった。ならば、金庫を開けろと言われた時にも、激しく動揺すると思うのですが」

「まあ、そうですけど。単に虚勢を張ってたんじゃないですか」

「発見された現金や金塊ですが、申告していない裏金だったんですか」

「それが、全てちゃんと帳簿に記載されていたものでね。ちょっと拍子抜けしました」

たとえ金庫に入れていても、資産としてきちんと申告していれば、どこに隠そうと違法でもなんでもない。だからこそ、本郷会長は堂々と金庫を開けたのだ。しかし、そこにあるはずがないと思っていた物が見つかった。それで、驚愕した——。

「その場で手帳の所有者について会長に質問しましたか」

「もちろん。でも、もう答えられるような状態じゃなくて。いや、本当に衝撃を受けたようでね。耄碌《もうろく》して自分でしまい込んだのを忘れてたんでしょうね。ちょっと哀れでした」

玉岡が同情するように話す間、西条は項垂《うなだ》れている。もし誰かが仕組んだとして、手帳の発見者自身が張本人という可能性が最も高い。だが、先ほどから観察していると、西条は緊張はしているが、後ろめたいと感じている様子は見られない。だとすれば、一体、誰がいつ金庫に手帳を戻したのか。それとも、本郷五郎は単に老いて健忘症になっただけか……。

冨永は丁寧に礼を述べると、そのまま帰ろうとした。

「約束ですよ、検事さん。一体何が気になっているんですか。教えてくださいよ」

玉岡が冗談まじりに言ったが、この二人には本音を口にすべきではないと思った。

「査察の三ヶ月前に空き巣に入られたと未亡人から聞きました。その際に手帳が盗まれ、査察直前に戻されたのではないかと考えたんですが、玉岡さんのおっしゃるとおり、本郷会長が耄碌されたようですね」

「空き巣ですか。言うに事欠いてあのばあさん、なんて嘘をでっち上げるんだ。死んだ夫の名誉が守られて息子の疑いが晴れるなら、あの女は何でもやるタイプですよ」

ある程度は正しい評価だ。しかし、彼女は嘘をついていない。それが今や確信になっていた。

誰かが本郷を嵌めたのだ。そして、それに気づいた本郷は秘密を守るために、自ら命を絶った。もしかしたら誰に嵌められたのか分かっていたのかもしれない。

では誰が嵌めたのだ――？

玉岡らにもう一度礼を言って、国税局を後にした。

「空き巣の件、本当かも知れませんね」

建物を出るなり五十嵐が言った。やはり同じ印象を抱いたらしい。

駅に向かう途中で、冨永は携帯電話をチェックした。公衆電話からの着信があり、留守番メッセージが残っていた。

〝昨日見たジャカルタの雪は凄かったわ。真ちゃんにも見せたかった。

それはええとして、久々におもろいことしませんか。時間あったら、帝国ホテルのバーで明日九時に〟

左門の声だ。

何言《ゆ》うてんねんジャカルタの雪やって……。そんなんありえんやろ、と突っ込みを入れたところで、子供の頃に熱中していたスパイごっこを思い出した。

――なんか異常事態があった時はありえへん組み合わせを、メッセージに入れますねん。たとえば、大仏歩くとかね。

まさか、左門、何か起きたのか――。

10

寺島教授の付き人としての長い一日がやっと終わった。

「初日で疲れたろう。せめて、晩ご飯ぐらいご馳走させてくれよ」

会議中はずっと眉間に皺を寄せて険しい表情だったのが、町田に戻ったらいつもの教授の顔になった。

実はお腹が減って倒れそうだったので、行きますと即答してしまった。駅前の繁華街に向かうと寺島は、迷わず「隠れ房」という居酒屋に入った。

「寺島先生、いらっしゃいませ」

店長らしき人物に迎えられた。どうやら寺島の行きつけの店のようだ。

「こんばんは、いつもの場所空いてますか」

店長は頷くと、洞窟のような半個室に二人を案内した。

「隠れ家みたいですね」

「そういう名前の店だしね。ビールで大丈夫かい」

いくら子供の頃から知っている相手とはいえ、関係が変わった今、ふたりで食事をするのは緊張する。それをごまかすために遙はテンションを上げた。

「まさか、遙ちゃんと差し向かいで酒を飲める日が来るとは思わなかったなあ」

「私もです」

生ビールで乾杯した後は友達と飲む時の豪快な飲み方を控えながら、遙は酒と料理を楽しんだ。杯が進むにつれて寺島は、宇宙センのあり方や日本の宇宙開発についての持論をぶち始めた。

「日本は本気で宇宙開発を進める気があるのか。そう思いたくなることばかりだ」

宇宙センの先輩たちと呑んでいてもいつもそんな話題に行き着く。

「日本の宇宙開発はダメなんですか」

「現場はみんな頑張ってるよ。優秀な学生は多いし、情熱もある。けどね、研究環境は劣悪を極めている」

宇宙センでは誰もが研究に励んで論文を書けと言うが、同時にプロジェクトにも参加しろと厳しい。今日一日の付き人仕事でもへとへとだった。こんな状況でこの先、やっていけるんだろうかと既に不安になっている。

「遙ちゃんには、専門書を読んだり実験を繰り返したり、研究仲間との議論を思う存分にやって欲しいし、そして、論文もたくさん書いてもらいたいと心から思っている。でも、それは夢物語だと思ってくれないか」

宇宙センに憧れを抱いて通い始めたばかりの遙にはあまりにも残酷な言葉だ。

「今日の宇宙庁のミーティングにしても、結局は各省庁が主導権争いを繰り広げるばかりで時間の無駄以外の何物でもない。にもかかわらず、まともに予習さえしてこない官邸の奴らに、日本はいつ有人ロケットを火星に打ち上げるんだって言われたよ」

何言ってるの！　そんなこと、できるわけないじゃん！

「ロケットと探査機の違いも分からないんだ。アメリカにできるんなら、科学技術大国のニッポンにだってやれるって……。バカバカしい」

酔いも手伝ってか、寺島の目が澱んでいた。

「だから言ってやったんだよ。一〇年戴ければ実現します。そして、宇宙予算を二兆円にしてくださいってね」

寺島も無茶を言う。今の一〇倍じゃないか。宇宙センの予算なら一〇〇倍だ。

「向こうはどういう反応をされたんですか」

「鼻で笑いやがった。程よき貧乏が信条なんだろだって。バカ野郎」

確かにバカ野郎だ。「程よき貧乏」とは、「人生で最も大切なものは逆境とよき友である」という糸川博士のメッセージの拡大解釈に過ぎない。もっといえば、カネより創意工夫で研究仲間と宇宙を切り開こうという宇宙センの矜持、いや、やせ我慢だ。それを逆手に取るなんて卑劣すぎる。

「こんなことなら、いっそ宇宙センはジェット推進研究所《JPL》と合併して、共同開発に活路を見出すべきなんだ」「でも教授、それじゃあニッポンの誇りが失われちゃいます」

寺島が目を見張っている。それに気付いて、しまった！　と後悔した。

「すみません、えらそうなことを言って」

「いや、遙ちゃん、君は本当に純粋だね。僕はその精神を忘れるところだった。僕らの研究は日本を背負っている。それを忘れちゃいけない」

その夜の話題は何かにつけ日本の宇宙開発批判になった。こんな寺島は初めて見る。

正論や情熱では如何ともしがたい大きな壁が、宇宙研究には存在しているらしいと、おぼろげながら知った。日々驚きと感動の連続に興奮しているだけの自分が、あまりにも無知で無邪気に思えてきた。

11

本郷登紀子《ときこ》を前橋で聴取した翌朝、羽瀬に呼び出された。

「昨日は大収穫だったようだな」

今朝の羽瀬は機嫌が良さそうだ。

「収穫というより、不可解な点がいくつかあったと申し上げる方が妥当かと思います」

「本郷家の使用人を聴取したいと申請したのは、そのためか」

登紀子の証言を裏付けるために必要だと考えて前原に願い出ていた。

「未亡人の証言の裏を取りたいんです」

「意味がないな」

即座に却下された。だが、簡単に引き下がるわけにはいかない。

「なぜでしょうか。本郷家から発見された手帳は何者かに盗まれ、国税の査察直前に金庫に戻された可能性があります。警察への届けは出ていませんが、手帳が本当に盗まれたのであれば、使用人が事情を知っている可能性があります。聴取をぜひやらせてください」

「不要だ。冨永、おまえ本筋を見誤っていないか」

そうは思えない。それどころか羽瀬の判断が不可解だった。

「発見された手帳が、本郷の所有物ではないという可能性は」

「低いでしょうね。筆跡鑑定で、本郷五郎自身の物という可能性が高いと出ています」

「だったら、それを誰かが盗んだ後、ガサ入れ直前に戻したなど、どうでもいい話だろう」

「つまりは、手帳が本郷のものであるならば、中身の解明こそが重要で、手帳発見までの経緯は些末だと」

「そういうことだ」

羽瀬の考えは理解できたが、不可解を放置するような捜査は冨永にはできない。

「おまえは、本郷のばあさんにまんまと煙にまかれたんだ」

だが、冨永の心証としては、彼女は真実を話している。

「不満か」

「いえ」

本音は、大いに不満だった。とはいえ羽瀬の目的、ひいては捜査チームの使命を、自分が見誤っていたのも事実だ。

「冨永、おまえがやるべきことは手帳の解読だろ。あの女は、絶対に何か知っているはずだ」

「お言葉を返すようで恐縮ですが、たとえ本郷登紀子が知っていたとしても、しゃべるとは思えません」

いきなり羽瀬が両足をデスクの上に置いて、大きな音を立てた。

「おまえの見解は聞いていない。あの女の口を割って、暗号を解くヒントを訊き出せと命じているんだ」

だからそのためにも、本郷を嵌めた人物を特定したいのだ。それくらいの誠意を見せなければ、登紀子の協力を得るなど到底無理だ。

「息子を調べさせてください。一番崩しやすいのは、彼です」

「別の者がやっているよ。もっともオヤジが自殺したと知ってから、息子の口は真一文字に結ばれたままだがな」

ならば、取調官を替えるべきだ。

「なんだ、おまえなら割れるとでも言いたいのか」

「いえ。ただ、息子を籠絡したというホステスを見つけ出せれば、突破口になるのではと考えています」

「グッドアドバイスを感謝するが、それもやっている。今のところ何一つ成果はない。だから、おまえは本郷未亡人を落とすしかない」

副部長と主任検事以外、捜査の全貌は明かされない。平検事は、ただ黙って使命を全うせよ――。これが特捜流なのだ。冨永に捜査の全貌を知る権利はない。

「もう一度、聴取します。ただし、二日の猶予を戴きたいのですが。手ぶらで当たったところで落とせるとは思えません。私の方で、相応の準備をしたいのです」

「一日だ。明日には行ってこい。いや、次はこちらに呼んだらどうだ」

それも一案だとは思うが、効果があるかどうか確信は持てない。

「その検討も含めて、お時間を下さい」

羽瀬の顔付きが緩んだ。

「何か」

「おまえは、本当に面白い男だな」

「お褒めいただき恐縮です」

「褒めてない。半ば呆れ、半ば感心しているんだ。一見、上に服従しているようで、その実、己の主義を曲げない。面白いな。それが京都人気質か」

考えたこともないのだから答えようがなかった。

「まあ、いい。好きにしろ」

「ひとつ、教えて戴きたいのですが」

羽瀬が顎先で促した。

「今回の本丸は、橘洋平ですか」

「そんな先入観は捨てろ。本丸が誰かは、手帳が教えてくれるだろう」

話は終わりだと告げるように、羽瀬は両足を床に降ろした。

12

時間の許すかぎり本郷五郎の資料を読み漁った。残念だったのは、登紀子の情報がほとんど入手できなかった点だ。

登紀子が主宰する地域の慈善活動が群馬県の県紙「上毛新聞」で何度か取り上げられていた程度だ。いわゆる当たり障りのない記事で、ほとんど役に立たなかった。

唯一の収穫は、女学校時代の同級生と一緒に写っている写真を添えたタウン誌の記事だった。本郷登紀子の実家は桐生織の織元で市内でも指折りの名家だった。おまけに才色兼備で近所では相当に目立つ存在だったらしい。本郷の出自からするとあまりにも身分違いのカップルだが、本郷から猛烈にアタックされて、駆け落ち同然で一緒になったというエピソードが語られていた。

「西の西陣、東の桐生」といわれるほどの伝統技術と文化の中で育ったお嬢様――、だから祖母に似ていたのか。この小さな共通点が突破口になりはしないか。そう考えた富永はさっそく桐生織や彼女の実家の歴史などを調べた。

そして、自ら本郷宅に電話を入れた。家政婦と思われる声に、身分と名を告げて、登紀子に替わって欲しいと頼んだ。

「奥様は、お話ししたくないとおっしゃっています」

五分近く待たされた挙げ句の拒絶だった。

「とても重要なお話があるので、ぜひ替わって戴きたいと言って下さい」

聞こえよがしなため息と共に、また保留音が始まった。待つ間、五十嵐が見つけてくれた若かりし日の登紀子の写真を手にした。いかにも鼻っ柱の強そうな育ちの良い令嬢が、射すくめるようにこちらを見つめている。

「本当は政治家になりたかった」と、あるインタビューで登紀子は語っていた。そういう姿が想像できる風格がある。

政治家ではなく、政治家を陰で支える役回りを死ぬまで務めた夫を、彼女はどんなふうに見ていたのだろうか……。

電話を待つ間も資料を繰って、登紀子が表千家の師範の資格を持ち、日本で一番好きな都市として、京都と答えている記事を見つけた。実家の「冨永」は、表千家の茶会の菓子を一手に引き受けている。だとすれば、実家の菓子を食べた可能性は高い。

「お待たせしました。本郷でございます」

不意に登紀子の声が耳に飛び込んできた。

「無理を言って申し訳ありません。実は、明日の午後に、東京地検特捜部までお越し頂きたいのですが」

相手は沈黙している。呼気すら聞こえない。

「それは、強制ですか」

「任意です。ただし、お越しいただけない場合は、こちらから何度でも出向きます」

「国家権力の横暴というわけね」

暫く沈黙があった後、「承知しました」と返ってきた。緊張していたのか額に汗が滲んでいた。

「何時にお邪魔すればよろしいのかしら」

「午後三時はいかがでしょうか」

「ではその時間に」

場所が分かるかと訊ねる前に、電話は切れていた。

やれやれ、やりにくい相手だ。ため息をついて、もう一度、本郷宅に電話した。先ほどと同じ家政婦の声だ。

「先ほどお電話した東京地検の冨永です。のちほど地図をファックスしますのでお渡し下さい」

「はい」

「それと、奥様のお好きなお菓子はありますか」

隣で資料整理作業をしていた五十嵐が驚いたように、こちらを見ている。

「和菓子が、お好きです」

「ありがとうございます。では、よろしくお伝え下さい」

冨永は電話を切ると、五十嵐に抹茶の銘柄を伝えて、明日の午後までに手に入れて欲しいと頼んだ。それからすぐに実家に連絡を入れた。

「おおきに、京菓子の冨永でございます」

「ああ、真一です。お父ちゃんはいてはりますか」

従業員は慌てた様子で父を呼びに行った。

「もしもし」

聞き慣れた父の控え目な声が返ってきた。

「お父ちゃん、元気か？　忙しいところをごめんなあ」

「全然、忙しないでえ。それより珍しいやないか。平日の昼間に電話やなんて」

心配性の父の眉間には、きっと皺が寄っているだろう。

「あのな、お願い事があるねん」

季節の菓子を見繕って明日の正午までに送って欲しいと頼んだ。

「明日必着か。えらい急な話やな」

「ちょっと気むずかしい人に会わなあかんねん。桐生の大店で育ったおばあちゃんで、表千家のお免状も持ってはる。そんな人やし、お父ちゃんのお菓子持っていったら喜んでくれはるかなって」

父親は黙って息子の話を聞くと、「よっしゃ、分かった。ほな腕によりをかけてつくらしてもらいまひょ」と請け合ってくれた。

時間的に厳しい気もしたが、「新幹線使《つこ》てでも間に合わせます」と返ってきた。

父の好意に甘えることにして、冨永は電話を切った。

「なかなか贅沢な調べになりそうですな」

五十嵐は、冨永の家業について知っている。

「どれほどの効果があるかは分かりませんけれど、わざわざ東京まで呼びつけるわけですから、少しはおもてなしをしないとね」

五十嵐は感心したように頷くと、抹茶を買いに出かけた。

午後九時頃に、冨永は仕事を切り上げた。左門との約束の時刻が迫っていたからだ。朝から何度か左門の職場に電話を入れていたが、そのたびに外出中だと返されていた。折り返し電話が欲しいと伝えたが、電話はなかった。

指定された通りに、帝国ホテルのバーに行くしかないと諦めて、庁舎を出た。帝国ホテルまでなら徒歩で二〇分ほどだ。少し頭を冷やしたいと思ってお堀端を歩いた。道すがら前日の電話と意味不明なメッセージについて考えてみたが、何か異変があったとしか思えなかった。

こんなことなら、同窓会の時にもっとしっかり話しておくべきだった。

――今でもおりますよ。僕らのような仕事をしてたら、突然、闇の中から飛び出してきよります。ただ、みんな昔より巧妙になっただけや。

あれは、一般論ではなく、左門自身の話だったのだろうか。文部科学省で宇宙関係の部署を担当していると言っていた。そんな部署に、巨悪が潜んでいるというのか。

もはや帝国ホテルまで待てないと思って、冨永は携帯電話を取り出して、親友を呼び出した。つい最近教えてくれたばかりのｉＰｈｏｎｅの番号だ。だが、呼び出し音が鳴る前に、電源が入っていないとアナウンスされた。

ダメ元で公務用の携帯電話を呼び出してみた。こちらは呼び出し音が鳴った。続いて誰かが電話を取った。

「ああ、左門、心配したで」

だが、相手からは何も答えがなかった。警戒心が湧いた。

「もしもし、近藤さんの携帯ですか」

「そうですが、今、近藤さんは電話に出られません」

「失礼ですが、あなたは？」

「役所の同僚です。そちらは？」

その言い方が気に入らなかった。

「大学時代の友人です。昨夜からなんべんか電話してるんですけど、ぜんぜん出はらへんし心配してるんです」

わざと京都弁で話した。

「あとで本人からかけ直すように伝えます」

電話は答えを待たずに切られた。

胸騒ぎがした。

どう考えても今の電話はおかしい。

「一体、何が起きてんねん、左門」

何度も頭に浮かんでいた言葉が、口をついて出た。

帝国ホテルには三つのバーがある。左門はバーの名前を告げなかったが、彼が待っているのは、オールドインペリアルバーだと確信していた。ここだけは過去に何度か一緒に訪れていたし、一階のラウンジ・バーは、あまりにも人目につきすぎた。

店は客で溢れていた。あたりを見渡して左門の姿がないのを確かめると、冨永は奥のカウンター席に陣取った。

「ラガヴーリンをロックで」

それだけ言ってから、携帯電話をテーブルの上に置いた。先ほど電話をした数分後に、左門の公務用の番号から着信があった。折り返そうかと思ったが、結局やめた。

徐々に客が減る中で、冨永は二杯飲んで粘った。手持ちぶさたと不安を誤魔化すために、最後は本郷登紀子の資料まで開いた。

「お客様、大変恐縮でございますが、そろそろ閉店になります」

バーテンダーに声をかけられて、冨永は顔を上げた。午前二時前だった。

「つかぬ事を伺いますが、今晩、近藤という者から、この店に電話はありませんでしたか」

もっと早く聞くべきだったと思いながら問うてみた。

「少々お待ち下さい」

バーテンダーが下がっている間に、もう一度、左門のｉＰｈｏｎｅに電話を入れた。だが、相変わらず電源が入っていない。

「申し訳ございません。そういう方からのお電話はございませんでした」

冨永は礼を言い、席を立った。

廊下に出ると、不意に酔いが襲ってきた。さしたる量ではないのだが、無言で不安を抱えながら飲んだせいだろう。

よろめいてテナントのショーウインドウに手をついてしまった。

大きくため息をついてウインドウを見た瞬間、そこに貼られていたポスターの文字が目に飛び込んできた。

〝インドネシアの秘宝『ジャカルタの雪展』〟とあった。

第四章　解き放たれる謎

1

翌朝、目覚めてすぐに左門宅に電話を入れたが、やはり応答がなかった。自宅を覗きに行こうかと相当悩んだが、左門の住まいは根津なので二子玉川の自宅からは一時間ほどかかる。仕方なく諦めた。

地下鉄霞ケ関駅から地上に上がったところで、左門の職場に再び連絡してみたが、なぜか長期休暇中だと返された。

「休暇の申請は、本人によるものですか」

相手に不審がられるのを承知だったが、聞かずにはいられなかった。

「どういう意味でしょうか」

応対した若い女性は、戸惑っている。

「つまり、近藤さんご自身が、休暇を申請されたのでしょうか」

「分かりかねます。失礼ですが、どちら様でしょうか」

「大学時代の友人です。昨日も電話したんですが、その時は外出していると言われたんですよ。休暇は今日からなんでしょうか」

「そう聞いています。恐れ入りますが、お名前をお教え戴けますか」

どうしようかと迷ったが、そのまま電話を切った。

捜査部屋に顔を出し、今日の午後に本郷登紀子を聴取する旨を前原に報告すると、早々に取調室に引き上げた。聴取の要点を再確認して、暇さえあれば眺めている手帳のコピーを睨んだ。

書かれたものを、自分たちは正しく読み取っていない。だから、ヒントすら摑めないのだ。先入観を捨て去って、もっと自由に想像せよ。そう念じながら、手帳の文字をひたすら見つめた。

妙案は浮かばず、数枚のコピーを横に並べてみた。

地名だけでなく、数字にも重複しているものがある。例えば、〝3712〟とか〝1192〟とか――。前から気づいてはいたが、今日は特にひっかかった。

もしかすると年号と関係しているのだろうか。「良い国《1192》作ろう鎌倉幕府」という年号の暗記文句が浮かんだ。だが、残念ながら、西暦3712年はあまりにも未来の話すぎる。

それにしても、この二つの数字が何度も出てくる。そこに何か意味があるのではないのか。そうメモしたところで、卓上時計が十時を過ぎているのに気づいた。

「すみません、ちょっと一時間ほど出掛けてきます」

五十嵐に断って、冨永は銀座を目指した。三越で開催中の『ジャカルタの雪展』を見に行くのだ。

インターネットで調べたところでは、一七世紀に東インド会社で莫大な富を得た大貿易商が、後妻を娶る際に作らせたダイヤモンドのネックレスを、ジャカルタの雪と呼んだのだという。材質の問題なのかダイヤがやや白濁しているのが雪を連想させたらしい。そこにジャカルタという都市名が付いたのは、二人が出会った場所がジャカルタだったからだ。

左門はなぜ、それを見せたかったのだろうか。

地下鉄日比谷線の銀座駅で降りて地上に出た時、和光の時計が、午前十時三十分を告げていた。腕時計の誤差を一分修正して、冨永は老舗百貨店に入った。『ジャカルタの雪展』は八階催物会場で開催されているらしい。

エレベーターに乗り込むと、開店直後というのに買い物客らしき中高年の婦人客で溢れ返っている。買い物が苦手な冨永にとって百貨店というのは、ほとんど縁のない場所だ。それだけに、息が詰まるほどの人混みに辟易した。

入口で入場料を払うと、ダイヤの首飾りの展示ブースに直行した。ほとんど光を遮断した薄暗い会場で、ネックレスにスポットライトが当てられ、ひときわ輝いている。数人の客が興味深げに覗き込んでいる脇から、冨永はダイヤの秘宝を見つめた。

美しい首飾りではあるが、何かの記憶が喚起されたり、不審な点があるようには思えなかった。展示ケースの周りを歩いてみたが、特に何も発見できない。しゃがみ込み、最後は周囲のガラスに何か傷でもないかと触れていた。

「恐れ入ります。ガラスケースにはお手を触れないでください」

警備員が立っていた。

「失礼」と言って立ち上がると身分証明書を提示した。

「東京地検特捜部の冨永と言います。主催者の方にお話を伺いたいのですが」

身分を明かすのは、職権濫用かも知れないという懸念はあった。だが、これ以上は胸騒ぎを放っておけなかった。

年配の警備員は冨永の身分証を確認してから、「お待ちください」と言って受付に向かった。

その間に、他の展示物に目を遣った。いずれもが高価そうな宝石で、自分には無縁という以外の感想はなかった。

「いらっしゃいませ。どういうご用件でしょうか」

上品そうな男性の店員が現れて、辺りを憚るような小声で訊ねてきた。

「東京地検特捜部の冨永と言います。少しお話を伺いたいのですが」

店員は緊張した面持ちで、カーテンで仕切られた受付の後ろ側に案内した。一坪ほどの狭いスペースに椅子が二脚と丸テーブルがある。

「手狭で恐縮ですが」

冨永は、相手に勧められるままに椅子に腰を下ろした。あらためて自分の身分を伝えると相手が名刺を差し出してきた。帝国宝石店という宝石商の名刺だった。

「近藤左門という人物について、何かご存知ではありませんか」

不躾は重々承知しているが、回りくどいよりはましだった。

「あ、冨永様ですね。いや、失礼致しました。近藤様からお預かりものがあります」

男は打って変わって愛想が良くなり、抽斗《ひきだし》から封筒を取り出した。

「実は、一昨日、ここでスマートフォンを忘れたというご連絡をいただきまして」

封筒の中にはｉＰｈｏｎｅが入っていた。

「近藤様はこれから海外に行かれるとかで、代わりに友人が受け取りに行くので渡して欲しいとことづかっております」

代理の友人の名は冨永真一だと告げたらしい。

「まさか、検事さんだとは思っておりませんでした。失礼致しました」

事態に戸惑いながら、冨永はテーブルに置かれたｉＰｈｏｎｅに手を伸ばした。

「恐れ入ります。お持ちの携帯電話からこのｉＰｈｏｎｅ宛に電話していただけますか。それも、近藤様のご指示で」

この男、よくそんなバカげた話に忠実に従うものだ。男は手入れの行き届いた指でｉＰｈｏｎｅを起動している。

「近藤とは、知り合いですか」

「はい。お祖父様の代からご贔屓にしていただいております。先日も、結婚記念日にと真珠のネックレスをご購入いただきました」

左門の実家の財力を考えると、高級宝石店と昵懇《じっこん》でも不思議ではない。上得意だから、こんな奇妙な指示にも素直にも従うわけか。

「恐れ入ります。お願いできますか」

冨永は携帯電話を取り出して、昨日から何度もかけている左門の番号をリダイヤルした。いきなり大きなティンパニの音に続いて、エレキギターがメロディを奏で始めた。

着メロが何の曲なのかは、すぐに思い出した。一世代前に放映された特撮物の主題歌だ。左門は特撮物の大ファンで、新旧かかわらず大量のビデオソフトを収集していた。着メロのテーマソングは左門が大好きなシリーズのものだった。確か、タイトルは……。

「ありがとうございます。ディスプレイに、冨永真一様という表示もございます。お渡し致します」

受け取ってすぐに、ロックを解除した。だが、パスワードの入力が必要らしい。

「パスワードについては、何か」

「ご存知だとおっしゃっていましたよ。着メロを聞けば、忘れていても思い出すだろうとも」

だとすれば、作品タイトルを思い出せばいいのだ。「緊急指令10」なんとかだ。

「近藤と電話で話した時に、それ以外に何か言ってませんでしたか」

「特には。ああ、そうでした。くれぐれもお体をお大事にとだけ」

何を言っている左門。それは、おまえの方だろ。

「ところで彼がスマホをここに忘れたのは、ご内密に願えますか」

「それは近藤様からもきつく言われております。大事な情報が入ったものを忘れたなんて、恥ずかしいのでと」

丁重に礼を言うとiPhoneをスーツのポケットに滑り込ませた。

会場を出てエレベーターホール前のベンチに腰を下ろすと、自分の携帯電話を取り出して、先程の特撮番組の断片的な記憶で検索をかけてみた。

すぐにタイトルが出た。

「緊急指令10《テン》―4《フォー》・10《テン》―10《テン》」

念のためにYouTubeで主題歌を聞いてみた。間違いない。先程の着メロだった。

ポケットから左門のiPhoneを取り出して、1004と打ち込んだ。だが、違ったようだ。

ならば、これに違いない。

1010――。さあ、左門、僕に何を伝えたかったんや。

だが再び、エラーが表示された。

2

地下鉄に乗り込んだところで、冨永は再びiPhoneのロック解除に挑戦してみた。本郷事件の影響もあり、最近は子どもの頃に左門と遊んだスパイごっこをよく思い出す機会が増えていた。

左門と関連がある数字――。まずは、生年月日か。誕生日は十一月三日。それを打つべきか。いや、安易すぎる。

――スパイと言えば、007ですよ。00《ダブルオー》というのは、任務のためなら殺人を犯しても許される番号なんや。僕らも、そういう番号をつけなあきませんな。

それで、自分たちも〝殺しのライセンス〟番号をつけることにした。

あれは何番だったたか。

――真ちゃんは、真一やから41やな。

そうだ。0041だった。その数字を入力しようとしてやめた。これは左門の電話なのだ。だったら、左門のナンバーを使うべきだ。

左門のコードナンバーは何だったっけ？――。

霞ケ関駅のホームに降りると、壁際のベンチに腰を下ろした。もう少しで思い出せそうな気がしたからだ。

――ほな、左門のナンバーは僕が決めたげる。0039や。

左門は口ぐせのように「おおきに」と言う。「おおきには、サンキューやろ。せやから39や」と説明すると、本人はいたく喜んでくれた。

これに間違いない。そう確信して、冨永は勢い良く0039とタップした。

三度《みたび》、赤い文字で「パスコードエラー」と出た。

「ったく！　左門、ええ加減にせえよ」

そう叫んだ声は、入線した列車の轟音が消してくれた。

ダメだ。焦らず、じっくり考えなければ。

とりあえず仕事に戻ろうと、ベンチから立ち上がった。

地検の入口でPPO（識別票）を提示したところで、警備員から呼び止められた。

「面会の方が、いらっしゃいます」

ロビーの方を見ると、入口近くの長椅子に父が腰かけていた。

「お父ちゃん！　わざわざ持ってきてくれはったんか」

周囲の興味を引くのもお構いなしに、冨永は父に駆け寄った。

「一所懸命つくってたら、自分で行きとうなりましてな。おまえの顔も暫く見てへんし。それに」と父は冨永の耳元に口を近付けて「東京地検特捜部ちゅうところも見とかなあきませんやろ」と付け足した。こういう子供じみた好奇心は、いくつになっても衰えないものらしい。

「どうぞお好きなだけ、社会科見学してちょうだい」

父が大事そうに抱えていた重箱を受け取ると、入館手続きを済ませて特捜部のフロアに向かった。

エレベーターを待つ間も、父はキョロキョロと辺りを見渡している。

「特捜部て泣く子も黙る火盗改《かとうあらため》みたいなとこでっしゃろ。機関銃でも持った警備員がいるんかと思いましたけど、他のお役所とあんまり変わりませんなあ」

火盗改と機関銃が、なぜセットになるのかが分からなかったが、言いたい気持ちは理解出来た。とはいえ、さすがに取調室に入れることはできないので父を応接室に通した。

「急な話やったさかいねえ、気に入ってもらえるかどうか、分からへんけど」

父は風呂敷を解くと、宝物を取り出すように両手で丁寧に重箱の蓋を開けた。

重箱は二段詰めで、まず一の重に色とりどりのきんとんが並んでいた。餡の周囲を、艶やかな色で染めたそぼろ状の餡で包んだものだ。

「うわー、こんなにぎょうさん。しかも、さすがや」

思わず声を上げてしまった。

「春は、山も街も華やかになりますやろ。梅に始まり桃、桜……とらんまんや。その美しさを形にしてみたんや。まぁちょっとしたお遊びです」

「これは見事なものですなあ」

二人にお茶を差し出しながら五十嵐も感心して見入っている。

京菓子は、季節感とはんなりとした上品さが命。父は事あるごとにそういう。言葉にすれば簡単そうだが、そこにはっきりと技量の差が出る。父の菓子は繊細で丁寧な彩りに秀でているというのが定評だった。

「で、こっちのお重には季節のおいしいもんを詰めてみました」

そこには茶巾絞りを中心に「富永」の春の定番が並んでいる。茶巾絞りは、生地と餡を茶巾で丸く包んで絞る菓子だ。「富永」の場合は、こなしというこし餡に薄力粉を混ぜて蒸した京独特の生地を使う。茶巾の絞り方や、生地の色の組み合わせなどが職人の腕の見せ所だった。こちらも春めいた色合いが数種並んでいた。上得意にだけ出す特製の薯蕷《じょうよ》饅頭もある。

「これは、僕らで戴いていいかな」

薯蕷饅頭は京菓子司ではなく、饅頭屋で売る物と決めつける人がいる。実際「富永」でも、上得意から乞われた場合にしか出さないが、隠れた人気商品だった。

「真ちゃん、好きですやろ。そのつもりで持ってきました。うん、ええお茶やな。五十嵐さんはお茶のいれ方がお上手やわ」

京都人に褒められると五十嵐も嬉しいらしく、素直に喜んでいる。

五十嵐に三人分の皿を頼むと、父が何か言いたげな目を向けてきた。その目に釣られてもう一度、重箱を眺めてみた。そして、ある茶巾絞りで視線が止まった。

「あ！　これは」

「やっぱり、覚えてはったか。今日、真ちゃんが会うお方は、亡くなったお義母《かあ》はんに、よう似てはるんやろ。なら、あんたは、これを食べさせたいんやないかと思てな」

淡い桜色の茶巾絞りの上に、数枚の桜の花びらが風に舞っている。風は金色だった――。

忘れもしない。冨永が九歳の時、祖母の誕生日につくった茶巾絞りを再現したものが、そこにあった。

3

その日は定休日だった。真一は厨房で父と菓子作りに励んでいた。祖母の誕生日祝いに贈って喜ばせようと思ったのだ。母は反対したのだが、どうしても作ると譲らない真一に根負けして、父が許してくれた。

色鉛筆で描いたイメージ画を横に置いて、こなしを練り始めた。何事も丁寧に根気強く、気持ちを込めることが基本という父の教えを守りながら、真一は一心不乱に生地を練った。桜色と白を基調にこなしを丸めた後に、茶巾でゆっくりと絞り上げる。へらを器用に使って菓子の上方に桜の花びらのような形をつけた。

おばあちゃん、長生きしてくださいという気持ちを込めて、真一は茶巾を解く。さらに桜色に染めたこなしを花びらの形に整えて、てっぺんのすぼまったあたりに数枚散らした。

「ほお、上品なお菓子になったたな」

息子の作業を黙って眺めていた父が目を細めている。

父はじっと菓子を見つめてから「お祝いやし、金箔でもあしらいましょか」と言った。

「ええの？　そしたら、もっと豪華になる！」

菓子用の極薄の金箔を、父は糸のように細長い短冊に切った。

「金の風を流すつもりでやってみ」

息を凝らして、金箔を菓子の上にそっと添えた。格段に見栄えが良くなった。

父が黒い輪島塗の菓子皿を出してきて、真一の力作をそこにのせた。

「凄い、めちゃくちゃ上等に見える」

「真一は、ほんま器用やなあ。それにセンスがええわ」

父は嬉しそうに目を細め、真一の頭を撫でた。

「そこで何してますんや」

作業場の入口に銀鼠の羽織姿の祖母が立っていた。

「あっ、お帰りなさい」

「お帰りなさいやのうて、真一、そこで何してますんやと聞いてますんや」

「今、お祖母様のお誕生日プレゼントをつくってました」

「一雄はん、何で、真一に粉を触らせてますん？」

「すんまへん、お義母はん。真一がお義母はんのプレゼントを」

「黙りなさい！　冨永の長男は、厨房に入ってはならんというしきたりを知ってはりますやろ」

「へえ。けど今日だけは真一の気持ちをどうしても汲んでやりとうて」

祖母は厨房に入ってくると、扇子で父の肩を叩いた。

「何、口答えしてはりますん」

「ほんま、勘忍しとくれやす。二度と、こんなことさせませんから」

平身低頭詫びる父を、祖母は再び扇子で打った。

「あんた、近頃、調子に乗りすぎてんのと違いますか。京菓子組合の婦人会で、『おたくの婿さんは、今度洋菓子を作るゆうてはりましたで』って言われましたわ。なんやそれ。何、勘違いしてんのや。確かにあんたは鈴子の婿やけど、冨永の暖簾を守ってるのは真蔵や。養子の分際で、勝手な事言わんといておくれやす」

普段の優しい祖母とは別人のような物言いに真一の体は硬直してしまったが、勇気を振り絞って父と祖母の間に入った。

「おばあさま、ごめんなさい。僕が悪いねん。僕が、お父さんに無理をお願いしてん」

「真一、私が話してる時は、黙ってなさいと教えましたやろ」

「だって、悪いのは僕やねんから」

いきなり祖母に頬を抓《つね》られた。真蔵おじちゃんなんて、いっつもお酒飲んで遊んではるだけやんか。ウチはお父さんが頑張ってるから、みんな贅沢できるんや。お父さんをバカにするのはやめて」

「なんでやのん！　真蔵おじちゃんなんて、いっつもお酒飲んで遊んではるだけやんか。ウチはお父さんが頑張ってるから、みんな贅沢できるんや。お父さんをバカにするのはやめて」

今度は頬を張り飛ばされた。熱くなってじんじんした。

「そんな生意気、誰に教わりましたんや。冨永の息子は、菓子作らんでええんです。勉強もせんでええ。友達つくって、人に好かれたら満点や。そうすれば、皆が、ウチの菓子を買うてくれはる」

それはおかしいと、ずっと思っていた。

室町時代から続いている上菓子屋なのに、菓子の技術を守っているのは、長女と結婚する養子だった。職人の中で一番腕のいい者が、問答無用で婿養子になるのだ。母がことあるごとに「好きでもない人と結婚させられて、苦労ばっかり」と、父を詰るのも、そういう理由だ。それでも父はじっと耐えて、菓子を作り続ける。

そんな家庭の歪《いびつ》さに時々いてもたってもいられなくなり、母に食ってかかり、時に耐える父さえも責めた。

そんな息子の頭を撫でながら父はいつも同じことを言った。

――真一は賢い子やな。けど、大人にしか分からへん世界があるねん。それに、お父さんは、お母さんが大好きやし。真一と華子も大好きや。

しかし、「僕は将来、お父さんの後を継ぐ」と言っても、父は聞こえないふりをする。

学校の授業で、自由という言葉の意味を習っても、それは真一の暮らしとは縁のないものだった。我が家で何よりも大切なのは、冨永のしきたりなのだ。だが、菓子職人になりたかった。父と一緒に、色とりどりのきれいな菓子を作りたかった。

祖母は、真一が創り上げた菓子を扇子の先で押し潰すと、ゴミ箱に捨てた。

真一は呆然と見ていた。何とか祖母が厨房を出るまで堪えようとした涙が、頬を伝った。

「真一、いつまでそこにいますねん。冨永の息子は厨房立ち入り禁止や。今すぐ、出よし」

死んでも出たくなかった。だが、父に引きずり出されるようにして、真一は厨房を出た。

父子の様子を見ていた祖母が「あんたは頭のええ子や。お祖母ちゃんとの約束守れるな」と言ったが、祖母を睨み付けるだけで何も応えなかった。

「一雄はん、いったい家《うち》でどういう教育してますんや。頭が良うても礼儀を知らんのは、冨永の恥や。つまらんこと教えてんと、しっかりしつけしよし」

「ほんまにすんませんでした」と父に後ろから押さえつけられて真一は頭を下げた。

なんで、僕らが謝るんや。

顔を上げると、祖母の姿はすでになかった。

「人が心を込めて一生懸命つくったもんを、あんな風に潰すのんが礼儀なんか、くそ鬼婆」

「真一、そんなんゆうたらあかんで。おまえがお祖母様をそんな風に呼んだらあかん。お父ちゃんが悪かったんや。冨永は昔から続く菓子司の家やさかい、そのしきたりはとても大切なんや」

そんなもん僕には大事やない、と反抗するのは簡単だった。だが、そう言えば、父が困るのが分かっていた。涙が止まらなくなって、父にしがみついて泣いた。

冨永の伝統がなんや。そんなもんいらん。世の中には、しきたりより大事なものがいっぱいあるやないか。

この一件だけで、冨永真一が法曹界を志したわけではない。だが、小さな頃から心に決めていた「僕が『冨永』を継ぐ」という気持ちは失せていた。

4

冨永は昼食に父を誘ったものの霞が関近辺にはめぼしい場所がなく、父が宿泊する帝国ホテルに向かうことにした。

「よう考えたら、仕事中の真ちゃん見るのは初めてやったわ。背広姿やと見違えますなあ。どこから見ても立派な検事さんですな」

タクシーに乗り込むなり、父は饒舌になった。

「何を今さら。検事になってもう一〇年以上になるねんで。それに、僕ももうすぐ四〇やし、背広ぐらい着こなさんと」

「そらそや。けど、お父ちゃんはなで肩やから、そんな格好、似合わへんで」

冨永も父譲りでなで肩だが、それでは取り調べ相手に対する威圧感が足りないと、先輩から強く薦められて、わざと大きめの肩パッドを上着に入れてある。

そこまで説明するのもバカバカしくて、笑って聞き流した。

歩くと二〇分余かかる帝国ホテルもタクシーだとものの数分だった。予約しておいた鉄板焼き屋「嘉門」に入ると、冨永は父にビールを勧めた。

「真ちゃんは？　まだ仕事あるんやろ」

「そんなん気にせんと。昨日からひと仕事してもらった上に、はるばる京都から来てくれたんや、遠慮せんと飲んで」

父は「ほな、一杯だけ」と生ビールを注文した。気苦労が多いせいかいつ見てもげっそりと痩せているが、父はいつも食欲旺盛だし大のステーキ好きだった。冨永はふんぱつして和牛スペシャルランチを二人分注文した。

「店の方は、どうなん？」

「まあまあやわ。幸信君がようやってくれてはるから、私は楽隠居ってとこかな」

妹の夫である幸信が地元の銀行を辞め「富永」を継いで三年になる。それまでの、娘婿は職人から選ぶというしきたりを、ついに破った。そのうえ幸信は経営者としてのセンスが良く、このところ百貨店に出店するなど事業拡大に成功しているという。また、妹の華子は清水寺の産寧坂近くで和菓子カフェを開いており、外国人客に大評判だという。

「若い職人さんは、育ってんのん？」

事業拡大がいくらうまくいっても、「富永」の味を守る職人がいなければ、店はいずれ立ちゆかなくなる。精力的に若い職人見習いを採用しているようだが、父の厳しいお眼鏡に適う者がいないと、華子が嘆いていた。

「去年、入ってきた子が頑張ってますんや」

良い香りと共に肉が焼きあがった。

「さあ、食べよ。おいしそうや」

そのあとは雅之や希実子の近況で盛り上がりながら肉を味わった。コーヒーを飲んだところで、智美からのメールが着信した。

〝今夜は、ぜひウチに泊まってもらって下さい。子どもたちも会いたがっているので。その時は、真ちゃんも一緒よ。　智美〟

このところ、帰宅が遅い夫に釘を刺すのは忘れていないが、父を歓待すると気遣ってくれるのがありがたかった。

「今、智美からメールが来て、ウチに泊まって欲しいって言うてるんやけど」

「おおきに、嬉しいなあ。けど、他に約束があって、今日は遅うまで飲みますねん。明日は土曜日やし、真ちゃんも休みやろ。お昼にでもお邪魔させてもらうわ」

妻にそれを伝えると心から残念がっていた。

「ほな、ここでお別れや。明日、一一時ごろに伺うわ」

父はあっさり言うと、チェックインするためにフロントに向かった。

少し背中が丸くなったようだが、父は元気そうだ。滅多に実家に顔を出さない冨永に嫌み一つ言わず、むしろ息子のために一生懸命になってくれる父の背中に向かって頭を垂れた。

背後で人だかりがして振り向くと、数人のスーツ姿の男女が一人の男性を取り囲んでいる。国土交通大臣の若田修平《わかたしゆうへい》だった。若田大臣は記者たちを振り切るように、早足で玄関口に向かっている。

冨永は集団を避けて、玄関に出た。

黒塗りのセンチュリーが車寄せに止まると、助手席から大柄の男が降りて後部座席のドアを開けた。若田が車に乗り込もうとした時、一人の記者がＩＣレコーダーを突きつけた。何やら一言二言返すと、勢いよくドアが閉められた。

見るとはなしに、その騒動を眺めていた冨永の目が、若田が乗り込んだセンチュリーのナンバープレートに釘付けになった。

１１９２――いい国作ろう鎌倉幕府だ……。

まさか。胸ポケットから本郷五郎の手帳の写しを取り出して凝視した。

そうか、そういうことか！

5

興奮して自室に戻ると、冨永は四桁の数字の謎を五十嵐にまくし立てた。五十嵐は感心したように何度も頷いている。

「つまり、これは車のナンバーというわけですな」

若田は鎌倉市出身で、衆議院神奈川四区選出だった。個人事務所のホームページのプロフィールに、公用車のナンバーを「鎌倉幕府」にちなんで１１９２にしたとある。

「確信があるわけではありませんが、若田大臣は土建族のドンと言われ、過去にも疑惑を持たれた代議士です。本郷氏が裏金を贈った人物だったとしても、おかしくはありません」

「それにしても考えましたなあ。数字が金額ではなく、送り先を示すとは」

「とりあえず橘洋平の車のナンバーを陸運局に問い合わせて下さい。品川ナンバーだけではなく、群馬ぐらいまで広げて」

五十嵐はすぐさま動いた。

興奮のせいか冨永は落ち着いて座ってられず、部屋の中を歩き回った。

本郷の手帳の数字部分が人物を特定するのであれば、地名は金額ということになる。さて、どう解釈するか……。

五十嵐が陸運局と話すのを聞きながら、壁に掛かる時計を見遣った。午後二時過ぎだ。せめて本郷登紀子の聴取は明日にしたい。これらの数字の解読について、彼女にぶつけてみたかった。

そこまで考えてから冨永は「前原さんのところに行ってきます」と言って、部屋を出た。少しでも正解の可能性があるのならば、主任検事に伝えるべきだった。

捜査本部では、相変わらずブツ読みをしている事務官数人がいたが、冨永が入室しても誰も顔を上げなかった。

「少しお時間、よろしいですか」

前原と話し込んでいた藤山が気を利かせて退席しようとした。

「いや、藤山さんも一緒に聞いてください」

前原が頷くと、藤山は従った。

「本郷の手帳の一部が解読できたかも知れません」

「まじっすか。やっぱ、先輩すごいわ」

藤山は話を聞く前から興奮しているが、前原は相変らず無表情だ。

「この四桁の数字は、裏金を贈った連中の車両ナンバーではないかと考えました」

「先輩、車のナンバーって？」

冨永は、帝国ホテルで偶然、若田大臣の車を見た件を報告した。藤山はすぐに手帳のコピーを取り出して冨永の説を確認している。

「うわお。それ、大当たりかも。だったら、〝1〟の意味も分かる。ナンバープレートにわざわざ〝1〟を選ぶお調子者が裏金をもらってるってわけでしょ」

背後がざわついていた。他の事務官らも手帳のコピーを睨んでいた。

「今、立会の五十嵐さんが手帳に記載されている番号を、照会しています。ただ、私たちは午後三時から本郷登紀子の聴取をするため、調査が中断されます」

「分かりました。それは、こちらで手分けしましょう」

ただちに陸運局へ出向いて調べよと、前原が若い事務官二人に指示した。

「残るは地名の謎ですね。おそらく、裏金の金額なんでしょうなあ」

前原はそう言って考え込んでいる。

「前原さんのおっしゃる通りだと思うのですが、一つ引っかかるのは、同じ地名はほとんど二回使われていないということです。毎回金額が変わる裏金というのは過去にもあまり例がありません」

だとすれば、どんな仕掛をすれば地名イコール金額になるのだろう。

――数字をアルファベットに置き換える方法があるそうやで。たとえば1やったらAで、26やったらZや。数字ばっかり並べて、今の法則でそれを言葉に変換するんや。

昔、スパイごっこに夢中だったときに左門が教えてくれた。この法則には乱数表という解読フィルターが必要だったりするのだが、数字と言葉の置換の考え方は本郷の手帳にも当てはまるように思えた。

「あの、こういう考え方はどうでしょうか」

冨永は、前原から法律用箋を借りると縦に1から10までを並べて書いた。そして、その横にあかさたなと並べた。ちょうど10ある。

「阿佐谷だと1、パリだと6を表すとか」

「なるほど！　地名の頭の文字が数字を表すんですね。確かにどの地名もア段の文字で始まってる！　いや、先輩、すごいっす！　絶対これっすよ」

藤山はすっかり大騒ぎだが、前原は淡々としている。

「単位はいくらだと思います。百万ですか。だとすると、最高でも一千万円にすぎない。かといって、一千万円だと多すぎるでしょう」

もうひとひねり必要か。三人はしばらく考え込んだ。

「先輩！　地名のあとにプラスの文字と数字がありますが、これが、桁の単位では？　ほら、若田先生のところは、佐賀＋2とありますよ。つまり三億円」

藤山の細長い指が、「1192」の一つを指している。それならすべて辻褄が合う。

6

本郷登紀子は、約束の時刻の五分前に受付に到着した。

渋い着物姿で一分の隙もないたたずまいだった。

「遠いところからわざわざお越し頂き、ありがとうございます」

手厚く出迎え、取調室まで案内した。検事席の広いデスクを挟んだ真正面の椅子に着いた未亡人は、背筋をまっすぐに伸ばして冨永を見据えた。

また、死んだ祖母に睨まれた気分が蘇ってきた。

当たりさわりのない雑談から始めたが、相手はまったく乗ってこなかった。

無駄な気遣いはやめて本題に入るか。

五十嵐に指示して手帳の拡大コピーを、登紀子の前に置いた。

「以前もご覧戴いた、盗まれた手帳に残された暗号です。これは本郷さんが生前に、政治家や官僚に渡された裏金のリストだと私は考えています。その点については、認めていただけますか」

「認めません。そもそも私は手帳の中を見ておりません」

「中をご覧になったわけではないのに、なぜ、この手帳がご主人のものだとお分かりになるのですか」

暫しの沈黙があった。

「夫に頼まれて、私が銀座の伊東屋で買い求めたのと同じ手帳だからです。また、ここに書かれた文字は、夫の筆跡だと思います」

筆跡については、鑑定の結果、九〇パーセント以上の確率で本郷五郎のものだと裏付けられている。

「でも、内容についてはご存じない？」

「知る必要がございませんので」

その言葉に嘘がない気もした。だが、こういう誇り高き老婦人は真顔で嘘もつく。

「実は、この暗号の解読に成功した気がするんです」

ここで身じろぎの一つでもしてもらえると嬉しいのだが、そうはいかなかった。

「手帳には、四桁までの数字と地名が記入されています。当初、数字は裏金の額、地名は贈り先の符牒だと考えていました。しかし、そうではありませんでした」

五十嵐が、一枚の用紙を差し出してくれた。そこには、二人の人物の名前と車のナンバーが書かれてあった。

「数字は、車のナンバーだと思われます。〝１１９２〟は、国土交通大臣の若田修平先生のお車のナンバーでした。そして、もう一つの〝７８３〟は、群馬県知事の公用車の番号です」

まだ推測の域にあるにもかかわらず、それでも本郷登紀子にぶつけたかった。すでに、冨永の〝解読〟は、羽瀬の耳にも届いている。未亡人を出迎える直前に、羽瀬から「でかした。未亡人から裏を取れ」と檄を飛ばされた。

だが当の登紀子は用紙を一瞥したきりで、まったく動じる様子を見せない。

「ご主人は、若田大臣や群馬県の磯貝《いそがい》知事とお親しかったですよね」

「若田大臣と夫が会ったかどうかなど、存じません。磯貝県知事は、奥様と同じ茶道の会に所属しておりますので、面識はございます。夫も県の団体で理事や役員を複数務めておりましたから、面識ぐらいはあったかと思います」

いずれも調査済みの情報ばかりで何の役にも立たない。彼女は巧妙だった。黙秘であれば、検察官の問いかけを否定したことにはならない。だが、曖昧な問い以外は、全て否定している。

難攻不落かもしれない。だがこちらとしては、さらに攻めるしかない。

「では、質問を少し変えます。ご主人が、政治家や官僚や知事など有力者に、裏金を贈られていたという事実は認めて下さいますよね」

「存じません」

次の問いを投げようとしたのを登紀子が遮った。

「検事さん、私は夫の仕事については、一切関知しておりません。だから、存じませんと申し上げているんです。知っていて何かを隠していたり、否定しているわけではありません。ですので、鎌をかけるような質問は、慎んでいただけますか」

　五十嵐が驚いて未亡人を見ている。検事相手に言葉を慎めという証人は、滅多にいないだろう。少なくとも冨永は初めてだった。

　聴取を始めて三〇分ほどだが、このムードを断ち切るために時間が欲しかった。

「少し休憩しましょう」

　冨永はロッカーの中から簡易の茶道具を取り出した。

「時々、一息つきたくなるとお茶を点《た》てることがありましてね。一服おつきあい戴けますか」

「検事さんがお茶を点ててくださるんですか」

　さすがに驚いている。いや、小馬鹿にされているのかもしれないが。

「まあ、不調法の極みですが」

　子どもの頃に祖母から仕込まれたのだ。菓子はつくらないが、お茶とお花は嗜む。それが「冨永」の跡取りの務めだった。

　祖母から強制されるのは面白くなかったが、お茶やお花を学ぶのは意外に楽しかった。花を生ける心は菓子づくりに通じたし、お茶が理解できなければ、おいしい京菓子はできないと父が口癖のように言うのも影響したのだろう。

　五十嵐に用意させたものでなく、父が菓子と一緒に届けてくれたとっておきの抹茶を使うことにした。茶碗に抹茶を入れて湯を注いだ。茶筅《ちゃせん》の動きと共に香りが広がった。父が推すだけのことはある茶だ。

冨永の手つきを、登紀子は興味深げに眺めている。検事風情にお茶なんて点てられるかと思っているのだろう。

タイミングを見計らって五十嵐が菓子を出した。

「今朝、実家の父が上京して参りまして、菓子を土産にくれました。父の手製ですが、お一ついかがですか」

登紀子は暫く菓子を見つめていた。

「ご実家は、和菓子屋でいらっしゃるの？」

「はい、京菓子の商売をしております。お茶会の席でも好評を戴いているようです。お口に合えばいいのですが」

登紀子は素直に菓子を口に運んだ。

「こんな殺風景な場所で大変申し訳ないですが、召しあがってください」

冨永は、茶碗を未亡人の前に置いた。手慣れた所作で、彼女は茶碗を手にしてお茶を飲んだ。

「男の検事さんだからと侮っておりました。失礼致しました。とても素晴らしいお点前です」

「茶がいいだけです」

「お茶碗もよいつくりですね」

「ありがとうございます。清水《きよみず》の友人が、焼いてくれまして」

五十嵐が、紫色のきんとんを差し出した。

「検事さんのお名前はたしか」

「冨永です」

「もしかして、あの『冨永』がご実家ですか」

どうやら本当にお茶や京都の和菓子が好きなようだ。

「私は不肖の息子で、こんな因果な仕事をしていますが」

「『冨永』さんのお菓子は飾っておきたいくらい美しくてわたくし大好きです。京都に行った時は必ず買い求めます。そこのご子息でいらしたのね」

取調室らしからぬなごやかな空気に包まれた途端、卓上電話が鳴った。

「聴取中すみません、藤山です。ちょっと廊下までいいですか」

冨永は登紀子に断って部屋を出た。

扉は分厚く防音対策がされているため、廊下の立ち話など一切聞こえない。にもかかわらず藤山は少し離れた場所まで移動した。

「口を割りましたか」

「手強いですよ。手帳は夫の物だと認めたけれど、内容については一切知らないと言ってます」

藤山は取調室の扉を眺めながら「でも、先輩なら大丈夫っすよ」と根拠のない太鼓判を押してくれた。

「それで、話というのは」

「例の車のナンバーについて、橘洋平に関連している番号を手当たり次第に集めたんですが、該当する番号がないんです」

どういうことだ。若田国交相の名があるんだ。本郷と最も強い絆で結ばれている橘の名が出てこないなんてあり得ない。

「それ以外の解読は？」

「今、半分ぐらいっす。それにしても、なぜ橘が出ないんでしょう」

「私の推理は間違いだったのかも知れません」

「いや、あれは大ビンゴですよ。おそらく、今日中にはほぼ解読完了です。未解読の中に橘関連のものがあればいいのですが」

「橘の派閥とか秘書とかは」

大物なのだ、直接受け取る必要なんてない。

「まだ当たってません。もう少し時間をください。ひとまずそれだけお伝えしておこうと思って」

礼を言って冨永は部屋に戻った。聴取の時とは打って変わって、打ち解けた様子の登紀子が五十嵐と談笑していた。

「検事、お帰りなさい。今、本郷さんと京菓子のお話で盛りあがっておりましてね。検事は菓子職人になるのが夢だったとお話ししていたんですよ」

「私のような不器用な者では、なかなか務まりませんよ」

場の雰囲気を壊さないように気をつけながら、冨永は会話に加わった。

「でも、お点前はとても美しかった。きっとお菓子作りをされても素晴らしいと思います」

口調まで砕けている。ここはちょっと冒険してみるか。

「事件の話に戻って恐縮なのですが、ご主人と橘先生との関係を聞かせて戴いてもいいですか」

「どんな関係ですか」

手帳にはさまれていた例の古い写真を見せた。前原から借りてきたものだ。

「まあ、懐かしい。主人が、上野あたりでやんちゃをしていた頃の写真ですね。そして、こちらが橘先生。この写真は、どこで」

未亡人が眼を細めて写真に見入っている。表情も柔らかい。

「国税庁の査察班が手帳にはさんであったのを見つけたんです」

「そうですか。これは、とても大切な写真だと、主人も申しておりましたわ」

「お二人は、古いおつきあいだったんですねえ」

「そう聞いています。橘先生は、主人にとって英雄でした。先生こそ日本の未来を切り拓いてくれる方だといつも言っておりました」

なのに、なぜ橘につながる数字が出てこないのだ。

「そのために、ひとかたならぬご支援もされたんでしょうねえ」

「当然ですわ。夫はどんなことでも致しました」

「では、資金的な援助も」

「もちろんです。でも、検事さん、裏金なんていうケチな真似は致しません。政治献金という形で、夫は堂々と先生を支援しておりました。私財を抛《なげう》って建物や基金もつくりました。でも、いずれも公明正大なものです」

そうきたか。だが、夫人が知らないような闇のカネも少なからずあったはずだ。

「検事さん、以前も申し上げたかと思いますが、夫は心から支援したいと考えているお方が不利になるような愚行は致しません。ご解読になったという手帳をいくらお調べになったところで、橘先生に繋がるような手がかりが見つかるはずはございませんわ」

今の話は深い意味があると考えるべきなのだろう。橘のためなら本郷は何でもやったと彼女は認めた。それは見返りを求めない支援だったのだ。ならば、裏金の額を手帳に残すような〝愚行〟をするわけがない。彼女は暗にそう言っているのだろう。

未亡人は穏やかな顔つきで、再び聴取に応じるべく居住まいを正した。

相手が一枚上手――というわけか。

7

「これからお見せするのは、防衛省の技本（技術研究本部）が開発している次期空対艦ミサイル、XXX《トリプルX》Ⅳの飛翔実験です」

寺島研の助教・関岡の説明に、遥は耳を疑った。ミサイル？　ロケットじゃないの？　だが、この場で驚いているのは遥だけだ。

「あの、関岡さん、なぜミサイルの飛翔実験を見るんですか」

分からないことは何でも聞けと寺島だけではなく、関岡にも言われていた。

「八反田、おまえちゃんと予習してきたのか」

関岡が答える前に門田のダメ出しが飛んだ。

「してきましたよ。今日はインテグラル・ラムジェットエンジンの勉強会のはずでしょ」

「だから、トリプルXの飛翔実験を見るんだろうが」

遙が限られた時間で調べた限りでは、インテグラル・ラムジェットエンジンとはジェットエンジンの一種だった。飛翔体が高速加速するとジェットエンジン内に外気を取り込みやすくなるという原理を利用している。また亜音速の域に達したら、人工的な火力を用いずとも、内外の圧力差を利用するだけで高速維持が可能になる。この仕組みを利用すると燃料が節減でき、さらに飛翔距離を稼ぐことができるらしい。

「資料によると、ミサイルに用いられる場合が多いとは書いてありましたけど、私たちはインテグラル・ラムジェットエンジンを、オメガロケットに応用するんですよね？」

オメガロケットこそが、寺島が開発を進めている新型ロケットだった。

「だから、実用手前まで来ているトリプルXの飛翔実験映像を見る意味があるわけだろ」

固体燃料ロケットが、実はミサイルと同じ構造だというのは知っている。そのため、戦後始まった日本の固体燃料ロケット開発において、ミサイルへの転用を厳禁するという命令がアメリカからあったという事実だってロケット史の知識として学んでいる。だが、自分たちの新型ロケットのためにミサイル技術を援用する――。そこが引っかかった。

「遙ちゃん、僕らはミサイルをつくる訳じゃない。ただ、みんなにインテグラル・ラムジェットエンジンを身近に感じてほしくて、技本から映像を取り寄せたんだ。とにかく見てみようじゃないか」

寺島にまで説得されたら引き下がるしかない。

「じゃあ、天野《あまの》さんお願いします」

寺島研に半ば専属のように参加している技官の天野が、パソコンを操作した。天野は父の部下だったこともあるらしく、会うたびに遙の成長を身内のように喜んでくれる。

「やべえ、Ｆ15だ！」

ミサイル搭載の戦闘機が離陸する映像が流れると、戦闘機にも詳しい門田が子供のように喜んだ。

「翼に、試作機が装着されている」

「美しいフォルムだねえ。あれは、両翼に補助ブースターが付いているのかな」

天野が身を乗り出して訊ねた。

「いえ、ステルス性を考慮した弾体形状機体のため、ああいう形になってるんです」

関岡が説明している間に、戦闘機が飛翔した。

「Ｆ15はマッハ２・５まで出ますが、今回の実験ではマッハ１辺りで発射したみたいです」

簡単に言うが、音速以上の速度で飛ぶ戦闘機はやっぱりかっこいい。さっきまでのわだかまりはそっちのけで遙は食い入るように見てしまった。

〝トリプルＸⅣ試作機、発射します〟というアナウンスの直後に、戦闘機から試作機が切り離された。

「ミサイルには、戦闘機に装着している段階で燃焼を始める種類もあるのですが、トリプルＸの場合は、機体が固体燃料の爆発で損傷する可能性があるので、十分降下してから着火するらしいですよ」

〝ブースターノズル、空気取り入れ口分離〟

「ああ、あれか！」

アナウンスの声に反応した門田の指先で、小さな破片が外れて後方に消える映像が見えた。同時にミサイルが滑るように飛翔している。

〝液体燃料、点火〟

その瞬間、一気に速度を上げた。

「えっ、何」

ミサイルが瞬速で視界から消えた。この映像は伴走する飛行機から撮影されているが、どうやらそのカメラが追い切れなくなったらしい。

あちこちから「うぉ」とか「すげえ」という声が上がる。遙は声も出せずに呆然と見ていた。ロケットの映像は、嫌と言うほど見ている。また、打ち上げの瞬間を近距離で見た経験も何度かある。だが、ミサイルの飛翔を見るのは初めてだった。

天を目指すロケットの飛翔とは異なり、まるでカミソリが空気を引き裂くように飛ぶ。いや、滑るという方が適切かも知れない。構造的には固体燃料ロケットと近いはずの飛翔体だが、機体が放つイメージは明らかに異なっている。

なんだか、怖い。

興奮で沸いている先輩たちと違って、遙は本能的な恐怖を覚えた。

「もう一回御願いします、天野さん」

リクエストに応えて、ベテラン技官が再生ボタンを押した。

もうたくさんだった。だが、周囲の興奮の中でそうとも言えず、遙は惰性でスクリーンを見つめていた。

最後に、関岡からインテグラル・ラムジェットエンジンの詳しい説明があって、その日のレクチャーは終わった。帰り支度をしていたら、寺島に呼び止められた。

教授《せんせい》は今日は一日、宇宙センに籠もるとスケジュール表にあったのだが、何か急用だろうか。

教授室に入ると、寺島が講義の感想を訊ねてきた。

「面白そうな技術でした。本当に、毎日新発見の連続で」

「でも、何か引っかかっているんだろ」

寺島は鋭い人だと思った。ここは正直に答えるべきだろう。

「私たちがミサイルを開発する訳じゃないというのは分かるのですが、やっぱり軍事用に開発された構造を、宇宙センのロケットに用いるのに抵抗があります」

「なるほど、遙ちゃんの考えは宇宙センの伝統だからね。そう感じるのはもっともだよ」

ということは、寺島教授には、宇宙センの伝統を破ってでも達成したいことがあるのだろうか。

「君も知っての通り、糸川博士は戦前戦闘機の設計に携わっていた。そのため、戦後長い期間GHQにマークされた。また、アメリカは日本の戦争放棄を徹底させるため、一九五二年まで航空禁止令を発令し、日本での飛行機製造を禁じた。だからロケットで二の舞をしたくないと、宇宙センでは軍事関係との連携はタブーだった」

だが、寺島はそうではないのだろう。

「米ソ、そして中国の躍進も含めて、世界の宇宙開発は常に軍事と二人三脚で発展してきた。例えばNASAの年間予算は約二兆円だけれど、国防総省《ペンタゴン》が同額を宇宙関連に出資している。日本もそうあるべきだと僕は考えている」

また、予算か……。このところ寺島は口を開けば予算の話題ばかりだ。

「でも、そんなことをしたら、またアメリカから横槍が入りませんか」

「それがね、宇宙空間においては日本も積極的に安全保障に参加しろとアメリカが言ってきているんだよ。それが宇宙庁設置を後押ししているんだ」

何となく、それは嬉しくない流れのような気がした。もっと純粋に科学技術の夢だけを追いかけられたらいいのに。

「まぁそんな話は、遙ちゃんは気にしなくていいよ。それよりも、イプシロン2のプロジェクトチームが五月からいよいよ本格的に立ち上がる。それに参加してくれますか」

「私が!?　でも、何の知識もないですが」

「まあ、お願いするのは使い走りばかりだと覚悟してくれ。でも、僕としては、実際のロケット打ち上げを君にぜひ体験して欲しい」

願ってもない話だった。

「私でお役に立つのならば、喜んで参加します」

「じゃあ、頼むよ。大変なプロジェクトになると思うけど、貴重なチャンスであるのは間違いないから」

灼熱の日に発射一九秒前に停止となったイプシロン初号機の第一回打ち上げの記憶が、遙の脳裏に蘇ってきた。

8

二〇一三年八月二七日午後一時――鹿児島県肝付《きもつき》町内之浦は、厳しい残暑すら吹き飛ばしてしまいそうな熱気に包まれていた。宇宙センが満を持して作り上げた新型ロケット、イプシロン試験機の打ち上げが迫っていたからだ。宇宙センが誇ったM－Vロケット7号機以来、実に七年ぶりの打ち上げだけにロケットファンの期待も大きかった。

当時、鹿児島大学理学部の航空宇宙専攻研究科の学生だった遙は、この日はゲスト対応のスタッフとして参加していた。既に三時間ほど前から発射台周辺二キロに交通規制が掛かり、関係者もすべて仮設の来賓見学ベースに移動していた。

雲ひとつなく、太陽が容赦なく照りつける酷暑の一日だった。見学室は冷房が効いていたが、スタッフが控える廊下は気が遠くなるような暑さだった。緊張感と暑さでさすがの遙も息苦しくなり廊下の隅でへたりこんでいた。

「Xマイナス二五分の項、最終Ｇｏ　ｏｒ　Ｎｏ　Ｇｏ――Ｇｏです」

全ての準備が滞りなく進み、最後の打ち上げ判断が「発射《ＧＯ》」となった。

思わず遙は施設の外に出た。日陰もない炎天下だが、風があるぶん蒸し風呂のような廊下より心地よかった。

施設周辺の雑木林はきれいに刈り取られており、見晴らしも良かった。M－Vと比べると二回りぐらいコンパクトなイプシロンが、発射台に鎮座している姿もはっきり見える。

イプシロンの最大の特徴は、ロケット自体が自律点検機能を持っている点だ。通常のロケットは、一〇〇人近い係官が管制室にこもりきりになって徹底した点検作業を行う。イプシロンは、その常識を変えようというのだ。

自律点検機能を司るのはローズと呼ばれる人工知能で、ロケット自らが膨大な点検行程を自動処理する。その結果、一〇人以下の管制官で打ち上げが可能になったのだ。

さらに、従来は四二日を要していた準備期間がわずか七日に短縮され、コストも、M－Vの約半分となる三八億円にまで縮小できた。

プロジェクトマネージャーの林原教授は「自律点検の徹底で、パソコン管制が実現した。それまで長年スタンダードだと言われたアポロ方式に別れを告げ、イプシロン方式を世界の常識にする」と繰り返し報道陣に述べた。その成果が間もなく披露される。

管制主任からのアナウンスが、リフトオフ（発射）まで五分を切ったと告げた。

ロケットの打ち上げは子どもの頃から何度か見ているが、今日は特別に思えた。遙はイプシロンの雄姿をもう一度見ておきたくて双眼鏡を覗き込んだ。真っ白なボディに書かれた〝ＥＰＳＩＬＯＮ〟の文字が目を引いた。

〇六年に突然M－Vの計画が取り止めとなった時、もう二度と内之浦宇宙空間観測所の発射場からロケットは打ち上げられないのではないかという悲観論が飛び交った。それだけに、今日は必ず成功させるという関係者らの意気込みは、遙ら学生スタッフにまでひしひしと伝わってきた。

「Ｘマイナス三分の項、花火打ち上げ」と告げられると、管制施設近くから花火が打ち上げられた。いよいよだぞという最終の通報であり、同時にイプシロンの旅立ちを祝う祝砲でもあった。

双眼鏡を握る遙の手に力がこもった。猛暑と興奮で全身から汗が噴き出しているのだが、それも気にならない。

きばいやんせ、イプシロン。あんたには宇宙センの夢がかかっちょっが。この青空高く宇宙まで行っきゃんせ！

心の中で、何度も同じ言葉を繰り返していた。

〝Xマイナス七〇秒、自動カウントダウンシーケンス開始〟

〝六五秒……六〇秒〟

ああ、もうダメだ。緊張しすぎてこのまま死にそうだ。

〝四〇秒……三五秒〟

きばいやんせ、イプシロン、きばいやんせ。

ついにカウントダウンが、秒刻みに代わった。

〝一二、一一、一〇、九……〟

カウントが一〇を切った時に息を呑んだ。発射一〇秒前に固体モータサイドジェットが点火されるため、噴射口から黒煙が上がるはずなのに、それがなかった。

何《なん》ね、何が起きとるんか……。

〝三、二、一、〇、一、二、三……〟

肩すかしの沈黙の中でカウントアップが始まった。本来は、打ち上げ後の経過を測るカウントであり、蒼天をのぼっていくイプシロンの姿を追いかけながら歓声の中で聞くはずなのに……。

〝衛星シーケンス中止〟という宣告の後に〝本日の打ち上げ中止。逆行手順開始〟というアナウンスが響いた。

「なんだ、どうなっているんだ！」

来賓の誰かが叫んでいるようだ。

遙はその声で我に返り、見学施設内に駆け戻った。廊下を何人ものスタッフが行き交う。誰もが口を強く引き結び足早に通り過ぎていく。見学室のドアが開くと、険しい顔つきのスーツ姿の男性が飛び出してきて遙に話しかけてきた。

「そこの君、なぜ、中止したんだ!?」

「すみません、私にも分かりかねます。でも、まもなく情報が」と言ったところで、男は管制室の方へ駆けて行った。

「遙、お客様には、暫くそのまま部屋で待っていただくよう伝えて」

ＪＡＳＤＡの広報担当者に言われて、遙は担当するゲストの部屋をノックした。だが、既に中はもぬけの殻だった。

それから先は、もう混乱の極みだった。ただ、林原教授だけが終始笑顔でスタッフに声をかけ続けていたのが、印象的だった。

「自律点検機能が正確に作動して、打ち上げ中止と判断したんだよ。これは大いなる成功なんだ、だから、丁寧に逆行作業を続けてください」

それを聞いた時、遙は泣きそうになった。何て凄い人なんだ。こんな時さえ前向きな態度で仕事に臨めるなんて!!

この日は、内閣府の宇宙担当大臣や宇宙政策委員会の委員長、そして就任間もないＪＡＳＤＡ

理事長なども東京から足を運んでいた。彼らはこれを失敗と決めつけて怒ってやしないか。林原教授はお偉い方々のケアに走らなければならないのではないか。

遙からすればものものしい雰囲気で乗り込んできた彼らの反応が気になっていたが、淡々と逆行手順をモニタリングしている教授は全く普段と変わらず落胆も憔悴も見えなかった。

これが、プロマネ（プロジェクトマネージャー）のあるべき姿なんだ。遙は教授の一挙手一投足を見つめ続けた。

やがて、打ち上げ中止の原因は姿勢計算らしいと漏れ聞こえてきた。姿勢計算とは、ロケットの発射角度を確認する計算をいう。打ち上げ二〇秒前に管制室の地上装置（ＬＣＳ）から信号を発信し、イプシロンに搭載した計算機（ＯＢＣ）に、プログラムをロケットの姿勢計算を指示する手順だったが、その直前の一九秒前にＬＣＳが姿勢異常を検知したため、プログラムを自動停止した。調査の結果、ＬＣＳが姿勢判断を行うタイミングが、ＯＢＣが計算を終えた情報の返信より〇・〇七秒早かった。そのため、実際はデータ受信が完了せず、それを姿勢異常と判定し自動停止したのだ。

従来通り管制官によって運用されていれば、おそらくイプシロンは打ち上げられたであろう。だが、今回の実験の主目的は、今まで人類が誰も挑戦しなかった自律点検・モバイル管制の実施にあったのだ。異常を検知して発射行程の途中で自動停止したのだからミッションとしては大成功といえる。

しかし、ＪＡＳＤＡは発射見送りという事実の方を重く見た。数日後には再打ち上げを行おうとした林原教授らを抑え、ＪＡＳＤＡ総掛かりの徹底点検を命じ、一時は再実験の行方さえ見えなくなってしまった。

大臣をはじめとする宇宙関係の大物が集まった晴れの舞台にもかかわらず、イプシロンを打ち上げられなかった林原らへのいじめだと、遙は解釈した。

だが、遙の指導教官だった西田は、「この際、徹底的に問題点を究明するというのは、悪いことじゃないさ。拙速に事を運んで次回も打ち上げられないなんて事態は許されないからね」と憤る遙をなだめた。

日本の宇宙開発は、税金の無駄遣いという声が根強い。

M－Vの半額の予算と言っても、イプシロン試験機の打ち上げ費用は三八億円だ。それだけの予算があれば他にできることはいくらでもある、という議論も絶えない。

JASDAが誕生して一〇年近くになるのに、前身となった宇宙センと宇宙科学開発事業団という各組織の文化がいまだに残り、標準化が遅れている。ならば、いっそのこと宇宙センのプロジェクトを止めるべきだなどという暴論を吐く関係者もいた。

しかし宇宙センには、糸川英夫博士の遺志を継いだ、世界に冠たる固体燃料ロケットの先端技術と実績がある。そもそも研究開発とは失敗と試行錯誤を乗り越えてはじめて大きな成功を手にするものなのだ。なのに宇宙センのミッションには、いつも「失敗したら次はない」という悲壮感が漂う。

西田の解説を聞いた時、遙は「イプシロンの自律点検システムが機能した結果、打ち上げを自動停止したという点については、もっとしっかり世間の人に訴えるべきじゃないんでしょうか」と言った。

西田は同情的な顔つきで頷きながらも、「既に我々は人類未到のイプシロン方式という管制システムを、宇宙開発の歴史に刻んだんだ。それでいいじゃないか」としか言わなかった。

西田にしても寺島にしても、研究やプロジェクトに対して並々ならぬ情熱を注ぐのに、政府やマスコミの批判については、とても穏やかな反応を示す。それは彼らの器の大きさゆえなのだろうが、遙としては日本人や日本政府に宇宙開発の重要性をもっと知って欲しいと心から願っている。

これは遊びではない。宇宙という未開の地に、人類の可能性が広がっている。その可能性を現実にするために、世界屈指の科学技術や研究開発力を誇る日本は積極的に挑むべきなのだ。

なのに予算を徹底的に絞られ、挙げ句に「失敗は許されない」という極限状況下で研究を強いられる宇宙開発の現場には、理不尽なことばかり降りかかってくるように思えた。

第一回の打ち上げ中止から一八日後の九月一四日、満を持して再チャレンジに向けた準備が始まった。遙は現場スタッフの一人として、前回と同じ場所から固唾を呑んで打ち上げを見守った。

カウントダウンが一〇を過ぎて、イプシロンの裾から黒煙が立ち込めた。

「よし！」

思わず叫んでいた。

「八、七、六」

カウントダウンが遙の口を衝いて出た。

「三、二、一」

まぶしいほどの閃光が発射台で炸烈したかと思うと、白い煙が勢いよく噴き出した。まるでスローモーションのようにイプシロンがふわりと浮き上がった。その瞬間、遙は両拳を天に向けて振り上げていた。

花火が弾けるようなパチパチという軽やかな音が空から降ってきた。そして、イプシロンは白いロケット雲の渦を残して空の彼方目指して上昇していった。

管制室でのカウントはなおも続いている。発射後の経過をしっかりと記録するために。

胸が苦しくなって涙が落ちた。ロケット打ち上げは今までに何度も見ているはずなのに、こんなに感激するなんて。

やった、やった！　わっぜかよ、イプシロン。おまえは、私たちの希望だ！

前回と異なり、来賓の数が圧倒的に少なかったために、打ち上げを見届けた後に遙は管制室に戻り、一生忘れられない歓喜をプロジェクト関係者らと共に分かち合った。

「みなさん、おめでとうございます。イプシロンが打ち上がって、本当に良かったですね。心からおめでとう」

最初は聞き間違えたのかと思った。だが、教授は明らかにスタッフ全員に向かって「おめでとう、良かったね」と賛辞を送っている。

誰よりも称えられるはずの教授が、自分ではなくまずスタッフを称えている。

わっぜえ人だ。

イプシロンもわっぜえが、林原教授は、もっとわっぜえ。

これこそが宇宙センの伝統であり、絆の強さなんだと実感した。

打ち上げが延期された責任は一身に背負い、成功の喜びはスタッフに譲る。それこそがプロマネなんだ。自分ももっともっと頑張って、こんなプロマネになろう。いや絶対になってみせる。

当時、東京大学大学院工学系研究科航空宇宙工学専攻課程の院試に合格する自信がなかった遙は、逃げ腰になりがちな己を思いきり叱りつけた。

いつか自分も成功の歓喜を仲間と共にする。そして最後に言うのだ。

「みなさん、おめでとうございます。本当に良かったですね」

9

「よろしいか、ほんなら今度はおじいちゃんの番やで」

冨永の父は、自ら折った紙飛行機を上空に向かって静かに投げた。軽やかに舞い上がったかと思うと、飛行機は大きな旋回を繰り返してふわりと地面に着地した。

「うわあ、おじいちゃんのひこうきすごいよ。ねえママ、ほんとすごい」

天気が良かったので、ピクニック用のテーブルを庭に出して妻の手料理を皆で楽しんだ。食事が一段落すると、幼い希実子が折り紙をせがみ、父は嬉しそうに様々な動物を折り始めた。

だが、小学四年生で生意気盛りの雅之はそれが面白くない。そこで父が紙飛行機を一緒につくろうと言い出した。そしてどちらの飛行機が長く飛ぶか競争しようと雅之に持ちかけてくれたのだ。

雅之なりに工夫を凝らした紙飛行機をあれこれと折ってみるのだが、何度対戦しても勝てない。

しかも父の飛行機は滞空時間が長いだけではなく、実に優雅に旋回する。

「何で、あんなにきれいに飛ぶんだろう」

算数や図工が得意な雅之は、祖父の飛行機を展開して折り方を確認している。

「ダメよおにいちゃん、おじいちゃんのだいじなひこうきにそんなことしたら」

何かというと母親の口調を真似して、兄を叱るのが好きな希実子が口をとがらせた。

「ええねん、希実ちゃん、お兄ちゃんは研究熱心なんや。自分の飛行機がなんでおじいちゃんのに負けるのか、調べてはるねん」

「おじいちゃんのことば、ふしぎねえ。テレビにでているひとみたい」

妻の智美は噴き出して笑うが、父は希実子の頭を撫でながら、「そうか、おじいちゃんの言葉、不思議か」と目尻を下げるばかりだ。

冨永が自宅ではほとんど京都弁を使わないので、希実子は父の訛りを聞くと関西のお笑い芸人とダブるようだ。

「おじいちゃん、ええねんってなに」

「バカ、希実子。それは京都の言葉で、気にしなくていいって意味なんだ」

雅之が利いた風な口をきくと、希実子はますますムキになる。

「バカってなにさ。バカっていうひとが、バカなんだからねえ、ばぁ〜か」

すかさず雅之が妹の頭をはたいて、希実子が泣き出した。

冨永は我が子のやりとりに笑いながら、意識は左門が託したｉＰｈｏｎｅを持つ手に集中していた。

「こら雅之、謝りなさい」

智美が仁王立ちして叱ると、雅之は反抗的な目で母を見上げた。

「まあまあ。まあちゃんかてバカっていわれたら、男の沽券にかかわるもんなあ。けど、きょうだいは仲ようせなあかんで」

祖父の取りなしで、ようやく雅之は泣き続ける妹に謝った。

「ちょっと真ちゃん、大丈夫？　さっきから上の空よ」

智美の手が腕に触れた。

「ああ、悪い。考えごとしていた」

「家に帰ったら仕事を忘れる、だったよね」

土日もない超多忙な日々を過ごしているため、珍しく家族全員が揃っている時は子どもたち中心で過ごすというのが、夫婦の取り決めだった。

「さっきから何をやってるの。そのスマホ、どうしたの？　真ちゃんのじゃないでしょ」

「うん。実は左門のなんだ」

「どうして近藤君のスマホを、真ちゃんが持っているわけ？」

父は夫婦の会話が聞こえたようで、気を利かせて雅之に紙飛行機の極意を教え始めた。希実子も一緒になって折っている。

「預かってるんだ。でも本人と連絡つかなくて困ってる」

当たり障りのない程度に、このｉＰｈｏｎｅを受け取った経緯を説明した。

「それって単に出張しているだけなんじゃないの？　あるいは、有給休暇を取って夫婦で旅行中とか」

「まあ、役所は長期休暇中だと言うんだけれどね」

それが本当なら、左門があれほど回りくどいことをしてまでｉＰｈｏｎｅを託した理由が分からなくなる。

暇を見つけては左門の自宅に連絡を入れてみるものの、留守番電話が応答するばかりなので、ついに昨夕、根津の左門宅に行ってみた。

念のために地下鉄の根津駅からわざわざ遠回りして、離れた場所から左門の家を眺めた。戦前からの古い家屋をリフォームした洒落た佇まいの左門邸は外灯も消えていて真っ暗だった。ダメもとで電話してみたが、明かりが灯る気配もなく電話の応答もなかった。

目を凝らして周囲を確認すると、怪しげな車が一台、一ブロック先の路地に停まっていた。左門の公職用の携帯電話に連絡を入れた時に、謎の男が応対したのを思い出した。

やはり、何か事件に巻き込まれた可能性が高いと判断せざるを得なかった。

そのことが始終頭から離れず、父が遊びに来てくれたのは嬉しいものの、左門の安否を思うと気が気ではなかった。

「真ちゃん、ちょっと神経質になりすぎかも。お疲れね」

これが左門の悪戯だったら何よりだ。だが、冨永にはそうは思えなかった。

「お父さん、見てて！」

新しく折った紙飛行機を手にした雅之に声をかけられて、冨永はｉＰｈｏｎｅをポケットにしまいこんだ。

「よし、いいぞ」

手首のスナップを効かせて雅之が空に投げた紙飛行機は、優雅に飛行した。

「うわあ、おにいちゃんの、すごい!!」

妹に褒められた雅之は飛び跳ねて祖父とハイタッチしている。

その時、冨永の携帯電話が鳴った。冨永は電話を手に家の中に入った。

「五十嵐です。お休みのところすみません」

「気にしないで下さい。それで」

「明日朝一〇時に、羽瀬副部長室に来るようにと連絡がありました」

用件を訊ねたが、「分かりません」と返された。

この日曜日は一日買い物につきあうと智美に約束させられていたのだが、またドタキャンか。庭の方に目を向けると智美が子ども達とフリスビーで遊んでいる。少し席をはずすくらいなら智美も許してくれるだろうと判断して、書斎に入った。

パソコンを起動して、YouTubeの検索欄に「緊急指令10―4・10―10」と打ち込んだ。子どもの頃に左門の家で何度も見た、特撮ドラマの映像が現れた。プレイをクリックすると、左門のiPhoneの着メロと同じオープニング曲が始まった。

〝嵐の中で〟……。〝緊急連絡テン、スリー、フォー、10―4、10―4了解〟

歌詞を書き取ると、もう一度聞き直した。

番組タイトルである10―4や10―10に気を取られて、その前のフレーズを聞き落としていた。

「緊急連絡」の次に〝10―34〟と歌詞は続いている。

左門のｉＰｈｏｎｅを受け取って以来、冨永は「10―４・10―10」の番組ファンサイトを暇さえあれば検索していた。それらによると、「10―４・10―10」などは、アメリカの警察無線で使われる用語で「10コード」と呼ばれるらしい。ちなみに「10―４」とは、「了解」、「10―10」とは、「通信終わり」を意味する。

では、「10―34」は、どういう意味なんだ。番組を紹介しているホームページの最後に、答えがあった。

「10―34」とは、「ＳＯＳ」。

冨永は、すぐに左門のｉＰｈｏｎｅをタッチした。そして、パスワード入力画面に、１、０、３、４と打ち込んだ。

頼むぞ、もうこれ以上は考えつかない。

ロックが解除され、画面が開いた。

第五章　立ちはだかる壁

1

休日にもかかわらずいつもの電車に飛び乗った富永は、あくびを嚙み殺した。昨夜遅くまで左門のｉＰｈｏｎｅと格闘した挙げ句、知らぬ間に眠っていた。

さんざん苦労してパスワードを解いたｉＰｈｏｎｅだったが、その先で再びつまずいた。電話の着信履歴は富永のものだけで、発信履歴はゼロだった。起動した時に数十件ものメールを一気に受信したが、ほぼ全てがスパムメールだった。送信記録は、一件もない。

画面上にはたくさんのアイコンが並んでいるものの、大抵はゲームのアプリで、それ以外も役に立たないものばかりだった。ＳＯＳに相当するメッセージなどどこにもない。

日曜日の霞が関は閑散としていた。富永は春の日差しに目を細めながら、わざわざ日曜に呼び出された理由について考えていた。

本郷会長の手帳を解読したことで、捜査は次の局面を迎える。今後は、具体的なターゲットを定め、証拠固めの作業に入るのだろう。

地方の地検勤務時に二度ほど贈収賄事件の捜査に携わっており、全くの未経験ではないものの、いずれも県警捜査二課と連携しての捜査だったので、検察の独自捜査の流れが冨永には今ひとつ理解できていない。

それだけに心して臨む必要があった。

偶然、五十嵐とロビーで会えた。

「おはようございます」

「全員呼集ですか」

エレベーターに乗り込むなり、五十嵐に尋ねた。

「それは午前一一時からだそうです」

ということは、自分だけ事前に話があるということか。

羽瀬の副部長室を訪ねると、藤山と立会事務官、さらに、機動捜査担当の事務官がいた。確か村野《むらの》という名前だった。機動捜査担当というのは、特捜部の独自捜査の際に最前線で捜査する事務官で、特捜部きっての精鋭揃いだ。村野はその中でも敏腕だという噂だ。

「これで、全員揃ったな。ひとまず座ってくれ」

羽瀬が顎を撫でながら出席者を見渡した。無精ひげが生え、ワイシャツも皺だらけだ。

「冨永の大金星で、本郷五郎の手帳の暗号が解けた。それを受けて、本日より特捜部は立件に向けて総動員体制に入る」

藤山も疲れているようだ。さすがに服装の乱れはないものの、落ち窪んだ目がしょぼついている。

「標的は、国土交通大臣の若田修平及び群馬県知事磯貝和希《かずき》」

驚きはないが、二人の大物を収賄容疑で立件するというのはやはり気分が高揚するのだと冨永は実感した。

「捜査は二班に分かれて行う。だが、君らはそれとは別に第三の人物を追いかけてもらう」

「ちなみに、どなたですか」

藤山が問うと、羽瀬は薄く笑って「橘洋平だ」と返した。

「マジっすか。でも手帳には、橘を示すものは皆無でした」

「いや、あったんだよ。それを村野君が見つけてくれた」

話を振られた村野が背筋を伸ばしてから口を開いた。

「手帳には７１５３というナンバーがあったのですが、それは総合商社大和商事の社用車だと思われます」

藤山が、暗号の照合を書いたメモを見ながら確かめている。

「私の手元の資料では、そのナンバーは群馬県土木事務所だとありますが」

「おっしゃる通り、そこの公用車も７１５３です。しかし、大和商事が滋賀県で保有している車も、同じナンバーでした。そして、その車は橘洋平の私設秘書に貸与されています」

村野は陸運局の記録をテーブルの上に置いた。確かに、大和商事大津支店の所有で、「大津す７１５３」のカローラとある。

「７１５３は、他の数字に比べて最も頻度が高い。しかも、額が大きいんだ」

説明する羽瀬の横から村野が文書を提示した。

７１５３の記録を抜粋したものだ。一年で計七回。一回当たり数百万円から多い時は数千万円という場合もあった。

「俺は、部長にこの線を主筋で追うべきだと進言したんだがね、却下された」

「なぜです？」

藤山がすかさず訊ねた。

「それは部長に聞いてくれ。あの女はむしろ現役大臣の首が欲しいんだろう」

橘洋平が挙げられれば、国交大臣よりはるかに衝撃的じゃないか。

「実は大和商事から車を借りていたとおぼしき私設秘書が、行方をくらませているんです。それで却下されたようです」

「村野の言う通りだ。おまけに大和商事は、大津支店の車は一ヶ月前に盗難に遭ったと言っている」

「盗難届は出ているんですか」

冨永は思わず訊ねてしまった。

「高輪署に出ていました」

それで、橘の立件は難しいと判断したわけか。

「あの、バカ部長は現役大臣を逮捕する大変さを知らないんだ」

羽瀬は侮蔑を隠しもしない。

現職大臣を任意で取り調べるだけでも、検事総長以下胃が痛くなるような相手にお伺いを立てなければならない。しかもどれだけ慎重に根回ししたとしても、大抵はどこかで待ったがかかる。

とにかく実現にこぎつけるまでのハードルが恐ろしく高いのだ。

「法務省《アカレンガ》にばかりいて、県議クラスの汚職事件《サンズイ》すら未経験というお姫様には、到底無理だと言ったんだがね。だったら、ご本人が陣頭指揮を執るとまでおっしゃるんでね。俺は引き下がった」

特捜部長が捜査の陣頭指揮を執るというのは異例だった。しかも、岩下部長はあまりにも経験値が低い。結局は、羽瀬が尻ぬぐいをしなければならないだろう。

「その苦行を請け負う代わりに、俺の好きなように捜査させてもらう約束を取り付けた」

「けど羽瀬さん、勝算はあるんですか」

物怖じしないで訊ねられるあたりがさすが藤山だ。

「俺は、負け戦はせんよ」

それは虚勢を張っているように聞こえた。そもそも本郷事件では、最初から橘逮捕ありきで羽瀬は臨んでいたはずだ。

「それで、私たちに何をやらせるんですか」

「藤山には、金庫番である専務の取り調べを任せる。どんなことをしても、橘私設秘書の鷹取《たかとり》章《あきら》にカネを渡したと口を割らせてくれ」

藤山は渋面になった。

「村野君は、警視庁と連携して逃亡中の鷹取を捜して欲しい」

羽瀬の作戦は予想がつかなかった。

「冨永は本郷会長の自宅をガサ入れして本郷と橘の関係を裏付ける物証を掴んでこい。例の手帳の盗難事件を捜査するとでも言えば大義名分が立つ」

「それは乱暴すぎます」

「何を言ってる。手帳の盗難事件を調べたいって言ったのはおまえだぞ」

そんな無茶をやるから検察批判が止まらないんだ。

「いいな、何日費やしてもいい。必ず見つけてこい」

「その前に一つ確認させてください。橘への裏金の記録ですが、それは本当に本郷会長自身が書いたものなんでしょうか」

羽瀬の大きな目に睨み付けられた。

「何が言いたい？」

「本郷登紀子の供述通り、手帳は一度盗まれ、国税局のガサ入れ直前に金庫に戻されたと、私は考えています」

だとしたら何だ。羽瀬の目がそう言っている。

「その理由が分かりませんでした。しかし、手帳に第三者がウソの記載をした可能性も考えられます」

「おまえ、気は確かか」

冨永は怯まなかった。

「なんで、そんな手の込んだことをする必要がある。それに誰にメリットがあるんだ？」

「誰に利するのかは見当もつきません。しかし少なくとも、それで手帳盗難と返却の謎が解けます。もっと言えば、国税局への密告の謎も」

全てが橘を罠に嵌める工作ではないのか。その疑惑は既に確信になりつつあった。

「まだ、あります。未亡人は一昨日の取り調べで、本郷会長が橘洋平に対して無制限の支援を続けていたと認めました。そして、本郷にとって大恩人である橘を不利にするような記録をわざわざ手帳に残すはずがないと断言したんです。その言葉は真実だと強く感じました」

「おまえの心証など聞きたくない。誰かが橘を罠に嵌めたいと考えたのであれば、俺はその人物に心から礼を言うよ。経緯はどうあれ、それで橘をパクれるなら万々歳だ」

全ては結果オーライというわけか。

だが、手帳の記載が架空なら冤罪の片棒を担ぐことになる。冨永には到底、承服しがたい話だった。ならばこんな小細工をする人物を捜すしかない。

2

珍しく予定が何も入らなかった日曜日、遙は父の技官仲間である天野に晩ご飯を誘われた。技官という仕事は、大学の研究者を実験現場で支えるまさに縁の下の力持ちだった。ロケット開発では、燃焼実験や飛翔実験の測定など多岐にわたる分野で、研究者たちの仮説を裏付けるためのサポートが主な役割だ。

特に宇宙センの技官は優秀で、とことん実験をやり抜く粘り強さと緻密さには定評があった。「はやぶさ」や「あんじん」の成功も、優秀な技官の妥協を許さない実験成果の上にあったのは間違いない。

天野の自宅は宇宙センから自転車で十分もかからない場所にある。遙は、実家から送ってもらった大隅半島の蔵元小鹿酒造の焼酎、「小鹿の黒」を手土産に訪ねた。

「こんばんは。図々しくお招きに与りました」

「まあ、本当に遙ちゃんだ。大きくなって」

迎えてくれた天野夫人は、大げさなほど歓待してくれた。

父よりも少しだけ若い天野は、遙が生まれた年から五年ほど内之浦の射場で勤務しており、当時は夫婦そろって遙の家によく来ていた。

最後に夫人に会ったのは遙が五歳の時だったが、再会した瞬間、当時の記憶がはっきり蘇った。

「体だけ大きくなっちゃって恥ずかしいです」

「そんなことないわ。お母さんの若い頃にそっくりの美人だもの」

確かに母は美人だが、自分とはあまり似ていない。それでも褒め言葉を素直に受け入れた。

「よお、いらっしゃい」

作務衣姿の天野が禿げ上がった頭を撫でながら、遙を座敷に案内した。既にすき焼きの準備が整えられている。

「これ、地元の酒です」

「おっ、小鹿の黒じゃないか。嬉しいなあ」

天野は懐かしそうにラベルを眺めている。

ベテラン技官の天野の顔に刻まれた皺には、匠《たくみ》を思わせる風格がある。父が生きていたら、こんな雰囲気のおじさんになっていたかも知れない。

「勉強の方はどう？　宇宙センは人使いが荒いから両立が大変でしょう」

数年前まで宇宙センの食堂でパート勤めをしていたという夫人が心配そうに言った。

「ウチのゼミは教授の鞄持ちという付録までついているんでさらに大変です。でも毎日が刺激的で学ぶことばかりです」

「寺島研は、本当に過酷だからなぁ」

天野自身も寺島研の半ば専属技官のように深く関わっているので、実感がこもっている。

「特に最近の寺島君は、ちょっと異常なぐらい働いているからなぁ」

「天野さんも、そう思われますか。完全にワーカーホリックです。体、壊すんじゃないかと本当に心配なんです」

「彼は宇宙センの期待の星だからねえ。プレッシャーも相当なもんなんだよ。本当はもう少し肩の力を抜いてくれるといいんだけれど」

二人には子どもがない。遙だけでなく、寺島に向ける眼差しにも息子に向けるような愛情がこもっている。

「遙ちゃんも我慢しちゃだめよ。辛いときはちゃんと口に出して言わないと、誰も気にもとめないから。寺島君に言いにくかったら、天野に言いなさいね」

天野も「遠慮しないでいつでも相談においで」と言い添えてくれた。

ビールから始まり、小鹿をロックで飲みながら、久し振りのすき焼きをたっぷり楽しんだ。

食事が一段落したところで、夫人が水割り用の氷を取りに立った。その時、彼女が意味ありげに夫に「あなた、そろそろ」と告げた。

それまで楽しそうに目尻を下げていた天野の顔つきが厳しくなった。

「実は今日遙ちゃんを呼んだのには、理由があってね」

何となく正座して聞くべきだと思って遙は姿勢を正した。

「阪田さん、つまり君のお父さんは、元々宇宙センの研究者だったのは知っているね」

阪田は、母の籍に入った父の旧姓だ。

「はい。父に聞いたことがあります。でも、研究より実験の方が性に合っているので内之浦に来たと」

天野は深く頷いている。

「実は、お父さんが内之浦に行ったのには、もう少し複雑な事情があってね。それを、私から話して欲しいと、君のお母さんに頼まれたんだよ」

「どういうことでしょうか」

「お母さんは、君が宇宙センで学ぶことに反対していなかったかい」

「とても反対されました。なぜ、宇宙を学ぶのに相模原まで行かなくちゃいけないんだと。それと父が関係しているんですか」

「そうなんだ。それを知らずにここで学ぶのは忍びないと相談されてね。で、もし遙ちゃんがその事情を知りたいと言ったら、真実を伝えて欲しいと頼まれたんだ」

なんと無責任な母だ。そういう話は、自分でするべきなのに。

「すみません、身内の話に巻き込んでしまって」

「それはいいんだ。私はまだ迷っているんだよ。君に話していいものかどうか」

「大丈夫です。私、父のことなら何でも知りたいんです。父に憧れて、ここに来たのですから」

「話を聞いたら、宇宙センで学びたくなくなるかも知れない」

「そんなことには絶対になりません。私がいつか内之浦から自分のロケットを打ち上げる夢を叶えるには、ここで学ぶしかないんです」

それでもまだ天野は考え込んでいた。何度か二人の杯が空になってからようやく口を開いてくれた。

「阪田さんが博士課程の三年になったばかりの頃に騒動があった。阪田さんの専攻は燃料工学でね。遙ちゃんも知っての通り、固体燃料ロケットの鍵は、いかに想定通りに燃料を燃やすかにあるだろ」

ロケットの形状は一般には筒状だが、固体燃料の形状は各研究機関のトップシークレットと言われるほど千差万別だ。宇宙センの場合は、星形で中央部分が空洞になっている。

父が、その形状にこだわりを持って実験を繰り返していたのは知っている。

「君のお父さんは、実験の虫で有名な研究者だった。私も技官になったばかりでよく一緒に実験したが、こちらが音を上げるほど何度でも試行錯誤を繰り返す」

父ならやりそうだ。

「そしてついに、理想的な燃料の形状と配合を突きとめたんだ。その成果を博士論文として教授に提出したところ、論文は認められなかった。私にも理由は分からなかったが、お父さんの落胆ぶりはひどかったよ」

何があったんだろう。

「その一年後だった。アメリカの軍事メーカーが開発した新型ミサイルで、お父さんの発明とまったく同じ形状と配合の固体燃料が使われたことが分かったんだ」

天野にとっても不快な話なのだろう、団子鼻が油汗で光っている。

「当時の指導教授が、自分の成果として売ったんだよ」

それって横取りじゃないか。

「ひどい……あり得ない……」

「いや、遙ちゃん、残念ながらこの世界に限らずよくある話だよ。ただ、このときは、お父さんの研究成果が売られた先がアメリカの軍事メーカーだったから大問題になってしまった」

現在は緩和されているが、当時の日本には武器輸出三原則があり、武器については情報すらも他国には提供できないはずだった。

「お父さんはそれを知って、ＪＰＬの教授に収まっていた指導教授を訪ねた。恩師は盗用を一切否定した。それどころか、ミサイルの燃料が君の研究成果だというなら、そう世間に言えばいいが、どんなことになるか分かっているのかと居直ったそうだ」

「卑怯者」

遙の拳も汗をかいてねばついていた。

「それでも、お父さんは引き下がらなかった。帰国して宇宙センの所長に、事実を打ち明けた。だが、相手にされないどころか、他言無用と釘を刺されてしまった。米国企業の新型ミサイルの燃料形状が本当にお父さんが発明した成果だと世間に知れたら、武器輸出三原則に抵触する。それに指導教授が、ＪＰＬに移ってから開発したと主張していたんでね。お父さんの異議を認めると、宇宙センの存続すら危うくなる」

やがて、宇宙研究からの永久追放か、技官として内之浦で勤務するかの二者択一の道が父に突き付けられた。

なんだ、その理不尽は。

「あんまりです」

我慢していた涙が拳に落ちた。くやしさと後悔が半々だった。

――いつか、博士になって自分のロケットを飛ばす。

私はずっとそう言ってきた。なんて酷いことを父に向かって口にしていたのだろう。それは父の夢ではあったが、同時に父が忘れてしまいたい夢でもあったのだ。

「私がロケット工学への憧れを言うたびに、父は励ましてくれたんです。だから、いつか博士になって世界一のロケットをつくるって父に言い続けたんです。父がどんな気持ちで聞いていたかを考えると……」

天野の大きな手が、遙の肩に置かれた。

「気休めにならないかも知れないが、私が見舞いに行った時、阪田さんは言ってたよ。心残りがあるとしたら、遙が博士号を取った時に祝ってやれないことだ。頑張り屋のあの子はきっと夢を実現するから、その時は俺の代わりに応援してやってほしいと」

遙の涙は止まらなくなってしまった。

3

三人を標的と定めた捜査が始まった本郷事件は、いずれもが苦戦を強いられていた。

若田大臣のラインは、岩田特捜部長の先走りが原因で、政治問題に発展し捜査は立ち往生してしまった。また、群馬県知事捜査班は、本郷土木からの実際のカネの流れが摑めず、関係者を連日特捜部に呼びつけ聴取をしているが、突破口は依然見つからない状況だ。

そして、冨永と藤山が命ぜられた橘追及に至っては、何一つ進展がないまま時間だけが経過した。

空き巣事件の捜査として行った本郷会長宅の家宅捜索も空振りに終わり、〝割り屋〟の藤山を以ってしても、本郷専務の口を割ることができなかった。

無為に二週間が過ぎ、冨永も次に打つ手を考えあぐねていた。

連日、家宅捜索で押収したブツ読みに時間ばかりを取られて疲労がピークに達している。その夜は何をやっても集中力が続かず、冨永は早めに切り上げることにした。

庁舎を出て歩道を歩くなり、男に呼び止められた。

「失礼ですが、冨永さんですね」

男はどこにでもいる中年サラリーマンにしか見えない。ねずみ色の背広もくたびれていたし、癖毛の髪もべっとりと頭にへばりついている。だがいきなりこんな場所で声を掛けてくる者など、ろくな輩ではない。後ろの中央合同庁舎の方を見遣ったが、昼間は建物の前に立っている警備員の姿はなかった。

「どちら様でしょうか」

「失礼しました。文部科学省の西原《さいばら》と申します」

男は皺だらけのシャツのポケットから名刺を差し出した。「文部科学省　研究開発局宇宙政策推進課課長補佐　西原太郎」とある。

「文科省が、私に何の用だ」

動揺を隠すため、高飛車に返した。

「ご友人の近藤左門さんのことで、折り入ってお話をお伺いしたいと思いまして」

男の顔が皺だらけになった。どうやら精一杯微笑んでいるらしいが、表情が消えてかえって不気味に見える。

「立ち話もなんですから人目のない静かな場所をご用意致しました。車に乗って戴けませんか」

歩道の側には黒塗りのセダンが止まっている。

できれば願い下げにしたい。冨永はもう一度庁舎の方を振り返った。五十嵐でも出て来ないかと期待してみたが無駄だった。

西原の手が遠慮がちに背中に触れてきた。

「近藤君が二週間以上前から無断欠勤しておりまして。それで少しお話を伺いたいんです。さほどお時間はとらせませんので、ご協力願えませんか」

ここで待ち伏せしていたということは、冨永が左門の携帯電話に連絡したのも承知の上だろう。冨永は素直に従って、車に乗り込んだ。後から西原が乗り込んでドアを閉めると、車は静かに動き始めた。

助手席に同乗者がいた。だが、その男は振り向きもせず前方を見つめている。

「お仕事が終わるのは、もっと遅いかと思っておりました。早くからお待ちして良かったです」

西原は沈黙を嫌うようにやたらと話しかけてくる。だが、冨永は答えるつもりはなかった。

これは尋常なやり方ではない。左門の無断欠勤程度で問い合わせをしたければ、堂々と昼間、冨永に電話してくれればよいのだ。それを、極秘任務みたいに回りくどい演出をするなんて、異様だった。

「冨永さんは、近藤君とは幼馴染みと聞いたんですが、いつからのおつきあいなんですか」

こちらの不審など西原はおかまいなしだ。

「どなたから聞いたんですか」

「どなたと申しますと」

「私と近藤が幼馴染みだと」

「もちろん、本人からですよ」

ウソだと思った。特捜検事の友人がいるなどと、左門が言うはずがない。

車は外堀通りを北進して弁慶橋を渡り、ホテルニューオータニの地下駐車場に入った。

「なんだか秘密めいていて申し訳ありません。もうしばらくご辛抱なさってください」

まるで監視するように西原にぴったりと付き添われてエレベーターに乗り一二階で降りると、ひとつの部屋の前まで先導された。ノックと同時にドアが開き、無言で招き入れられた。

意図的に照明を落として薄暗くしているらしい部屋で、三人の男たちが待っていた。

「お連れしましたよ」

西原が声をかけると、二人の男が挨拶してきた。

「突然、お呼び立てして申し訳ありません。私は文科省研究開発局宇宙政策推進課課長の戸部《とべ》と申します。こちらは局次長の道場《みちば》です」

戸部と自己紹介した長身の男は、短く刈り上げた髪が真っ白だった。一方の道場局次長の方は小太りの男だった。名刺交換するつもりはないらしい。そして、もう一人彼らの後ろに控えている陰湿そうな男は、自己紹介すらしない。

「東京地検の冨永です。一体、何事ですか」

戸部に勧められて、冨永はソファに腰を下ろした。

「冨永さんにご足労戴いたのは、弊省の課長補佐、近藤左門についてお訊ねしたいことがありまして」

戸部がこの場を仕切るらしい。

「近藤とは、ご友人と伺いました。実は近藤とその夫人と連絡が付かない状態が二週間以上続いています」

不在は知っているが、素振りなど見せてはならない。

「つまり失踪したとおっしゃっているんですか」

戸部はいかにもと頷いた。

「なぜ、近藤夫妻が失踪しなければならないんです」

「まさしく我々もそれを、冨永さんに伺いたいんです」

「私に何をお訊ねになりたいんですか」

「近藤の居場所です」

バカげた聴取だった。冨永を取り囲んでいる四人の男を見渡してみた。皆、こちらを見ているが、あの陰湿そうな男だけは俯いたままだ。

「そもそも私なんかに訊ねるより他に当たる相手がいるでしょうに」

「もちろん、近藤の実家にも連絡しました。両親とも息子さんの行方をご存知なく、とても心配されていました。そのときに、日頃から親しい友人はいないかとお訊ねしたところ、あなたのお名前が出たんです」

「確かに近藤とは古いつきあいです。ですが、この仰々しさは何事ですか。文科省というのは、職員が無断欠勤しただけで、こんな調査をされるんですか。それとも近藤は何か疑われているんですか」

戸部と道場が顔を見合わせている。

「近藤左門には、特定秘密を漏洩した疑惑があります」

前置きなしに例の陰湿な男が口を開いた。

「失礼ですが、あなたは？」

「文科省大臣官房で機密漏洩防止を担当しています小池《こいけ》といいます」

「それはまた物騒なお仕事だね。とはいえ、私があんたらから訊問されるいわれはない」

小池は冷く口元を歪めた。

「天下の特捜検事を訊問だなんて、とんでもない。近藤は特定秘密を抱えて失踪した。その調査の過程で、あなたが浮かんだからご協力をお願いしたわけです」

こんな無礼をしておいて協力が聞いて呆れる。

「では、私も疑われていると？」

「まさか。そんなはずがないでしょう。小池君、失礼な発言は慎んでくれ」

局次長が額に浮かんだ汗をハンカチで拭いながら遮った。だが、小池はまったく悪びれていない。

「近藤から、何か預かっておられませんか」

iPhoneの存在も知っているのだろうか。

目の前の連中は、左門をスパイだと決めつけているらしい。だが、左門はSOSとメッセージしてきた。

子どもの頃にスパイごっこで遊んだ時のヒントで、iPhoneの隠し場所に冨永を導いた。さらにパスワードを解読したと思ったiPhoneも、何を伝えようとしているのか今のところ判然としない。だが、この念の入れように左門の必死の叫びを感じた。

左門の仕事用の携帯電話に別人が出てから、左門への接触には注意を払ったつもりだ。なのに、この連中は全て知っているらしい。

「なぜ私に訊くんです。彼は顔の広い男です。もしかして左門の知人全員に、こんな仰々しい真似をされているんですか」

「最後に近藤とお会いになったのはいつですか」

冨永の問いは無視された。

「三月中旬です。大学の同窓会で会いました」

あの時に無理にでも呑みに誘っていたら、左門の助けになったのではないのかと心底後悔している。

「そのときの近藤の様子は、いかがでしたか」

「特に変わったところはありませんでした。近々呑もうと言って別れました」

そう答えると小池は、不満そうな顔つきになった。冨永はそれを見て反撃することにした。

「彼が行方不明になる前の様子をお聞かせ願えますか」

小池は答える気がないらしく、代わりに戸部が話し始めた。

「近藤が無断欠勤したのは、四月二日です。四日ほど休暇を取っていて、その日から登庁するはずだったのですが、結局姿を見せませんでした」

「過去にそういうことはあったのですか」

「入省以来、無断欠勤は一度もありません。生真面目というわけではありませんが、勤務態度は極めて良好でした。なので、我々としては不審に思い、何度か携帯や自宅に連絡を入れましたが、いずれも応答がありませんでした」

だが、四月一日に左門は電話を入れてきた。

それはどう考えるべきだろうか。

「近藤は休暇を取って奥さんと二人でセブ島に行くと言っていたが、実際にはセブ島には行っていない」

「小池君」と道場が窘《たしな》めたが、小池は構わず続けた。

「香港に二人で入国したところまでは分かっているんだが、その後の足取りが摑めていない」

だが帝国ホテルで会おうというメッセージを入れてきた電話は、日本国内から発信されていた。

つまり四月二日には、左門は日本にいたのだ。

「三月二九日以降、近藤から電話がありませんでしたか」

小池がまた詰め寄ってきた。

「いえ、ありません。それより近藤夫妻が香港に入国したと、なぜご存知なんですか」

また、幹部らは顔を見合わせている。答えてくれそうな相手を冨永は見た。小池は目が合った途端、肩をすくめた。

「手を尽して調べたんだがね」

「二〇〇〇人余りも職員がいる文科省は、二週間無断欠勤しただけで、警察じみた追跡を行うんですか」

「ですから先程申し上げた通り、彼は特定秘密を無断で省外に持ち出した疑いがあるんです。そのためです」

本当に小池は、文科省の人間なのだろうか。警視庁の公安部あたりにいる、人を見たらテロリストだと思えというタイプにも見える。

「一体、どんな機密を持ち出したというんです？」

ずっと聞きたくてうずうずしていた問いをぶつけた。

「それは申し上げられません。何しろ特定秘密ですから」

なるほど……。一昨年、まともな審議も行わずに制定された例の法律の影響か。

「彼がその機密を持ち出したという確たる証拠はありますか」

「申し上げられません」

やれやれ。とても不愉快だな、この輩は。

「冨永さん、確たる証拠がないからこそ、一刻も早く近藤と連絡を取りたいんです。そうでないと、正式な告発をせざるを得なくなります」

冨永の不快を察したのか、発言者が戸部に代わった。

「正式な告発とは、何ですか」

分かりきっているが、この連中の口から聞きたかった。戸部が口ごもり、またぞろ小池がしゃしゃりでてきた。

「決まっているだろ。特定秘密保護法違反ですよ。課長はないと言ってますが、近藤左門を告発できるだけの証拠は既に固まっています。しかし、告発するとなると同法施行最初の案件となる。そんな恥を晒したくないんですよ。冨永さん、ご協力戴けませんか」

左門を特定秘密保護法違反で刑事告発するというのか。どうかしている。

「協力は惜しみません。ただ、お訊ねの件については、まったく身に覚えのない話ばかりです。残念ながら答えようがありません」

推移を見守っていた局次長が大きなため息を漏らした。そして、渋い顔で言った。

「では、冨永さんは、近藤の行方については一切ご存じないし、彼から預かった物は何もないとおっしゃるんですね」

相手をまっすぐ見据えて頷いた。

「はい、何一つ存じません」

4

「特定秘密の保護に関する法律」は二〇一三年一二月に制定され、翌年一二月に施行された。同法は一言で言えばスパイ防止法であり、政権にとって悲願の法律だったが、衆議を尽くした上で制定されたという印象はない。

当時のマスコミの論調では、「機密漏洩に関する法律を持たない国には、重要な情報を提供できない」と米国から半ば脅されて制定を急いだという。さらに、国家安全保障会議（ＮＳＣ）を日本でも設置するに当たって同法は必須の法律だったために、首相が急いだという説もあった。しかし、一つ間違えば戦前の治安維持法のように基本的人権を損なう可能性を危惧するジャーナリストも多かった。

制定当時は、この法律に携るのは公安関係者で冨永には縁遠い法律だという印象しかなかった。ところが、特捜部に赴任した直後、特殊・直告班のキャップである比嘉から解説資料を渡され、「しっかり勉強しておいてください」と命じられた。同法違反が発覚した場合、東京地検特捜部の特殊・直告班の担当が想定されていたからだ。

もっとも施行されたとはいえ、すぐには威力を発揮しないだろうと思っていた。それがよりによって友人が対象になるとは……。

文科省の〝聴取〟から解放されると、冨永は検察庁に戻った。一人で静かに考えたかった。特捜部のフロアには、まだ人の気配があった。群馬県知事追及のためのブツ読み等が続いているのだろう。

冨永は自室に入ると、秘密保護法の資料を開いた。

同法の第一条の「目的」によると「我が国の安全保障（国の存立に関わる外部からの侵略等に対して国家及び国民の安全を保障することをいう。以下同じ。）に関する情報のうち特に秘匿することが必要であるものについて、これを適確に保護する体制を確立した上で収集し、整理し、及び活用することが重要であることに鑑み、当該情報の保護に関し、特定秘密の指定及び取扱者の制限その他の必要な事項を定めることにより、その漏えいの防止を図り、もって我が国及び国民の安全の確保に資することを目的とする」のが制定理由らしい。

日本の法律には、これが日本語かという意味不明な条文が多いが、この法律の第一条は極めつきだった。

さらに厄介なのは、この法律が定める特定秘密の解釈については、各省庁に委ねられている点だった。その上、特定秘密に一旦指定されてしまうと、検察官ですら内容を確認できないまま捜査を進める可能性がある。

つまり、被告が漏洩した国家機密の内容については何人たりとも追及できない。だから、文科省の小池のようなふざけた対応がまかり通るのだ。

それにしても、左門、なんでこんな容疑を掛けられるんだ。おまえは今、どこにいて、何をしているんだ。

鞄の奥に仕舞い込んでいる左門のｉＰｈｏｎｅを取り出した。バッテリー切れになっていた。

舌打ちをして頭を抱えたところで、自分の携帯電話が鳴った。発信者は妻だった。

「あなた、大変。お父さんが仕事場で倒れたの！」

第六章　深く静かに

1

父が倒れたと聞いて富永は、午後一一時二〇分東京駅八重洲口発、午前六時四七分京都駅烏丸口着の「青春エコドリーム三三七号」に乗り込んだ。

智美の話を聞いても、父の容態は今ひとつ分からなかった。実家から連絡してきたのは母で、すっかり取り乱して要領を得ないのだから致し方ない。ただ、どうやら命には別状ないとのことだった。

バスが中央高速を走り始めた頃、智美からメールが来た。

〈華子さんから、電話がありました。お父さんは軽い狭心症だそうです。命に別状はなく、数日、検査入院するそうです。京大病院北病棟五階の五五七号室です。　智美〉

狭心症か……。高血圧の影響が出ている。心配なのに変わりはないが、父の容態がわかったことで少し安心し、富永は眠りに落ちた。

翌朝の午前七時頃、京都駅の北側、烏丸口に時刻通りにバスは到着した。全身がだるかったが、そのままタクシー乗り場に向かい、京大病院を目指した。

病院に到着すると、すでに朝の外来ラッシュで、ごった返していた。冨永は敷地の北側にある病棟の五階に直行した。ナースステーションで父の名前を確認すると、冨永は緩めたネクタイを締め直し、遠慮がちにノックした。

「はい」

男性の声がしたのを聞いて、スライドドアをそっと開けた。

「あっ、お義兄さん」

妹の夫である幸信が、ベッドサイドの椅子から立ち上がり頭を下げた。父は眠っているようだ。

「ご苦労様。どう、お父ちゃんの具合は」

「すっかり落ち着いてはります。昨日の夜に店で倒れた時は、ほんま苦しそうにしてはったんですけど、もう安心やと先生も言うてはりました」

勧められるままに椅子に腰を下ろし、寝ている父を窺った。倒れたと聞かずに見たら、気持ちよさそうな寝顔と思うだろう。

義弟に起こさなくていいと断って、父の手を握った。

「お父ちゃん、ごめんなあ、僕が無理ゆうて東京まで菓子持って来させたから、こんなことになって」

本心から詫びた。

「義兄さん、それは違うと思いますよ。東京行きはほんまに楽しかったみたいですよ。それより京都に戻ってきてから、ちょっと会合が続いて飲み過ぎはったんが、あかんかったんやと医者《せんせ》は言うてはります」

義弟の気遣いを感じて、それ以上は言わないことにした。

「お母はんは？」

「いやあ、ほんまはそっちの方が大変でした。ほとんどパニックみたいにならはって、はよ真ちゃん呼んでばかり繰り返して、それは大騒ぎやったんです」

目に浮かぶようだ。お嬢様育ちの上に、父も甘やかしていたので、七〇前になっても子供じみたわがままばかり言う。

「それは、ご苦労さんやったね」

「いえいえ、もうなれっこですし。それより、お義兄さん、しばらくお義父さんをお任せしてよろしいか。ちょっと僕、どうしてもはずされへん商談が一件ありますねん」

本当に済まなそうに義弟は言った。

「遠慮せんと行って。僕は暫くいるし」

「ほんまですか。助かりました。華子の奴、子どもたちを学校に行かせたらすぐ戻ってくるて言うてたんですけど、あれはアテにできませんし。ほな、すんませんけど頼みます」

行ってらっしゃいという言葉を背中で受けて、「富永」の若専務は病室を出て行った。

父と二人っきりになると、聞こえるのは深い寝息だけになった。

自分は父に迷惑ばかりかけてきた。厳格な祖母にいくら叱られても、京菓子を作りたいと駄々をこね、父は何度か祖母にひどく詰《なじ》られた。中学生になると、祖母や母の横暴に耐える父に腹を立てた。

――なんで、お父ちゃんは誰にでもすぐに謝るんや。みんな向こうが悪いのに。

しかし父は、「誰かを怒らせたら、それはお父ちゃんも悪い。せやから謝りますんや。それで、ことが丸く収まる。そういうのがお父ちゃんは好きなんや」と言って取り合わない。

それを「負け犬の言い訳」と吐き捨てた自分が、今では恥ずかしい。

今の仕事について冨永が、我慢強く事件に向き合ったり、極力上司や同僚と衝突しないように心がけるのは、あの時の父の言葉のお陰だった。

「なんや真ちゃん、こんなところで、何してますん？」

いきなり声をかけられて、冨永はギョッとした。父の顔を見つめていたはずなのに、いつのまにか自身の視線が手元に落ちていて、父が目覚めたのも気づかなかった。

「なんやと、ちゃうし。お父ちゃん、心配してんで」

「それで東京から飛んできてくれたんか。嬉しいなあ」

父は本当に嬉しそうに目尻を下げた。

「ほんま、びっくりしたわ。お母ちゃんが大騒ぎで智美に電話してきたんやで」

「相変わらず大げさな人やな、あの人は。ほんま心配かけました。けど、もう大丈夫やし。真ちゃん仕事大変やろ、はよ戻らなあかんのと違うか？」

そう言われるとますます辛くなる。

「いや、お父ちゃんがちゃんと精密検査を受けるのを見届けるまでは、東京には戻られへんて」

「何を大げさな。ちょっと飲み過ぎが続いただけです。それより真ちゃん、おなかすきましたな。食堂に朝ご飯でも食べに行きまひょか」

あまりの気楽さに、噴き出してしまった。

「お父ちゃんは今日は精密検査やろ。朝は絶食のはずやで。僕もまだおなかすいてへんし」

「えっ、絶食。それはかなんなあ。けど、真ちゃんは食べなあかんやろ。なんや、また痩せたんとちゃいますか」

とにかくしっかり食べよというのが、父の口癖だった。冨永は父と同じでいくら食べても太りにくい体質だ。父自身もやせの大食いのくせに、顔を見るたびに「えらい痩せてしもて、もっと食べなあきまへん」と言う。

「そんな急に痩せてへんし。いずれにしても、お父ちゃんがおとなしく検査を受けたら、朝ご飯いただきますから」

「交換条件かいな。検事さんは、ずるいなあ」

ノックもなく勢いよくドアが開いて、妹の華子が現れた。

「ごめん、遅うなってしもて。ひゃあ、お兄ちゃん、来てくれはったんや」

見舞いとは思えないような派手なスーツを着た華子が来るなり賑やかになった。

「うちの人は？」

「朝一で商談があるゆうて出掛けはったよ」

「ほんまにい？　あの人、二言目には商談商談ゆうてるけど、どうせどっかで油売ってるに決まってるし」

最近の華子は口調や考え方まで母親に似てきた。

「まあまあ、華子そのへんにしとき。ほな、真ちゃんはお役ご免や。心配かけたな。しっかり朝ごはん食べといで」

「まあ、お父ちゃん、えらいご挨拶やな。せっかく、お兄ちゃんが夜行バスで東京から飛んできてくれたのに、酷い言い方や」

「ええんや、華子、僕のことは気にせんといて」

そこで医師と看護師が入ってきて、検査を始めると告げた。

2

遙が研究室に入ったときの雰囲気がいつもと違うので、何かあったのかと門田に訊ねた。

「なんだ、おまえ、今朝の毎朝新聞を読んでないのか」

新聞はゴミになるのでとっていない。それに今朝は、深夜バイトから帰って時間ギリギリまで仮眠していたので、インターネットニュースすらチェックしなかった。そう言うと、いきなり新聞を渡された。

日本のロケット開発民間へ
ＪＡＳＤＡ打ち上げ三年以内に終了

「んだもしたん！」

見出しだけで思わず叫んでしまった。

「これって、本当なんですか」

門田が鼻で笑った。

「おまえ、今から毎朝新聞に電話して聞いてみろ。今日の新聞記事は本当ですかって」

そんな言い方をしなくてもいいのに。

「寺島教授は？」

「所長室だ」

遙はデスクの上に新聞を広げて読み始めた。

記事によると、発信源は官邸らしい。宇宙庁設立を前に日本は探査機製造にシフトし、ロケット打ち上げは民間に委ねるという方向で検討が進んでいるという。

地球の周回軌道に打ち上げるロケットについてはＮＡＳＡも民間委託を進めており、世界の潮流ではあるものの、ＪＡＳＤＡがそれにならう理由はない。

政府の言い分では、現在の限られた予算をより有効利用するためにも、次々と成果を上げている探査機に集中的に予算投下することが国益につながるのだそうだ。

ロケット開発を委ねる民間企業については、現在ＪＡＳＤＡと提携している企業に加え、自動車メーカーやベンチャーなどからの新規参入も歓迎する、とある。

これが事実だとしたら、寺島教授がプロジェクトマネージャーを務める新型ロケット、オメガの開発も中止になるのだろうか……。

そんなことがあっていいはずがない。それに総理は宇宙開発に前のめりだったんじゃないのか。

「なんで、こんな大事なことを、宇宙について何も知らない政治家が決めるんですか！　絶対に許せませんよ」

遙の憤りに異を唱える者はいないが、叫んだところで何も変わらないのも事実だった。

関岡がテレビのボリュームを上げた。官房長官の記者会見放送が始まるところだった。

「本日、一部の新聞で、日本のロケット開発を民生シフトし、三年以内に、ＪＡＳＤＡによる打ち上げを終了するという報道がありました。最終決定ではありませんが、その方向で検討を進めています」

官房長官の発表で研究室内がさらに騒然となったころ、そこに寺島が戻ってきて、食い入るようにテレビを睨んでいる。

「これは、日本の宇宙開発がいよいよ産業のステージに入ったという意味です。もはや一部の学者たちによる自己満足のための道楽の時代は終わったんです」

なんて、酷い言い方だ。だれが、道楽でロケットを打ち上げてるというのだろう。いくら官房長官だからって言っていいことと悪いことがある。

「無論、民間企業が独り立ちするまでの支援は政府としても考えます。それとＪＡＳＤＡを含めた国家プロジェクトとしての宇宙開発のあり方については、近く再編のための諮問会議を立ち上げます」

「教授」

関岡が悲愴な顔で寺島を見ている。

「どうやら政府は本気のようだね。つまり、僕らの知らないところで、日本の宇宙開発プランが決められようとしている」

「プロジェクトオメガはどうなるんですか」

門田も動揺しているらしく声が裏返っている。

「心配するな。体制が変わろうともオメガは続ける。私がどんなことをしても、活路を見出す」

寺島が断言した。でも、結局は国の偉い人たちが決めちゃうんでしょ。遙はそう反論したかった。しかし、そんな恐ろしい不安を口にしたら、現実になってしまいそうで口をつぐんだ。

「これから内閣府に行って、事実関係を確かめてくる。諸君は心配しないで、しっかり研究に励んでくれ」

研究に励んでも、もう宇宙センでロケットが打ち上げられないのであれば、やるだけ無駄じゃないか。すっかりマイナス思考に陥っている己を叱り飛ばして、遙は研究室を出た。次の授業が待っている。

3

冨永は病棟を出ると妻に電話を入れて、父の無事を伝えた。

「よかった。だけど軽いとは言っても狭心症は怖いから」

「一応、釘は刺しておいた。言っても聞かない人だけどね」

「雅之と希実子にお見舞いの手紙を書かせるわ。いつまでも元気でいてねって。そうしたら少しは気をつけてくださるかもね」

「ありがとう。夕方には東京に戻るよ」

電話を切ると、五十嵐と比嘉にも同様の連絡を入れた。

「とりあえず今日は公休にしてください。たまには親孝行も大事ですよ」

比嘉に強く言われて、冨永は甘えることにした。ほっとしたせいか、急に空腹感を覚えた。病院の敷地を出て、目についた喫茶店に入った。

昔ながらの純喫茶の趣で良い香りが店内に充満し、コーヒー好きの冨永は、それだけで気分が和んだ。〝お奨め！〟とメニューに書いてあったモーニング・スペシャルを頼んだ。

ゆっくりと食事して少し落ち着くと、昨夜のできごとを思い出した。あの文科省の連中は本当に左門を告発する気でいるんだろうか。

バッテリー切れしている左門のｉＰｈｏｎｅを何とかする必要があった。冨永は、もう一度妻に電話した。

「ｉＰｈｏｎｅの充電ってどうすればいい？」

「何よ、いきなり」

左門のｉＰｈｏｎｅの充電が切れたと言うと、ため息混じりに智美が方法を教えてくれた。

店を出てタクシーを拾い、運転手に家電量販店に行って欲しいと頼んだ。量販店で充電器を購入して、その足で実家に向かった。

＊

京菓子司「冨永」は、京都御所の南、中京区夷川通富小路西入る俵屋町にある。百坪ほどの敷地内に店舗があり、その続きで自宅もある。

元々は、伯父が当主を務めていたのだが一〇年前に急逝して、父が跡を継いだ。婿養子である菓子職人が跡取りとなったのは、室町時代から続く「冨永」史上初めてのことだった。

職人としての父の実力が素晴らしかったこともあるが、放蕩三昧の末に多額の借金を抱えて急逝した先代に、愛想を尽かしていた従業員や親戚からの強い推しで、今まで決して揺るがなかったしきたりが破られたのだ。

母は大喜びしたが、父は「冨永」の当主となっても、普段と変わらず菓子作りに精を出すだけで、伯父のような豪遊も散財もしなかった。ただ、一つだけ変えたのは住まいだった。母から強く請われて、それまで住んでいたマンションを引き払い、実家に移ったのだ。

「あら、ぼっちゃんやないですか」

勝手口の前でタクシーを降りると、祖父母の時代から務めている家政婦のはるが、目を丸くして驚いた。

「やあ、はるさん。御無沙汰」

「なんで勝手口から入って来はりますん」

「だって昔っから使《つこ》てたやん」

「何ゆうてはりますんや。真一さん、もう大人なんやし堂々と玄関から入らなあかんえ」

昔と変わらず早口でまくしたてる彼女を宥《なだ》めると、父の容態を報告した。

「そうですかあ。よかった。ほんま私は生きた心地しませんでしたわ」

心から安堵したようにはるは胸に手を当てている。

「暇を見つけて見舞いに行ってやってな」

母は入れ違いで父の見舞いに出掛けたという。今日の数少ないラッキーだった。冨永は「ちょっと自分の部屋使うし」と言って階段に足を掛けた。

「朝ご飯は、どないしはりましたん？」

すかさずはるの声が追いかけてくる。

「病院近くの喫茶店で済ませてきた。気ぃつかわんといて」

まだ何か話しかけてくるはるを残して、冨永は階段を駆け上がった。

いつでも真一が使えるようにと、父が用意してくれた部屋には、寝具だけでなく、パソコンも置いてある。だが、冨永自身が使ったことはほとんどない。実家に戻ったときは、広い客間で妻や子ども達と一緒に寝る。そもそも滅多に帰らないし、若くもない息子のためにそこまでするのはもったいないと父には事あるごとに文句を言っていた。

だが、今日は父に感謝した。

冨永はパソコンを起動する。道中で購入したUSBをパソコンに差し込んだ。

パソコンを操作しながらも、昨夜の一件を、羽瀬に伝えるべきか否かで頭はいっぱいだった。言えば羽瀬は激怒して、上層部にすぐ報告するのは目に見えている。東京地検の代表である検事正に相談もせずに、特捜検事を聴取するなんぞ言語道断だと。

そして、この問題は最高検あたりまで持ち上がり、下手をすれば法務大臣が文科大臣に抗議するという事態が起きる――可能性は充分にある。

検察庁とは、そういうところだ。想像するだけで胃が痛くなった。

しかし、これは左門と自分の個人的な問題だ。羽瀬に相談するのはもう少し様子を見てからにしよう。

グーグルで、文科省、特定秘密保護法、近藤と打ち込んで検索をかけた。幸運にも何も出てこない。

その時、急に何かのソフトが起動した。

iPhone自動再生と書かれている。よく分からなかったが、とりあえず「デバイスを開いてファイルを表示する」をクリックした。フォルダ画面が出てきたので再度クリックすると「ookini」と書かれたフォルダが出てきた。

なんだ、これは。

クリックをもう一度……。「パスワードを打ち込んでください」と来た。

「おい、またか！」

１０３４と打ち込んだが、エラーだった。左門のコードナンバーである〝００３９〟もダメだった。

「左門、いい加減にしろ！」

腹立たしげに自分の００４１を打ち込んだ。

ようやく画面が開いた。中にはいくつものフォルダが保存されていた。

「最初に読むべし」とタイトル書きされたワード文書をクリックする。

〈まずは、ガツンと衝撃の真実からいきます。

以下の人物は、アメリカのスパイでした〉

「何を言い出すんや、左門」

左門がスパイと告発している顔ぶれは、目を見張る大物ばかりだ。総理経験者が二人、名を馳せた政治家、次官級の官僚、著名なジャーナリストや学者まで、いわば日本のオピニオンリーダーが勢揃いしている。しかも各人の〝犯罪〟も克明に記されていた。

それを読んだ瞬間、検察官としての冨永は違和感を覚えた。

〈びっくり仰天しましたやろ。昔から陰謀とかスパイとか好きだった僕の頭がおかしなったと思ってはるやろ。

けど大正気です、ご安心を。

官僚になっていろいろ経験するうちに日本がアメリカの言いなりになっていると何となく感じるようになりました。けど、これだけの顔ぶれがアメリカのスパイやと教えられた時には、さすがに冗談きついと思いました〉

ここまで読んでも冨永には冗談としか思えなかった。左門はいったい何を考えてるねん。

〈これまでだって日本政府は、常にアメリカの顔色を窺いながら動いてきたじゃないか。その行動がスパイに思えるだけでは――。この情報を教えてくれた方に、そう反論しました。そしたら「じゃあ言い換えよう。奴らは売国奴だ」と返されました〉

いったいどこのどいつだ。こんな与太話で左門を惑わせる奴は。これらの人々をなんの物証もなくスパイと決めつけるのは、いくら無二の親友の告発だったとしても、認めるわけにはいかない。

〈真ちゃん、今や売国行為も巧妙すぎて簡単には分からん時代になりました。例えば、日本の製薬会社が胃ガンの特効薬を開発したと想像してください。効果は抜群、これで胃ガンで亡くなる人は一気に減るという画期的な薬だとしましょう。ただし、その使用が認可されるためには、薬事・食品衛生審議会の厳しい審査をクリアする必要があります。

この製薬情報を、薬事・食品衛生審議会の委員が、アメリカに売り渡したならば、こいつは紛れもなく売国奴です〉

だからどうした？　酒の席ならそれを売国奴と糾弾しても笑って済ませられる。しかし現実でやるには確たる裏付けがいる。左門の告発はそこが欠落しており、冨永には信用のしようがないのだ。

「証拠を出せ、まずは証拠やで」

思わず画面に向かって冨永はぼやいていた。

〈真ちゃん、世の中には簡単には正体を見せへんぬかりないものが案外、そこらへんに潜んでるんです。新薬のたとえ話、もうちょっと付き合ってください。いわゆるオピニオンリーダーが巧妙に加わってくると、もっと悪辣な売国行為が可能です。

連中は、新薬の申請に難癖をつけて、再提出を命じます。製薬会社がそれでもアメリカに先んじて結果を出そうとすると、今度は会社のスキャンダルがどこからともなく噴出する。そのため、新薬の認可はどんどん先延ばしされる。最後はその会社を潰すくらい平気ですわ。ほどなくアメリカで全く同じ新薬が認可されてしまったとしたら……。そんな奴ら、どう思います？〉

リアリティはあるが説得力に欠ける。これでは告発にすらならない。

〈真偽のほどは分かりません。けど、ありそうな話だと思いませんか。そして今、実は宇宙開発の世界でとんでもないことが起きてます。

まず最初に、日米の宇宙開発の現状についてざっと説明します。ご存知のようにアメリカはロシアと並ぶ宇宙大国です。冷戦構造を背景に、両国が宇宙開発を牽引してきたのは間違いありません。ソ連が世界で初めて有人宇宙船を打ち上げ宇宙飛行士を生還させたのは、一九六一年。「地球は青かった」っていう言葉は有名ですやろ。けど、実はあれは正しい引用じゃないって知ってました？〉

「冷戦時代と最先端の宇宙開発とどうつながるねん。さっさと宇宙の売国行為を教えてくれよ」

ぼやきながらも、冨永は読み続けた。

〈ソ連領内の牧場に見事帰還した直後のガガーリンの談話の原文は、

Небо очень очень темное,
а Земля голубоватая.

これを日本語に訳すと「空は非常に暗かったけれど、地球は青みがかっていた」となるんやそうな。まあ、どうでもええけどね〉
ほんまどうでもええわ。話は混迷しているが、とりあえず最後まで読み通すのが友情だと割りきった。
〈ペンシルロケットという鉛筆ほどの小さなロケットの誕生が、日本のロケット開発史の始まりやというのは、さすがに知ってますやろ。

開発したのは糸川英夫博士。彼を一言で表すなら、エジソン、あるいは今どきやったらスティーブ・ジョブズかな。つまり天才的な科学者であり、プロデューサーですな。戦前は戦闘機の開発に携わっていたのですが、戦後七年間、航空禁止令によって航空機の製造はおろか、研究開発もできなかった。それで、アメリカに渡りロケットの研究をやると一念発起しはったんです。

彼がロケットを始めた理由ってのが凄いんですよ。

「アメリカに追いつけ追い越せなんて発想は、もうやめよう。アメリカがやらないことをやって、自分たちが一歩先を行くべきだ」

これが敗戦直後の言葉なんです。ほんまに凄い人です。今の日本にもそんな人が欲しいと心から思いますわ。

それで博士が取り組んだのが、固体燃料ロケットの開発でした。

ロケットは、大まかにいうと二種に分類されます。一つは、アポロ計画のサターンロケットに代表される液体燃料ロケットです。

一方、糸川博士らが研究開発したのは固体燃料ロケットで、こっちは火薬が燃料です。見た目は同じロケットでも仕組みは全く別物です。あまり大きな物は打ち上げられへんのですけど、「あんじん」みたいな無人探査機は、固体燃料ロケットです。一昨年、イプシロンという新型のロケットが打ち上げられてニュースになってましたやろ、あれも固体燃料ロケットです。

この固体燃料ロケットは、糸川博士の尽力で独自に発展し、日本のお家芸と言われるまでになりました。その技術力は凄まじく高度で、宇宙大国アメリカが誇るＮＡＳＡですら真似できないものがたくさんあるんです。

僕としては、この技術をもっと磨いて、世界のトップに立って欲しいと思っているんですけど、そういう考えは省内では少数派です。みんな糸川博士のスピリッツなんてすっかり忘れてるんですな、情けない。

ところで、この固体燃料ロケットの技術は、あるものに応用できるんです。

大陸間弾道弾《ICBM》、つまり、ミサイルです。

日本の研究者は全くの別物だと言い張るんですけど、実際は同じです。いや、それどころか、日本の飛翔体（ミサイルをそう呼びます）の精度は、世界随一だそうです。懇意にしている研究者は、「日本で発射してもブラジルで飛んでいるチョウチョウのど真ん中を打ち抜ける」と豪語しています。さらに少し古い話ですが、三〇年ほど前、日本の大学院生が、画期的な燃料技術を開発したことがあります。ところが、それがいつの間にかアメリカの新型ミサイルに流用されてたこともあるそうです。

信じられへんですが、学生の指導教授がアメリカに売り渡したんです。その教授は今や米国で悠々自適の生活を送り、学生は研究機関から追放されました。

いやはや、恐るべし技術大国ニッポンですな〉

いや、恐るべしはおまえや、左門。

少なくとも一時間以上つきあって読んだ左門の文書は、噂話と妄想の域を出ない。一人で陰謀話に想像を膨らませた挙げ句に、文科省から指名手配を打たれているのなら、申し訳ないけど親友として責任をもって精神科に連れていくしかない。

日本の宇宙開発が凄いのは分かった。それをアメリカが狙っている可能性も、ゼロとは言わへん。けど、それを告発するならば、しっかりとした証拠を揃えて真実だと示してくれ。

冨永は、これ以上先を読み進むべきかを迷った。だが、次のフォルダには「告発状」とあった。

これが最後と、クリックした。

4

「告発状一」には左門が所属する省のトップ、文部科学大臣の名があった。地味な印象しかないのだが、総理のお気に入りの一人で、その「友情」で文科大臣の座を射止めた人物だ。

〈このお方は、宇宙開発事情などさっぱりです。そのため、官邸のさる人物から「総理の意向」だと耳打ちされただけで、宇宙予算の大幅削減とJASDAの規模縮小を素直に遂行しようとしています。中でも、固体燃料ロケットの中心的研究施設である宇宙航空研究センター（宇宙セン）の解体についてはかなり積極的です。もっとも、それをいきなりやればさすがに非難されます。

そこで、より強固な日米共同の宇宙研究のために、ロサンゼルスにあるNASAの研究施設と宇宙センを統合すると言い出しました。それは日本の大きな損失になるというのに、この御仁は官邸の命ずるままに外堀を埋めようとしています〉

要するに固体燃料ロケットの研究開発部門を潰そうとしているわけか……。

資料として、宇宙センとNASAの研究施設の統合に関する交渉がファイリングされていた。

そして日本の事務方メンバーに、左門がいた。

〈この統合を目指してある会議が開かれました。そこに出席したのが僕の疑惑の発端です。こいつだけは許せません。大臣は今やハワイに別荘を持ち、莫大な資産を手に入れています〉

ようやく具体的に賄賂の可能性ある情報が出た。ただ、ハワイの別荘や莫大な資産の提供元が明確でなければ贈収賄罪は成立しない。

告発文には資料としてPDF文書が添付されていたが、それはハワイの豪邸の写真だけだった。

この先は僕が裏を取らなあかんということか、左門……。

もっとも日米の宇宙開発の研究機関が統合されるのが、売国的行為とは言えない気がした。左門の資料を読むかぎりでは確かに日本の固体燃料ロケットの技術開発は凄いのだろう。しかし、米国が宇宙に投下している予算は日本のそれより桁違いに莫大だ。

資料によると、日本の宇宙関連予算は約三九〇〇億円。一方のアメリカは、実にその一〇倍以上の約四兆円にも及ぶ。ならば、アメリカの資金を上手に使って、日本が保有する技術で国際協調を図るのはむしろ歓迎すべきことではないのか。

第一、日本の限られた予算で生み出す技術に、アメリカは本当に価値を感じるのだろうか。

「告発状二」のファイルにはもっと凄い大物の名があった。現職の官房長官、中江だ。

親米派で知られるだけではなく、スタンドプレイが過ぎる総理の手綱をしっかりと握り、不安定な状況が続く政治をコントロールしている影の宰相と呼ばれる実力者だ。

〈今、日米の首脳が密かに今後の両国関係強化に向けた秘密会議「日米産業構造会議」を行っています。彼はその日本代表であり、宇宙開発や原発プラントなどの産業を日米統合と称して、アメリカに売り渡す先導役を務めています〉

これについては会議の記録メモが添付されていた。筆跡は左門のものと思われた。達筆だが、彼の文字は独特の癖があって幼馴染みの冨永には一目で分かる。

宇宙開発技術や原発プラント産業を日本は手放し、アメリカとの共同開発を強力に行うべきだと官房長官が訴える様子が議事録には克明に記されている。

「日本がいつまで先進国だと思っているのか。こんな勘違いを改めて、今のうちに、日本の強みをアメリカに提供して、より強固な日米の運命共同体をつくるべきだ」

また、アメリカの幸せこそが、日本の幸せであるという真理を思い出し、アメリカに尽くせとも中江は発言していた。

いくら非公式の会議の席とはいえ国家の官房長官とは思えぬ過激さだ。この中江官房長官こそが、宇宙を巡る売国行為の司令塔だと、左門は断定している。確かにこの発言は酷い。常軌を逸している。だからといって、極端に偏向した考えの持ち主であることと、売国という行為を同一視してよいのか。そもそもアメリカは敵国なのか。

左門は、売国奴をいかにして育成するかについても述べている。

〈戦後以降、アメリカが大量の売国奴を日本に送り込んできました。

こういう輩は、一朝一夕には誕生しません。

売国行為を長年に渡って深く巧妙に行う奴を育てるには、たっぷりとした時間が必要なんです。具体的に言うと、高校や大学時代から極めて優秀な学生を見つけてはリクルートするんです。彼らには資金援助だけではなく、社会的な成功を収めるために必要な機会提供や人脈作りもサポートしてくれます。

そして、止めは米国の一流大学への留学ですわ。そこでしっかりと洗脳した後、各人の資質に合わせて〝職場〟に送り込みます。

最初のうちは、さしたるミッションを与えることもなく、とにかく成果を上げさせ権力掌握に邁進させます。

そして、ある日突然、古くからのアメリカの友人が訪ねてきて、彼らに忠誠の証を立てるように命じます。生涯にわたって丁寧に〝育成〟することで、彼らは一生、忠誠を誓うようになるんです〉

左門、スパイ小説の読みすぎや。いくらなんでも洗脳なんて簡単に言うな。

〈さて、中江官房長官です。彼は最近では珍しい地方出身の苦学生です。けど、勉強はめちゃくちゃできた。東大文一にトップクラスで入学した頃に、スカウトされたようです。

その後の軌跡はともかく、現在はアメリカの意向を日本中に徹底させる役目を担ってはります。お調子者の総理が、なんかこの国を元気にしているように皆は思ってますけど、実際は中江さんがアメリカと連携しつつ、上手に背後で画策して結果を出しているというのがホンマの話です。この御仁が今、躍起になって日米の宇宙開発統合に奔走してはります〉

言うだけなら誰でも言える。おまえ法律を勉強したくせに、大事なことを忘れたんか。

本郷事件で国交大臣を捜査するだけでも立ち往生している。そんな特捜部に、〝確証なき売国奴〟を追い詰めるなんて到底無理だった。

しかも、中江は何らかの便宜をアメリカに図ってもらっているという可能性を示唆する事例すらない。

既にうんざりしていたが、辛抱強く「告発状三」のファイルも開いた。

橘洋平――。

やっぱり、出たか。

〈言わずと知れた、日米関係の生き字引にして政界のドンです。実は彼は宇宙開発にも相当古くから関わってるんです。この人は今、日本の指針を検討する審議会「新世紀大綱審議会」の顧問です。砕けた言い方をすれば、「日米産業構造会議」で取り決めた方針を、実際に施策に落とし込むためのガイドライン作りをしてるわけやね。この大綱は、ほんまに酷い〉

内容に関する資料はない。

添付されているのは概要だけで、「大綱」のテーマは「産業の選択と集中」とある。日本の基幹産業を絞り込み、不採算産業については政府が積極的に事業撤退を業界に指導するとある。撤退すべき産業として、三業種が挙げられていた。原発、宇宙開発、そして半導体だった。

〈半導体については、僕もよく知りません。けど、値段勝負の安価なものはともかく、超集積の高度な半導体技術では日本の評価はまだまだ高いそうです。それを何で撤退させるのか分かりません。

そして原発は、事故を起こした国の原発なんて誰が買うねんというロジックです。日本の原発製造技術は世界一なんやけどね。

それをなぜに棄てるのか。宇宙同様、全部日米協力で進めましょうというオチですわ。つまり、日本の技術者もメーカーももろともアメリカと合弁企業にして、本社をアメリカにしますという「ニッポン骨抜き計画」です〉

文書内では「ニッポン骨抜き計画」という言葉が何度も繰り返されていた。

橘は売国奴の元締め的役割をしてアメリカとの交渉を行っているようだ。橘を追い詰めるべしという左門の意図は、悪の元締めを潰せという意味なのだろう。

〈これらお三方は、莫大なカネをアメリカからもろてはります。具体的な送金リストが分かればええんですが、さすがにその証拠は手に入れられませんでした〉

それがなければ、こんな大物達には指一本触れられない。告発文書を読んできた冨永のモチベーションは一気に下がった。

〈ただ、賄賂の送金先は分かります。

アメリカ東部に本店があるサウス《S》イースト《E》・コロンビア《C》銀行という地銀です。ここを調べてもらえば、全員の口座があるはずです〉

簡単に言うな。検察に国外での捜査権なんてないで。

〈もっとも真ちゃん達が捜査しようとしてもアメリカは絶対に認めないでしょうな。だから、売国奴たちの賄賂は、米国内の銀行に送金していると思われます〉

それは良い手段だと思う。アメリカ側のスパイのカネを、アメリカ国内の銀行口座に貯め込むというのは、スイスの銀行に預けるよりも安全だった。これなら日本の捜査機関が情報を開示せよと言っても、米政府が適当な理由をつけて阻止できる。

ここで行き止まりか。

大風呂敷ではあるものの、話はよくできていると感心していただけに腰砕けの気分だ。この程度の情報では、独自捜査すらままならないではないか。

冨永はため息をつきながら、ページを繰った。

〈一人だけ、逮捕できそうな人物がいます。北野田義輝《きたのだよしき》という参議院議員です。米国留学経験者で、帰国後は国際弁護士としてマスコミにも注目されました。そして、先の参議院選挙で初当選を果たしています。

この人物は最近、米国大使館の一等書記官と頻繁に会っています。写真も添付しておきました。さらにこの一等書記官は、情報機関の関係者だと思われます。

北野田議員は参議院の予算委員会で、日本の宇宙開発予算は無駄以外の何物でもなく、ましてや国際宇宙ステーションに拠出している年間四〇〇億円という膨大な無駄遣いを、一刻も早くやめるべきだ、と総理に詰め寄っているんです。与党民自党の議員としては、極めて異例な質問です。

こいつは言わば売国奴の先兵ですわ。

北野田議員は豪邸を先月に新築してます。調べてみると、邸宅の工事中に、相場で大きく負け込んでしまい、それで誰かに頼っているようです。その証拠に議員は大京信用金庫に突然、口座を作り三〇〇〇万円も預金しています。

彼が株で大損した証拠となる証券の発注書と、その直後の北野田名義の口座と高額預金の流れを追えば、面白い事実に突き当たるはずです〉

次のページに、北野田議員のプロフィール写真があった。メディアでよく見る顔だ。日に焼けたスポーツマンという精悍な顔だった。

〈ちなみに彼の妻は、橘洋平の孫です〉

北野田は、橘とつながっているのか。

これに関してもろくな証拠がないものの、本郷事件の橘案件が暗礁に乗り上げている最中だけに、アプローチとしては有効かもしれない。この男についてはこちらで掘り起こしてみよう。

左門、おまえの話は、まったく信用ならんことばかりやけど、北野田の件で何らかの手ごたえを感じたら、その時はすべての告発状について本気になったるわ。いずれにしても、もっとまともな説明をしてもらわんと困る。

全く釈然としないものの、北野田の調査については一刻も早く取り掛かりたくなった。すぐに東京に戻ろうと上着を羽織ったところで、帰り支度の手が止まった。

これらのデータの扱いだ。

与太話にしか思えないデータではあるものの、現実に左門は身を隠している。どういう理由かは分からないが、文科省も特定秘密保護法違反容疑を友にかけようとしている。

これらのデータは念のためにバックアップしておいた方がいいかもしれない。

冨永はデスクトップに新しいフォルダを作って、全てのデータのコピーを指示した。

コピーにはパスワードが必要だと出た。舌打ちしながら〝００４１〟と打つとエラーが出た。

左門のコードナンバーを打つと作動した。左門の警戒は徹底していた。

コピー作業に二〇分ほど要すると表示が出たので、父の仕事部屋に向かった。

店が開いたらしく家内には人の気配がない。物音を立てないように気をつけながら、父の私室に入った。父はここで和菓子のデザインを考えたり、趣味の写真を整理したり絵を描いて過ごすのが好きだ。

冨永は、部屋の隅にあるスチールラックに近づいた。数個のカメラバッグが丁寧に陳列されている。その脇に五段の抽斗式《ひきだし》の伝票整理ケースがあった。抽斗にはラベルシールが貼られ、几帳面な文字で収納物が記されている。

メモリとある抽斗を開けると、一眼レフ用のＣＦ（コンパクトフラッシュ）カードと一緒に、ＳＤカードも入っていた。８Ｇとあるカードを二枚取り出した。さらに、別のラックに置かれた古いデジタルカメラも取って、デスクにあったメモ帳に書き置きを残した。

〈古いデジカメを借ります。それとＳＤカードを二枚もらいました。　真一〉

デスクの抽斗を開けると新品のフラッシュメモリもあった。それも拝借することにした。

自室に戻るとコピー作業は終わっていた。フラッシュメモリをパソコンに差し込むと、今度はそれにもコピーした。

5

寺島が宇宙センに戻ってきたのは、午後一〇時過ぎだった。研究員のみならず、新型ロケットオメガのプロジェクトチーム関係者も居残って彼を待っていた。

「こんなに大勢が待ってくれているなんて、それだけで感激だね」

寺島がやけに明るく笑っている。

きっと朗報があるに違いない。

「さてと、まず結論から言うと、オメガのプロジェクトは、今後も続行される」

その瞬間、歓喜が爆発した。誰もが叫び、隣の人と抱き合っている。遥は嬉しさのあまり小柄な門田を抱え上げてしまった。

全員が落ち着くのを待って、寺島は話を続けた。

「但し、条件がある」

そうだ。あまりに話が美味しすぎる。また、とんでもない無理難題をふっかけられたのだろうか。

「今後、オメガのプロジェクトは、日米共同研究となる」

それって、どういうこと……。

「安心してくれ。パートナーはジェット《J》推進《P》研究所《L》だ。しかも予算は現在の一〇倍だ」

「マジっすか。それって二〇〇〇億円てことっすか」

寺島が頷くと、質問した門田は「ヤベー」を連発して興奮している。それを見て遥の気分はどんどん落ちていった。

いやだ、そんなこと。

半ば八つ当たりだとは分かっていたが、父の一件を知って以来、アメリカに対して強烈な嫌悪感を持ってしまった。そして、いつか必ずロケット開発で、アメリカをひれ伏させてやると決めたのだ。

なのに、寺島先生は何よりも大切なはずのオメガの開発にアメリカを参加させようとしている。

もっとも大半の研究員は、門田同様に歓迎している。パートナー相手がＪＰＬというのが安心材料になっているのだろう。

だが、ＪＰＬだろうがＮＡＳＡだろうが、所詮はアメリカなのだ。

私は、絶対に嫌だ。

内心で憤慨していたら自分と近い怒りを発している人物がいるのに気づいた。関岡だった。彼は厳しい目つきで寺島を睨んでいた。


ささやかな祝杯の後片付けが終わったところで、寺島に呼び止められた。

「今日の件だけど、君と関岡君はあまり嬉しそうじゃなかったな。何が引っかかっている？」

正直に言うしかない。

「オメガの開発は日本だけでやり通すべきだと思います」

「なるほど、関岡君と同様、遙ちゃんも日の丸ロケットにこだわりたいわけだ」

「甘いのは分かっているんですけど」

「そうだね、甘いよ」

思いがけず冷たい反応だった。

「僕だって独自開発ができるなら、そうするさ。でもね、ロケット開発を民間に委ねるという政府方針は変わらないそうだ。しかも、宇宙センの予算を半額にするって言われたんだよ」

遙は言葉を失った。

「すみません、生意気なことを申し上げて……。とにかくプロジェクトオメガの継続が決まって何よりです」

「ところで、遙ちゃんはパスポートを持っているかい？」

「いえ、今日は持ってきてません」

「いや、そうじゃなくて、有効なパスポートがあるかという意味だよ」

「家にはありますが……」

「来週末からアメリカ出張するんだけど、一緒に来てくれるかな？」

アメリカに行けるの⁉——と反射的に反応してすぐに後悔した。憎っくき国だというのに、何やってんの。

「とっても光栄ですが、私なんかじゃ何のお役にも立てないのでは……」

「そんなことは心配しなくていいから、遙ちゃんに本場アメリカの宇宙開発をしっかりと見て欲しいんだ」

アメリカは大嫌いだけれど、最先端の宇宙技術を学ぶチャンスを逃すわけにはいかないと思い直した。

「先生のご期待に添えるようがんばります！」

「じゃあ、さっそく申請書などの必要書類を揃えてもらわなくちゃ。明日朝一番に、渡部さんを訪ねてくれるかな。それと一つお願いがあるんだ」

寺島はロッカーの中から袋を取り出すと遙に手渡した。中には、茶筒ほどの大きさの箱が入っており、開けるとペンシルロケットレプリカが現れた。

「遙ちゃんのお父さんからもらったものなんだ」

「ほんとですか！」

「ボディに刻印が入っている」

確かに文字がうっすらと刻まれている。〝from TAKASHI〟とある。父の名だ。

「これはね、君のお父さんがとても大切にされていた。困難に挫けそうになるとこの模型を手に取って情熱をかき立てていたそうだ。僕が博士号を取得した時、お祝いにって下さった。糸川博士の伝統を受け継いで欲しいとおっしゃってね」

思わず父の名を指でなぞっていた。

「内之浦のご実家に戻ったときでいい。それをお仏壇にお供えしてもらえないかな」

「でも、父が寺島教授にプレゼントしたものなんですよね。だったら先生が持っていてください」

「いや、お返しするのではなく、遙ちゃんのお父さんのそばに僕がいたいんだ」

そうまで言われると何も言えなくなった。寺島も黙って父の遺品を見つめていた。

6

実家のパソコンで入手できるかぎりの北野田義輝に関する情報をかき集めると、冨永は京都駅へと急いだ。

とりあえず新幹線の自由席車両に飛び乗ると三人掛けの窓側席を確保した。幸運にも隣の席が空いている。しかも、通路側に座る若いビジネスマンは京都を出るなりアイマスクをして眠り込んでしまった。

実家で印刷してきた北野田議員の資料を、人目を気にせず開いて、北野田の写真をじっくりと見つめた。これは聴取を行うたびに、冨永が行う儀式だった。

北野田本人のホームページのプロフィール写真では、健康優良児そのままの潑剌とした笑顔を浮かべている。こういうタイプは要注意だ――過去の検察官経験の勘がそう告げていた。

左門のｉＰｈｏｎｅに取り込んだ北野田の映像が、その印象を強くした。街頭演説を撮影したものだが、姿勢の良さに加えて陽気で人好きのする表情、そして良く通る声と滑舌の良さ。まさに非の打ち所のない好漢だ。

三七歳にして、若き総理候補という声が上がるのも無理はない。だがむしろ冨永の分析では北野田の評価は下がった。何もかもをセルフプロデュースしている気がしてならない。好漢に見えるのに隙がなさすぎるのだ。

出自も申し分ない。父方は横浜の資産家で、貴族院議員を輩出した家柄のようだ。一方の母親は財閥系の子女だった。姉は国連職員で、兄は父が創業した貿易商社の社長を務めている。北野田自身は幼稚舎から慶應に通い、大学では体育会のヨット部に所属しアメリカズカップの代表選手候補にも選ばれている。イェール大に留学しロースクールに進み、コネチカット州とワシントンＤＣの弁護士資格を取得している。

それにしても、こういう煌《きら》びやかな経歴の持ち主が、悪い噂がつきまとうような政治家の孫娘となぜ結婚したのだろう。

橘洋平の孫娘、瑞穂《みずほ》と北野田が結婚したのは五年前だ。瑞穂には先天性の心臓疾患があり、乳児の頃は成人までは生きられないだろうと言われた。写真を見ても、線の細い生命力の弱そうな印象がある。その彼女を、幼少期から続けていた華道が変えた。思春期を生き抜いて華道界で頭角を現し、第一線で活躍するまでに至った。

二人が出会ったのは、在米日本大使館で開かれた華道展に瑞穂が招かれたときだという。北野田が雑誌のインタビューで語った話では「電撃に打たれたような運命の出会いを感じた」とある。だが、瑞穂の祖父は二人の関係を認めなかった。それでもめげずに北野田の三年越しのプロポーズに根負けした格好で、二人は一緒になったとあった。

北野田夫妻の写真も左門の告発データにあったが、政界のプリンスと言われる北野田と並ぶ瑞穂は気の毒なほど存在感が薄かった。どう考えても、ミスター健康優良児のイケメン北野田が「電撃に打たれた」ように恋に落ちる女性とは思えない。

このカップルが成立しているのがますます解せない。

橘がもう少し若い時なら、北野田が政界でのし上がる時の後ろ盾にもなったろう。しかし、与党に対して影響力があるとは言っても、既に橘洋平は「過去の人」だ。一期目の参議院議員にすぎない北野田を、将来に渡って支援するには、橘は老齢すぎた。

北野田議員が突破口になると左門は考えているようだが、北野田と橘の関係については、何の資料も提供していない。ざっと調べたところ、橘は孫娘の婿を政治家として高く評価しており、いずれ自身の選挙区を譲るのではと考えられているようだ。参議院から衆議院に鞍替えできれば、北野田総理誕生の可能性は、さらに現実味を帯びてくるのだろう。

もっとも、橘は二男二女に恵まれ、そのうち二人の息子は代議士だった。長男の洋一は、既に大臣も経験しているが、与党内での影響力は弱い。片や次男の洋次郎は二度落選経験があり、大臣ポストの声が今なお掛かっていない。こういう状況で、イケメンの若手議員である北野田を橘が推すのは、橘の派閥内からも歓迎されている。しかし、二人の息子は不快に思っていると、「政界展望」という月刊誌が指摘している。

その記事を読むうちに、あることに気づいた。左門の名簿には、橘の実の息子の名がなかったのだ。小物だからかも知れない。だが、北野田の名は挙げられており、しかも〝売国奴の先兵〟と手厳しい。

橘が〝売国奴のドン〟だとしたら、なぜ血のつながりのない若造を先兵に使うのだろうか。

身内は守り、汚いものはすべて他人に押しつけるためか。だがそれは同時に、溺愛する瑞穂を悲しませることになる。

冨永の口から大きなため息が漏れた。確かな情報が少なすぎる。本気で取り組むならもっと有機的で機動力のある調査が必要だ。一人ではどうにもならなかった。

ではこの一件を洗いざらいぶちまけて羽瀬の支援を乞うのか。

「いや、それはないな」

羽瀬に教えられた特捜検事の心得を思い出した。

――特捜部は全員がライバルなんだ。たとえ上司と部下の間柄といえども、それぞれが手にした情報やネタ元は絶対に明かさない。

検事は独任官庁と言われ、検察官一人が責任を持って事案を処理するのを建前としている。それは被疑者が送致されてきた後、起訴、そして公判に至る際の姿勢について述べているのだが、「結果を出したければ、独自捜査のスキルを身につけろ」と羽瀬は言う。事件の端緒を知ったとしても上司にすぐには相談せず、立件するに足る条件が揃うまで立会事務官以外には情報を漏らさず、隠密裏に捜査をせよという意味だった。

今回のケースは、まさにそれに該当する。だとすれば、北野田を立件するための証拠を手に入れるまでは、一人で極秘の内偵捜査をするしかなかった。

そんなことができるのか。

土台無謀な話なのだ。

左門、申し訳ないけど、僕は国会議員の捜査なんて、やったことないねん。そもそも、ついこの間、初体験したばかりやで。こんな未熟なヘボ検事に、なんて爆弾託すんや。

一〇〇パーセント信用できる告発ではないが、橘の線は何とか活かしたい。そのためにはやはり助けが必要だ。そして頼れる相手は一人しか思いつかない。

冨永は早速五十嵐宛にメールを打った。

〈調べて欲しい人物がいます。参議院議員の北野田義輝です。身体検査に加えて金回り、義理の祖父にあたる橘洋平との関係についても御願いできますか。　冨永〉

調査理由は敢えて書かなかった。確証を握るまで腹を割らないのが冨永のやり方であるのを、五十嵐は知っている。

一部始終を伝えれば五十嵐も張り切るだろうが、今はそのタイミングではなかった。

すぐに返信があった。

〈お申し越しの件、了解しました。少し調べてみます。お急ぎなら、情報を入手するごとに随時ご報告します〉

五十嵐は理由を訊ねてこなかった。

〝できれば午後八時四五分頃を目処に第一弾がほしい〟と返信した。

一時間余りで調べられることなどたかが知れているとは思うが、今は少しでも情報が欲しかった。

ようやく気分が落ち着いてきたので、橘洋平と日本の宇宙開発の資料読みに取りかかった。

橘が三代目理事長を務める日本宇宙開発推進協議会は、戦前から活躍した右翼の大物である西《さい》條文麿《じょうあやまろ》が創設した。確か、橘が私淑していたという情報を何かで目にした記憶がある。つまり橘は恩師の遺志を継いでいるということか。

だが左門は、日本の宇宙開発技術をアメリカに売り渡す国賊のように橘を糾弾している。どういうことなのだろう。

これと言った情報に暫く当たらず、諦めかけた時、一本の記事が目を引いた。数年前に橘自身が語った〝我が通産官僚時代の想い出〟という手記だった。

それによると、西條の紹介によって通産省に入省した橘は、その人物から重大な使命を託されたと言っている。その使命とは、「世界一の産業を育て守る」というものだ。

「私が長年原発推進に尽力したのは、それが理由だ。今や、日本の原発技術は世界のトップランナーとなった。ようやく大恩人との約束の一つが成就した」

最後に「それを達成できなければ死ねない」という言葉と共に、宇宙開発について言及していた。

「日本の固体燃料ロケットの技術は、世界一だ。だが、それはまだ研究開発の領域にいる。何とか私が生きている間に、産業としての宇宙開発を軌道に乗せたい」

だとすれば、橘はまったくの大嘘つきということになる。

小田原駅を過ぎたところで、五十嵐からメールが来た。めぼしい情報はほとんどなかったが、北野田は金遣いが荒いだけではないという情報が引っかかった。投資熱が高く、証券取引等監視委員会や国税庁が過去に何度か注目していたらしいとあった。

株ですってカネに困った北野田が、新宅の建設費として、アメリカから特別に資金援助を受けた形跡ありという左門の情報と繋がる気がした。

〈両機関の知り合いに明日、会ってきます。暫くお時間をください〉と五十嵐は結んでいる。限られた時間で調査したものとしては、充分すぎる出来だった。五十嵐に頼って良かった。

品川駅で通路側席の客が降りた。冨永も降車準備を始めた時、突然ダークスーツの男が隣に座った。

「失礼ですが、0041様でしょうか」

何が起こったのか分からなかった。冨永は激しく動揺して男を睨みつけた。

「驚かないで下さい。私は0039の遣いの者です。東京駅に車をご用意しております。しばらくおつきあい願えないでしょうか」

冨永は東京駅日本橋口のロータリーに駐車していた黒塗りのクラウンに押し込まれた。

遣いの者だという男はまっすぐ前方を見たきり何も言わない。冨永は車の走る方向を確認しながら、どうにでもなれ、と開き直った。罠かも知れないが、それでも左門と自分しか知らないコードナンバーを提示された時に、リスクを取ってみる気になった。

車は高輪を抜け白金に入った。細い急勾配の路地を上がると、大きな門構えの邸宅があった。車の到着と同時に銅鉄製の門がスライドする。門柱に大判の表札が掛かっていたが、暗いうえに表札が古びていて文字が読み取れず、主の名はわからなかった。

鬼が出るか蛇が出るか。冨永は妙に冷静だった。

クラウンが車寄せに停まると、若い男が車のドアを開いて出迎えた。男は目を合わせることもなく無言で小さく会釈して邸宅内に案内した。

玄関に入ると今度は白髪の男が待ち構えていた。これも使用人らしい。ずいぶんと大層な家だ。初老の男に導かれて板張りの薄暗い廊下を進んだ。突き当たりの角に立っていたまた別の男にボディチェックされて、携帯電話と左門のスマートフォンを没収された。

「旦那様、お客様がお見えです」

開かれた扉から、籠もったような熱気が廊下に漏れてきた。

「主人は体調が優れません。室温と湿度を高めに設定致しております。ご了承下さい」

冨永を部屋の中に押し入れるようにして、男は扉を閉めた。

密度の高い空気がまとわりついてきた。充分すぎるほど加湿されていて不快だった。目に入るのは板張りの床と壁と多すぎる観葉植物だけだ。小さなルームスタンド一つが灯るだけの陰気な空間の真ん中に車椅子に乗った老人がいた。

「もう少しこちらへ。この椅子に座るといい」

言われるままに丸テーブルを挟んで置かれたアームチェアに近づいた。老人のすぐ頭上に照明があるため逆光になって相手の顔がよく見えない。

「無理を聞き届けてくれて感謝している。まあ、かけたまえ」

右手が上がり、椅子を勧められた。腰を下ろす時に、不躾なくらいに前かがみになって相手の顔を覗き込んだ。

うそやろ……。

「失礼ですが、橘洋平さんですか」

老人の顔が皺で埋まった。笑ったのか。

「君のような若者に知られているとは光栄だね」

罠か。思わず腰を浮かせかけると、老人のステッキが優しく足に触れてきた。

「そう恐がらんでもいいじゃないか。君に危害を加えるつもりはまったくない」

部屋の中を見回した。他に誰か潜んでいるかもしれない。

「安心したまえ。この部屋にいるのは、君と私、そして私の健康管理をする看護師だけだ。むさ苦しい場所で申し訳ないが、私にはここが一番快適で、安全なんだ」

腹をくくれ。冨永は動揺する自らを戒めた。じたばたしても始まらない。ここまで来たら、逃げようもない。それに、橘に会ってみたいと思っていたんだ。むしろ、好機だと喜ぶべきだ。

「驚かせたことをお詫びするよ」

「先生に謝られる道理はありません」

「いや、思わせぶりな誘いでここまで呼びつけたうえに、君を驚かせた。謝るのが筋だよ。それにしても、左門君の話とは随分と印象が違うな」

どういうことだ。知り合いなのか。この男も、左門は売国奴として告発していたのに。

「失礼ですが、近藤とはどういうご関係ですか」

「うん、そうだね。まあ、同志と呼ぶのが一番適切だろうか」

「何の同志です？」

「我が国をアメリカから守るためのね」

何を言ってるんだ。

「驚かないところを見ると、無事に左門君のファイルに目を通したんだね」

答えるつもりはなかった。橘は肺か気管支が悪いのだろうか。呼吸が苦しそうだ。また、時折声が抜ける。確か、八七歳だったはずだ。全身が弱っていてもおかしくない。

「そう言えば君は人一倍慎重だと左門君が言ってたよ。慎重しんちゃん、そんなあだ名もあったそうだね」

「小学校の卒業文集を入手すれば、その程度の情報は簡単に拾えます。近藤と先生がお親しいという裏付けにはなりません」

老人の息が漏れた。また笑ったらしい。

「では、孫娘の婿のＳＥＣ銀行の口座番号を君に教えたとしたら信用するかね？」

橘は鈍い眼差しでこちらを見つめている。

「大変興味深いご提案ですが、先生、話を順序立てて伺ってよろしいでしょうか。近藤と先生は、どのようにお知り合いになられたのでしょうか」

橘はすぐに乗ってこなかった。自分のペースを崩されるのは嫌いなのだろう。だが、冨永としても、このままでは前に進めない。しばらく黙っていたら、向こうが折れた。

「よかろう。私が左門君と出会ったのは、私が理事長を務める日本宇宙開発推進協議会の理事会での席上だった。彼は文科省の研究振興局長に同行していた。実際は課長補佐である彼が事務方の責任者だった」

宇宙関係で二人が繋がっていたというのは、妥当な線だ。ただ、名誉職に近い理事長とたかが省庁の課長補佐が親しくなるのは不自然だった。

「彼は非常に勉強熱心でね。日本の宇宙開発について学びたいと言ってきた。最初は推進協の主任研究員が対応していたのだが、ある時私に会いたいと言い出したんだ」

物怖じしない左門ならあり得るだろう。とはいえ、相手は政界の大物だ。若い官僚風情が「会いたい」と言って、おいそれと叶うものでもあるまい。

「主任研究員からも左門君がとても勉強熱心だという報告もあったので、会ってみようと思ったんだ。あんな威勢のいい若手官僚は久々だったね。京都という街はときどきああいうのを輩出するね。物事を多面的に見るし、人脈を作るのもうまい。おまけに人の口から情報を引き出す能力にも長けている。人一倍アクが強いくせに一緒にいて気持ちの良い男だった。我々は意気投合した。ここで朝まで語り明かしたよ」

この不気味な男と朝まで語り明かしたのか。左門、おまえはほんまに凄い奴やな。それとも、とんでもなく鈍感なんか。

「世間から自分がどんな風に思われているのかは理解しているつもりだ。だがね、あの男はまったく無防備だったんだよ」

単に左門は無知だっただけかも知れない。いや、それはないな。あいつの陰謀好きは筋金入りだった。

「左門君とのエピソードはこれくらいにしておこうかね。私が言えば言うほど、君の不信感は強まるんだろう。それよりも君が質問してくれないか。その方がお互い心おだやかに過ごせるね」

橘は電動の車椅子に座っている。メディアを通して見るよりは随分痩せているが、背筋を伸ばした姿には威圧感がある。

左門との関わりはさておき、訊きたいことは山ほどあった。

7

「本郷五郎との関係を教えて下さい」

いきなり生臭い話題で怒るかと思ったが、相手は少し口をすぼめる程度でびくともしない。

「なるほど、確か登紀子さんの聴取を担当したんだったね」

特捜部内の者しか知り得ない情報がいきなり飛び出して、不覚にも硬直してしまった。

「別に驚くことはない。私と五郎は七〇年近いつきあいだよ。もちろん登紀子さんだってよく知っている」

「本郷氏が先生の陰の金庫番だと目されていたのは、事実だとお認めになるんですね」

「そんな下品な言葉は使ったことはないよ。彼と私は刎頸《ふんけい》の友なんだ。陰ながら支援してくれたことを否定するつもりはない」

いかにも政治家らしい答え方だ。

「なぜ、本郷氏の裏金手帳に先生の名前があったのですか」

「誰の名前もないはずだよ。あの手帳にあるのは、数字と地名ばかりだ」

問いに答えず、俺は色々知っているぞと威圧する。それが、この老人のやり方なのだろう。

「四桁の数字は各人の公用車のナンバーを指すと解明しました。また、地名の最初の一字が数字を示すのも」

「君が解読したそうだね。見事だ。左門君が『真ちゃんに解読できひん暗号はありませんわ』と言っていたが、まさにその通りだね」

悪寒が背中を走った。左門の京都弁を上手に真似たからだ。同志かどうかは別にして、二人の間には何らかの関わりがあり冨永が話題にのぼったのは事実のようだ。

「その手帳に、先生への賄賂を示す記録があったのは、なぜですか」

「ほお、君は登紀子夫人の説明を信じてくれたんだね」

「何の話です？」

「彼女は、夫が心から支援したいと思っている方が不利になるような愚行はしない。だから、手帳に私の名前なんてあるはずがないと君に言ったんだろう。その反論を認めてくれたというわけだな」

物は言いようだな。

「答えをはぐらかさないでください。私は、故本郷会長の裏金手帳に、先生の私設秘書である鷹取氏の車両ナンバーがあった理由をお訊ねしているんです」

「鷹取の車が手帳に記載されているなんて、ありえないと思っているから、私に訊ねているんだろう」

頑固な年寄りだな。だが、ここは引き下がれないんだ。

「違います。手帳に頻繁に登場する鷹取氏への裏金の記録についてご説明して戴きたいのです」

橘が手にしていたステッキで床を強く叩いた。

「冨永君、五郎と私は刎頸の友なんだよ。彼が私を支援する時は、政治資金として堂々とカネを出してくれた。私も包み隠したことはない。その事実にウソ偽りはない」

残念だが、それが真実だという証拠はない。一方、検察庁には本郷自筆の裏金のリストという物証があり、そこには橘の私設秘書を示す記録があるのだ。どちらを信じるかとなれば、答えは自ずと決まってしまう。

「大変申し訳ないのですが、私は確たる裏付けのない言葉を信用しないことにしています。手帳に記載されている事実を否定されるなら、証拠を提示した上でご釈明ください」

いきなりうなり声を上げたかと思うと、橘は咳き込んだ。部屋の片隅から体格の良い男が出てきた。冨永は身構えたが、男の目的は橘の看護だったようだ。素早い処置で橘が落ち着くと、再び部屋のどこかに消えた。

「失礼。君は容赦のない男だね。物怖じもしないし婉曲的な物言いもしない」

橘の声はしわがれていたが、呼吸は整っていた。冨永は黙って答えを待った。

咳払いが一つ、部屋に響いた。

「その件については、手帳を盗み、国税に五郎をタレコミ、挙げ句に私を陥れるために、ガサ入れ直前に細工した手帳を戻した奴に訊ねてくれたまえ」

言ってくれる。

「しかし、おっしゃるような人物の存在を確認できませんでした。先生を嵌めた人物に心当たりはおありですか」

「難しい質問だね。具体的な名を挙げるのには限界がある。だが、アメリカに買われた売国奴だとは断言できるね」

冨永はサイドテーブルに置かれた水差しを手にとると、グラスを水で満たした。何か混入されているかも知れないと警戒したが、喉が渇いてたまらなかった。

「売国奴を定義づけて戴きたい」

「なんだと？」

「意味は分かります。しかし、アメリカに通じ、本来は日本の国益となるものを損ねている者とは、具体的に誰を指すのです」

呆れるようなため息が漏れた。

「君は、左門君の文書を読んだんだろ」

「近藤が書いた文書の話をしていません。橘先生が、ご自分を嵌めたとおっしゃる売国奴とは誰を指すのかを伺いたいのです」

「君は、親友が命を賭けて託した訴えを認めないのか」

詭弁を言うな！　僕は左門につまらん知恵をつけたあんたが許せないだけだ。

「近藤の行為を無駄にしたくないとおっしゃるなら、私の問いに答えてください。売国奴とは誰を指すんですか」

また、大きなため息が老人から漏れた。思い通りの反応をしないと分かったのだろう。

「いいだろう。ならば、はっきりと言おう。私を嵌め、罪に陥れようとした張本人は、中江信綱官房長官だ」

「彼が売国奴だという証拠をお持ちですか」

「証拠、証拠、証拠。君の口からはその言葉しか出ないのか」

いきなり橘は、激しく何度もステッキで床を突いた。慌てて闇の中から看護師が現れた。橘は看護師の方を向きもせずに「下がっておれ」と怒鳴った。

橘が落ち着くまで、冨永は沈黙した。やがて、老人の息が整った。

「近藤が書いた告発文を信じたいと思っています。しかし、私は検事です。証拠もない告発を受け入れるわけにはいかないんです」

「いいだろう。ならば、君が私の話を黙って聞き、責任を持って中江を追い詰めると約束してくれるなら、君が欲している証拠とやらを渡す。それでどうかね」

本当にそんな証拠があるのだろうか。

相手は永田町の妖怪と呼ばれた男だ。もしかすれば、官房長官を売国奴と確定づける決定的な証拠を持っている可能性はある。

尤も、左門は目の前の老人こそが、売国奴のボスだと書いていた。そんな男がなぜ、仲間を売ろうとするのか。

それが分からなかったが、冨永は一歩踏み込むことにした。

「分かりました。では、伺います」

8

「日本は未だ、独立国家たり得ていない。戦後、アメリカの庇護の下で経済発展をしてきたからだ。多くの国民はそれを感謝している。それに日本の戦後復興は、アメリカの援助あってこそだったのもまた事実だ。しかし、その裏で、アメリカは日本の富を不当に懐に入れてきた」

別に珍しい意見ではないし、それは一つの思想に過ぎない。

「米軍駐留によって、日本は防衛費を大幅に削減できた。また、旧ソ連や北朝鮮、中国からの軍事的脅威にさらされる心配もなく、ただひたすら経済成長を続けられたのだから、その見返りにアメリカに富を還元するのは当然だと考える日本人は少くない。しかしアメリカに流れ込んでいく富の額がどれほど莫大なものかはほとんど知られていない」

莫大とはいったい幾らなのか。

「当初、売国奴の役目は、アメリカの意思で日本の政財界を監視し、アメリカが欲している富を確実に供給するシステムを守ることだった」

アメリカとしては保護者のような立場で日本を見守りたかったとも解釈できる。あるいは、米国史上初めて自国の国土を攻撃した日本が二度と歯向かわぬよう警戒したとしてもそれは当然ではないか。

「高度経済成長の時代は、それでも良かった。それに、アメリカに対して面従腹背してやり過ごすこともできた。だが一九八〇年代以降、日米のウィン・ウィンの構造が崩れ始めてからおかしくなった」

八〇年代に入って他の先進国が軒並み深刻な不況と先進国病に喘ぎ始めた。片や日本は相変わらず経済成長を続け、経済大国としてアメリカの座を脅かそうとしていた。

「日米貿易交渉が熾烈を極め、アメリカの家電や自動車業界が、日本製品に駆逐され、国民の反日感情が沸騰した。日本では、アメリカの庇護など不要だという発言が各界から起きる。世界最強だったアメリカの地位はもはや沈みつつあった。その頃からだよ。売国奴どもが本領を発揮し始めたのは」

思い出したように橘が咳き込んだ。喉がすっきりしなかっただけなのか、水を一口飲んでから続けた。

「奴らの使命は、対日交渉を有利に展開できる情報をアメリカに流すことに変わった。それによって日米間の経済バランスを維持しようとしたんだ。明らかに日本の国益を損ねる行為を奴らは躊躇することなく遂行した」

まさしくスパイ行為だな。

「それは阻止できなかったんですか」

「もちろん、やれることはすべてやった。だが、連中のネットワークは複雑で強固なうえに何編成もあって、一つを潰したところで効果はなかったんだ。結果、日本はアメリカとの貿易交渉で惨敗してしまった」

「そんな事態の中で先生ご自身は何もされなかったんですか」

「私は当時から日本屈指の親米家という仮面を被っていた」

本郷土木捜査で読み込んだ資料にも、橘がそう呼ばれていたという一文があった。

「本当に仮面なんですか」

「その話は、後回しにしないか。必要ならいずれ話す。まずは売国奴について説明させてくれ」

冨永は黙って頷き、先を促した。

「それでも八〇年代の日米関係は、今と比べると良好だった。貿易交渉で巨額の損失を食らっても、それに耐えるだけの経済力が日本にあったからだ。また、アメリカにもプライドがあり、日本への干渉は必要最小限に留められていた。やがて九〇年代に入って、アメリカは奇跡の復活を遂げた。さて、どのようにして復活したかわかるかね」

「すみません、不勉強で」

「まあ、多くの日本人は無関心だよ。アメリカが奇跡の復活を遂げた最大の要因は、インターネットに代表されるＩＴ産業の隆盛であり、もう一つはそれを利用した国際金融機関の台頭だ」

なんだ、そんなことか。それぐらいなら知っている。もっとすごい真実が明かされるかと期待したのに。

「だがね、本当の原因は別にある。それは、八〇年代後半から九〇年代前半にかけて、彼らが日本経済の強さを徹底的に研究したのが復活の鍵となった」

それは初耳だった。

「具体的には何をしたんです？」

「産業構造や政財界の連携、さらには金融システムなどメイド・イン・ジャパンを支えるバックボーンを徹底的に洗い出した。その情報収集と解析に協力したのも、我らが売国奴だ」

「アメリカが喜ぶ調査結果が出たんですか」

「終身雇用制に年功序列、手厚い企業年金、さらには簿価会計、利益を度外視した甘い融資制度、膨大に積み上がっても不問にされた不良債権などなど。その上、設備投資や研究開発には欠かせない長期投資を可能にする金融システムなどが日本経済の強さを支えていたんだ。これを聞いて何か気づかないかね」

「残念ながら」

「それらは、欧米からあり得ない制度と非難され、日本がバブル崩壊後に全て捨て去ったものばかりだよ」

確かにそうだ。不良債権の多さを世界中から詰られ、その処理に喘いで潰れた金融機関がどれほどあったか。その上、会計制度を時価会計に改めさせられ、護送船団方式と言われた霞が関と産業界の馴れ合いが悪と糾弾された結果、大手証券や銀行が軒並み破綻したのだ。

それらはすべて、売国奴が調査分析した結果だというのか。

「しかしバブルが崩壊したのは、不動産と証券の膨張ではなかったのでしょうか」

「表向きの原因はそうだ。だが、日本経済を破綻させるように仕向けたのはまぎれもなくアメリカだよ。連中はバブルが弾けた後の収奪計画を整えた上で、引き金を引いたんだ」

引き金を引いた、だと。

「つまりは、日本のバブル崩壊はアメリカの陰謀だと？」

がっかりした。この男は、単なるアメリカ憎しの妄想家に過ぎないということだ。

「もはや日本は二度と立ち上がれないかもしれない。二一世紀を迎えた頃、私は本気で心配した。親米族の仮面をかなぐり捨て、この国の富をアメリカに売り渡す輩に鉄槌を下したいと考え始めた」

ならば、なぜやらなかったのだ。バブル崩壊以降、明らかに日本はそれまでとは違う国家に落ちぶれてしまった。現政権も謳い文句こそ勇ましいが、国民に我慢を強いているという状況は変わっていない。

「日本復活の鍵を握っていたのは、原発と宇宙開発だった。原発は既に四〇年以上の実績を誇り、何より日本の原発メーカーの技術力は、世界を席捲している。原発をプラントとして輸出することで、単に発電機器業界をリードするだけではなく、核産業でも、大いなる影響力を有することになる。あと一歩だった。あと一歩のところだったのに、あの震災のせいで立ち往生してしまっている」

そう言えば、原発事故は政権と電力会社の責任であり、原発機器自体に何ら問題はない。事故の経験を踏まえて、より高い安全性を誇る原発が提供できる――と、ある新聞のインタビューで橘が語っていた。

「原発輸出の実現に大きな障害が立ちはだかった時だ。宇宙開発分野で、国際的な偉業を達成した。無人火星探査機『あんじん』の帰還のニュースくらいは君も知ってるだろう」

橘のこの大演説を聞いて、左門は洗脳されてしまったのだろう。

自分が担当している宇宙部門が日本を救う――。戦後の日本の発展を陰ながら支えてきた〝巨人〟の言葉に、痺れたに違いない。

あほやな、左門。このおっさん、どう考えてもいかれてるで。

「今や世界中が火星を目指している。『あんじん』の成果によって日本はその新たなる宇宙フロンティア獲得競争のど真ん中にいち早く杭を打ち込んだ。だが、アメリカが爪を研ぎ、官邸に圧力をかけ、日本の宇宙産業をひと飲みしようと動き始めたんだ。もはや、一刻の猶予もない。だから、私と左門君は命を賭けて、日本の宇宙産業を守るべく立ち上がったんだ」

9

橘の大演説が終わった。

「橘先生、『あんじん』が火星探査で大成功を収め日本の宇宙開発技術が高く評価されたのは、知っています。日本の固体燃料ロケットが日本独自の歴史を刻み、他国を圧倒しているのも、近藤の文書で理解しました。これが、大陸間弾道弾と同じ構造であるというのにも驚きました。ですが、多少精度が高いとはいえ、それだけでアメリカが警戒するものでしょうか」

「ミサイルは精度が命だよ。冨永君は信じられないかも知れないが、日本がまた戦争を仕掛けてくるんじゃないかという妄想を、アメリカは常に持ち続けている。そんな国に自国より精度の高いミサイルなんて持たせたくないだろう」

まあ、その気持ちは分からなくもないが。

「近藤の告発文を読んでも、先生のご説明を伺っても、私にはなぜアメリカが敵なのかが理解できません。例えば、中国や北朝鮮、もしかしたらロシアが、日本で売国奴を育成していたという方が理解できます。確かに、日本にはアメリカの属国的な側面もあるでしょう。しかし、同盟国だし、我々は仲良くやってきたじゃないですか」

「その通りだよ。しかし、何度も言うようにアメリカに余裕がなくなってきたんだ。日中関係も今は悪いが、両者が組んだら厄介だとも懸念している。だから、アメリカは何としても、日本の牙を抜いておきたいんだ」

いや、既に充分日本はアメリカに骨抜きにされている。それは、橘も認めているじゃないか。

「日本の固体燃料ロケット技術が欲しければ、既に国内に存在する売国奴を使えば、簡単に入手できるのでは」

「実はね、宇宙航空研究センターが開発したロケットの設計図などの情報は、ＮＡＳＡを経由してアメリカに渡っているんだよ。だがね、それをいくら解析しても、日本が開発したのと同じロケットが作れないんだ」

橘の言っている意味が分からなかった。

「なぜですか」

「宇宙センのロケット開発は、センターの研究者達の叡智を結集して進められる。設計図には基本設計のみを記録し、そこからさらに様々な実験やシミュレーションの結果を反映して微調整を重ねるんだよ。だが、その微調整は記録されない」

宇宙センのロケット開発費は極めて低いと言われるが、それでも年間二〇〇億円も費やしているのだ。記録も残さず、ロケットを打ち上げていいのか。

「たとえ図面に書き込んだところで、各研究者や技官の経験値までは正しく記録できないんだよ。

ていくんだ」
結局、プロジェクトに携わった関係者が、後輩たちと作業を共にし、コツは口伝《くでん》して伝統を守っ

口伝って……。和菓子職人じゃあるまいし、そんな旧態依然としたやり方で、ロケットを打ち上げるなんて、先端の科学技術を全否定するような暴挙に思えた。

「だからアメリカは、宇宙センのロケット開発を嫌っているんだ。そして、あわよくば潰したいと思っている。しかし、そうはさせないと、我々は頑張ってきたんだ」

なのに、日米共同開発という名目で、中江ら売国奴がアメリカに売り渡そうとしている。それに左門と橘は憤っているという筋か……。

左門が告発したい意図を少しは理解した。今の話が事実なら、確かにアメリカが宇宙開発を飲み込む行為を阻止したいと冨永も思う。

それでも、所詮は橘の言葉以外の裏付けはないし、そもそも左門の告発と橘の立場が不一致なのに何を信じよと言うのだ。

「日本独自の宇宙科学技術の素晴らしさとそれを守りたいという先生の強い意志は理解しました。また、アメリカがそれを横取りしようとしているのを助けている日本人がいるとすれば、許し難いとも思います。ですが、日本国の官房長官が売国行為を行っていると告発するなら、確固たる証拠が必要です」

また、怒りを露わにするのかと身構えた。だが、橘は穏やかに一つ頷いた。

「では、改めて伺おうじゃないか。もし、その確固たる証拠を君に差し出せば、官房長官の捜査に着手してくれるかね」

官房長官への捜査となると、一兵卒の冨永では無理だ。それでも、そんな証拠があるのなら、上層部も無視はできなくなる。

「本当にご提示戴けるのであれば、立件に全力を尽くします」

「結構だ。君の言葉を信じよう」

橘が体を動かして車椅子に座り直した。

「私を逮捕してくれたまえ。そうすれば洗いざらい証言する。もちろん、中江を追い詰める物証も渡そう」

気でも狂ったのかと思った。

「本気ですか」

「私に二言はない。それに、君は私を売国奴のボスだと思っているんだろう。左門君の文書でもそうあったはずだ」

しかし、橘は左門を盟友のように扱っている。冨永には、橘の意図が分からなかった。

「先ほどまで、ずっと中江官房長官をはじめとした売国奴を、先生は糾弾されていました。なのに、ご自身も売国奴だとお認めになるのですか」

分からん奴だと詰るような舌打ちをされた。

「それは、あくまでも中江逮捕の方便だよ。親米族と言われている橘を、日本の国益を毀損する売国奴のボスとして特捜部が逮捕すれば、日本中が大騒ぎになる。そうすれば、中江への追及にも道筋ができるじゃないか」

つまり、売国奴潰しのために自ら捨て石になろうというわけか。その勇気と自己犠牲は、感動的だが、戦略としてはいただけない。

「見上げたご覚悟です。ですが、そんなことをすれば、かえって敵に警戒されるのでは？」

「とっくに警戒されているさ。いいかね、なぜ私がこんなに立件を急いでいると思う。それは、本郷事件が起きたからだよ」

　橘には、物事を順序立てて説明するという発想がないに違いない。いきなり本郷事件に話題を戻されて、冨永はまた迷子になりそうだった。

「あれは、私を陥れるための策謀だ。しかも、本郷の筆跡を真似、本郷の息子にハニートラップを仕掛けた上で、国税庁に密告するという念の入りようだ。この先何が起きるか分からない。だから、私を守るためだと五郎は自らの命を絶ったんだ」

　まあ、愛国者たちの理屈としてはそうなるのだろう。

「つまり、あれは中江の私に対する宣戦布告だよ。だから、私も受けて立つしかないんだ」

　橘や左門が、拙速に走ったわけではなく、苦渋の選択をしたというのも、理屈では分かった。しかし、それもまた何の確証もない。

「先生が売国奴ではないという証拠を提示して下さい。そうでなければ、あなたを信用できません」

　老人が震える手でリモコンを取り出した。

「手が思うように動かないんだ。代わりに操作してくれないか。そう、そちらに向けて再生ボタンを押せばいい」

　黙って指示に従うと、壁際の大型テレビに、いきなり左門の笑顔が映し出された。

なんや、左門、おまえ……。

「真ちゃん。僕らの無茶におつきあい戴き、ほんまおおきに」

フレームいっぱい左門の顔だった。異様な映像の左門がしゃべり続けている。

「心配せんでええし。僕は安全な場所に移動中です。真ちゃん、回りくどいことしてごめんな。でも万が一を考えてガードを徹底したかったんです。僕の知ってるかぎりの知識使《つこ》て一世一代の本気のスパイごっこしました」

何をのんきなことゆうてるねん。あるいは本気にならざるを得ない情況に巻き込まれたか。

「橘先生を売国奴と糾弾したのは、万が一、あのスマホが敵の手に渡った時の予防措置です。橘先生ほどの愛国者は他にいません。それが真実です。せやから、どうか橘先生の話を信じて下さい」

一呼吸おいて、左門が満面の笑みと共に、ピースサインを見せた。

そこで映像が終わった。

冨永は画面に釘付けになっていた。

ほんまやねんな！

心の中で叫んでいた。左門の〝ピース〟は、指を三本立てていた。子どもの頃のスパイごっこに二人で決めたサインだった。

ミッション、成功！

これが二本だと失敗、一本だとまだ行動していないという意味なのだ。

もう一度最後の部分を巻き戻して確認したかったが、未だに一〇〇パーセント信用できない橘には頼めない。

冨永は目を閉じて必死で記憶を辿り、やはり左門の指は三本突き出されていたと確信した。

左門は自分の役割を果たしたぞと伝えているのだ。彼のミッションとは、冨永と橘を引き合わせ、不信感を抱いている冨永に橘を信用するように説得することだろう。つまり、僕を信じてや、真ちゃんというメッセージを送ってきたのだ。

分かったよ、左門。検事としては甚だ不本意やけど、ここはあんたの企てに乗っかるわ。

そう胸中で親友に語った瞬間、無性に左門に会いたくなった。

「何ですか、これは。あんな映像で、近藤の発言の任意性を認めるわけにはいきません。橘さん、あいつに会わせて下さい」

「残念だが冨永君、彼はもうここにはいない。今後、近藤左門君と会うことは限りなく不可能だと思って欲しい」

「どこにいるんです！」

感情的に叫ぶ自分に驚いたが、冨永は必死だった。

「申し訳ないが、それは言えない。だが、私を信用してくれ。彼の安全は守る」

バカ言うな、守ってないだろうが。

「近藤は今、文科省から特定秘密保護法違反で告発されようとしているんですよ。そんなことになったら、彼は破滅です。あなたは各省庁の幹部にも影響力がおありなんでしょう。あんなバカげた告発は即刻握りつぶして下さい。守るなら本気でやれよ！」

「口を慎み給え。君は特捜検事なんだよ」

それが、どうした。妄想めいた陰謀話を散々並べておいて、こちらを諌めるなんて筋違いにもほどがある。

「私は左門の親友です。左門を返せ！」

橘の胸ぐらを摑んでしまった。すぐに看護師が飛んできたが、橘は「大丈夫だ」と言って手で払った。

「冨永君、どうか落ちついてくれ。君の怒りも親友を心配する気持ちも痛いほど分かる。安全が確保されているなら、最初から左門君をここに呼んでいるよ。その方が、君を説得しやすいんだから。でも、本当にいないんだ」

冨永の手が緩んだ。

「失礼致しました。どうか、ご容赦ください」

「謝る必要なんてないよ。それで、先ほどの左門君の話を信じてくれるかね」

あのピースサインを信じる――。そう決めたのだ。

「あなたが、売国奴ではないという話を信じたとしても、一体、私に何ができるんです」

「この問題を阻止できる日本でただひとつの組織に君は属しているんだ。だから、君に協力を頼みたい」

「お言葉ですが、橘さん、巨悪を眠らせないと豪語する特捜検事なんて、もはや化石ですよ。どこにも存在しません」

「いるじゃないか、目の前に」

「ご冗談は結構です」

「本気だよ。君は先入観にも感情にも流されない強い検事だ。しかも君は特捜部に所属している。検察庁とは国家権力そのものだ。そして特捜部はその象徴だ。君らが悪だと認めれば、官邸の主だって逮捕できる。君は、そういう組織に守られているんだよ」

第七章　影の闘い

1

アメリカ、テキサス州ヒューストン――。

NASAのジョンソン宇宙センターでサターンVを見た瞬間に、遙は声をあげた。

全長一一〇・六メートル、直径一〇・一メートル、重量約三〇〇〇トンのサターンVは、宇宙開発史に燦然と輝くアポロ計画を支えた巨大ロケットだった。ロケットは見慣れている遙ですらも、そのスケールに圧倒された。

「わっぜ……」と思わず薩摩弁をこぼすと、寺島が嬉しそうに笑った。

「宇宙開発全盛時の象徴だね。サターンVやアポロ計画の成功がなければ、現在の宇宙開発は今とはまったく違ったものになっていただろう。おそらくスペースシャトルなんて発想も生まれなかった」

「ホント、寺島教授《せんせい》のおっしゃる通りです。僕なんて、もう何十回と見ているのに、ここに立つと、子どもみたいにワクワクしちゃいます」

　ＪＡＳＤＡの現地駐在職員が嬉しそうに同意した。前村という駐在員は日本人宇宙飛行士のサポート業務を担っているが、この日は特別に、寺島ら六人の案内係を務めていた。

「何度見ても、一段目のエンジンには圧倒されますね」

　関岡がロケットの底部を覗き込んで五つのエンジンを見つめている。

　Ｆ１ロケットエンジンは一基あたり三四六五トンの推力を有する五基のエンジンからなる。一段目の底部中央に固定された一基と、首振り機構《ジンバル》を備えた周囲の四基によって飛行を制御している。

「今なお、Ｆ１を越える推進力を持つロケットエンジンはない。これに比べるとＭ－Ｖやイプシロンはまるでおもちゃだろ」

　まったくだ。遙はアメリカのスケールのすさまじさに圧倒されていた。何しろサターンＶの最初の打ち上げは一九六七年なのだ。当時の日本の宇宙開発なんてまるでお子様じゃないか！

「宇宙開発は国家の威信をかけた大事業だ。その発想は各国どこも同じだ。それができない先進国は、日本だけだ」

　寺島の言葉を否定する者は誰もいなかったが、遙は複雑な思いだった。そんなことを断言する一方で、宇宙センが生き残るためだと言って教授は日米共同開発を進めている。それでいいのだろうか……。

　その後、一行は国際宇宙ステーション《ＩＳＳ》の実物大模型が展示されている訓練施設に移動した。

　ＩＳＳは、米ロ日加と欧州宇宙機関《ＥＳＡ》が協同運営している宇宙ステーションで、地上約四〇〇キロ上空を秒速七・七キロ、時速では約二万七七〇〇キロの超高速で飛行する有人宇宙施設だった。

日本は一九八八年のプロジェクト始動時より参加しており、二〇〇八年には「きぼう」と名付けられた実験棟を運用開始して成果を上げていた。

ジョンソン宇宙センターには、ＩＳＳでの活動を円滑に行うための訓練の施設が設けられている。ナンバー9と呼ばれる棟内に広大な空間があり、そこにＩＳＳの実物大模型が宇宙空間に存在するのと同じ状態で横たわっていた。

ＩＳＳは鳥が羽を広げたような形状で、全長一〇八・四メートル、縦七四メートルある羽部分はトラスと呼ばれ、ステーションの主な活動はここで行われる。

トラスには、施設内の電力を供給する太陽光発電パネルが取り付けられており、中央部に宇宙ステーションの駆動を担う心臓部となる与圧モジュールやクルーの滞在施設、実験棟が集まっている。

その見学を終えると、寺島は他に用があると言って一行から離れた。引き続き遙らはステーション内の各国のスペースを順に見学し、最後に「きぼう」に辿り着いた。

内径四・二メートルの「きぼう」の棟内は思ったよりも広く感じられた。

「無重力状態下での作業になるので、天地が分かるよう至るところに印を入れています。うっかり天井と床が逆さまの状態になっても、無重力だと自覚できないままですので。また、壁に手すりがたくさんついているのは、棟内での移動に欠かせないからです」

説明を聞きながら、遙は自分が宇宙空間で作業するのを想像してしまった。同時に、いつか宇宙に行きたいと心から思った。宇宙飛行士になりたいというのではなく、宇宙空間を体感してみたい、という願望だ。こんな気持ちは初めてのことだ。

「実験棟の評判は上々で、ロボットアームの技術なども高い評価を得ています。宇宙における日本の国際協力の象徴だと自負しています」

「その成果を、我々は棒に振るかも知れないわけか……」

関岡が悔しそうに呟いた。

「前村さん、日本がＩＳＳから撤退するという話を耳にしたんですが」

関岡が訊ねると前村は少し迷うような素振りを見せた。

「そういう噂は確かにあります。でも、大丈夫だと信じています」

ＩＳＳの維持費は各国が拠出しており、日本の負担額は年間約四〇〇億円だ。宇宙開発の常識では、四〇〇億などさしたる額ではない。ところが、日本の国会では「無駄遣い」という批判の声が強くなっている。関岡はそれを懸念しているのだ。

「参議院の予算委員会で、北野田というバカ議員が、総理に即時撤退を詰め寄ったんですよ。以来、一気にＩＳＳ撤退問題が現実味を帯びてきました。こちらでも何か動きがあるんじゃないんですか」

そのニュースを知ったときは寺島研全員が呆れ返ったものだ。そういえばあのときはちょっと異様なくらい寺島が取り乱して、遙はなぜか無性に悲しくなった。

実験棟の円形の窓の外を見ると、寺島が金髪のスーツを着た男と深刻な顔つきで話し込んでいる。今回のアメリカ出張ではワシントンＤＣにも足を運び、ＮＡＳＡ本部の幹部とも会って来た。その席上で、寺島教授は、ＮＡＳＡ関係者から「日本は本当に大丈夫か」と何度も問い詰められていた。宇宙を誰よりも愛して、宇宙に人生を賭けている人がなんでこんな目に遭うんだろう。

「日本が抜けるなら、ヨーロッパも同調するという動きもあるようですね」

関岡の情報は前村には初耳だったらしく息を呑んだ。

「本当ですか!?　僕らにはそういう政治的な話はなかなか入ってこないです。でも、これだけの成果を上げ、日本人宇宙飛行士も頑張っているんですから、撤退なんて絶対にあってはならないと思いますよ」

前村の意見は、ここにいる全員の願いだと遙は思った。

遙にとっては夢のような視察旅行であるはずなのに、なぜか時々、不穏な影が不意に湧き出てくる。

「諸君、しっかり見学できたかな」

実験棟の入口で寺島が待っていた。

「本場のステーキで晩飯と行こうか」

そうこなくっちゃ。悪いことばかり考えて不安になるより、希望を見つめて前進していこう。

今の私にはそれしかできない。遙は先ほどから数回空腹を訴えていた腹を軽く摩《さす》りながら一行に続いた。

2

「どうも謎の多い男ですね」

冨永は、五十嵐が集めてきた写真を見つめた。二週間前、橘から託された北野田議員の収賄事件に関する証拠物件の中に、数枚の写真が含まれていた。

グローバル・インプ（GＩ）代表取締役木戸《きど》孝宏《たかひろ》、四一歳。同社は、官公庁や大手企業への通訳派遣や国際会議のコーディネーションを業務としている。木戸はアメリカのジョージ・ワシントン大学を卒業後、シンクタンクやコンベンション企画会社勤務などを経て、一〇年前にGＩを設立していた。

写真には木戸と北野田がそれぞれ写っている。木戸が重そうなボストンバッグを手にしてホテルオークラの一室に入室する瞬間を捉えたものが一枚、次の一枚には同氏が手ぶらで部屋から出てくるところが撮影されていた。さらに、そのボストンバッグを手にした北野田が同じ客室から出てロビーを横切る姿を捉えた写真もある。これを決定的な証拠とするのは難しいが、木戸から北野田に何かが渡されたのは推測できる。

ボストンバッグには現金で三〇〇〇万円が入っていたと橘は言った。北野田が大京信金に現金を預けたのは、形式上は融資を受けたことにしたいからだという。ご丁寧にも写真のボストンバッグと同型のものも証拠物件として冨永に渡されていた。

信金とはいえ、バブル崩壊以降金融機関への規制がより厳しくなった中で、果たしてそんな無茶が通るのか。もっとも、政界が怪しいカネを融通する際に大京信金を利用するのはもはや業界の常識らしく、帳簿操作程度は朝飯前らしい。

「信じられないだろうが、過去に私も何度もお世話になっている。いくらでも証言するよ」と橘は苦笑いした。さらに、その帳簿操作をした責任者の名前も分かっている。叩けば埃がいくらでも出るので、任意で呼び出して締め上げれば、すぐに自白するはずだという。

だとすればカギを握るのは、北野田に現金を融通した木戸か。木戸はアメリカの現地工作員《アセット》の一人だと橘は言う。主に不測の事態が発生した際のトラブルシューティング役らしい。それをどう落とすか、だな。

五十嵐が調べた限りでは、木戸個人に現金を三〇〇〇万円用立てるほどの資金力はない。従って、北野田に渡したカネの出所は別にあると考えるべきだった。

資金源は米国情報機関の出先だと橘はいうが、それを調べる術はない。用意された証拠を確認した富永は、これらの情報と証拠では北野田の収賄の立件は無理だと橘には告げた。

木戸から三〇〇〇万円を受け取った事実を突きつけたとしても、北野田は「借りた」と返すだろう。借用書も用意しているはずだ。

カネの融通があったからこそ、北野田は宇宙予算を削減せよと国会で質問したのであり、収賄罪が成立する。問題は木戸に「借りた」カネが質問の見返りだと証明できるかどうかだ。木戸か北野田に「アメリカから買収工作を頼まれた」と証言させるしかないが、そんな証言は前代未聞だ。

それでも立件するとなると、木戸がキーパースンになる。彼が米国政府のアセットであること、あるいは日本がＩＳＳから撤退するのを望む企業の代理人であると証明すればいいのだから。

五十嵐と手分けして北野田と木戸について二週間かけて調べた結果、彼らはグレーではあるが決定的なクロにはほど遠い――という結論しか得られなかった。

やはり、橘に〝自首〟してもらうしか策はないのか……。

自らを逮捕して中江を揺さぶれという橘の提案には乗りたくなかった。もっと徹底的に証拠を固めた上で、中江を一気に追い詰めたかったのだ。

だから、より現実味があると判断した北野田のラインを攻めた。しかし、それは難しいようだ。腹を決めるときか……。すなわち、羽瀬に全てをぶちまけるときという意味でもあった。

そのとき、携帯電話が鳴った。智美だった。仕事中に電話してくるなど、よほどの事情でないかぎり妻はやらない。すぐに応答した。

「お仕事中にゴメンね。今、特定秘密保護法違反で左門さんに逮捕状が出たって臨時ニュースが流れたの」


左門の指名手配をニュースで確認してから、相談があると言って羽瀬の部屋に駆け込んだ。

左門の逮捕状を請求したのは東京地検特捜部だと、ニュースは明言した。だとすれば、羽瀬はこの件に関する詳細を把握していると考えていいだろう。冨永が左門の幼馴染みで、文科省の関係者に接触されたのも承知だろう。つまり、左門の一件を羽瀬に隠しても無駄ということだ。最近、身の回りに起きたことは正直に報告するしかない。問題は、そこに橘洋平も絡んでいることを告げるかどうかだった。

五十嵐は、「検事のお考えの通りに行動して下さい」と言った。ただその後で、羽瀬に打ち明ける時期かも知れないと続けた。

それでも冨永の決心はつかなかった。

しかし副部長室のドアを開け、羽瀬と目が合った瞬間、羽瀬は用件を知っていると直感した。

「先ほど指名手配された文部科学省の課長補佐、近藤左門は私の幼なじみです」

「ほお、そうか」

探るような目を向けられたが、直立不動の姿勢で耐えた。

「近藤の容疑事実について伺ってもよろしいでしょうか」

「知りたい理由を言え。幼なじみだからか」

「あれは濡れ衣だと、確信しているからです」

羽瀬の薄ら笑いが消えた。

「それでも特捜検事か。容疑事実を知りもしないで、被疑者と知り合いというだけで無実だと主張するのか」

「では、容疑事実を教えて下さい」

いきなり羽瀬が両足をデスクの上に上げた。

「相変わらず太々《ふてぶて》しいな、冨永」

羽瀬が文書を突き出した。逮捕状の写しだった。容疑事実は、文部科学省が特定秘密に指定した情報を某国に漏洩した容疑——。

なんだ、このいい加減な容疑は。

「文科省が指定した特定秘密とは何ですか」

「知る権利はおまえにはない」

「某国とは？」

「それも知ってはならない。それより冨永、比嘉が参考人として、おまえを聴取したいと言っているぞ」

左門の事件は冨永の部署が担当しているという意味だ。そして、自分が蚊帳の外に置かれていたという証でもあった。

「必要であれば、いくらでも」

「ふざけるな！　貴様は特捜検事なんだぞ。こんな厄介な事件の参考人として取り調べられるなんぞ、言語道断だ」

「何一つやましいことなどありませんので、比嘉さんの聴取で身の潔白を証明します」

羽瀬が睨んでいる。腹の底まで透視されそうな眼力だ。

「ならば、俺がやる」

「おっしゃっている意味が分かりません」

「おまえの聴取は、俺がやると比嘉に言った。今、ここで俺に話せ」

これは思いやりだと、即刻理解した。冨永が承諾すると、正面に座れと言われた。その位置関係は、検事が被告や参考人を聴取するのと同じだった。違うのは、記録者である立会事務官がいない点だけだ。冨永は窓際にあった椅子を運んできて座った。

「おまえには一〇三条違反の疑いがある」

刑法一〇三条とは、罰金以上の刑に当たる罪を犯した者又は拘禁中に逃走した者を蔵匿し、又は隠避させた者は、二年以下の懲役又は二〇万円以下の罰金に処せられる――犯人蔵匿罪だ。

「事実無根です」

左門を匿い、逃がしたのは橘洋平だ。

「最後に近藤容疑者に会ったのはいつだ」

「二ヶ月前です」

「文科省関係者に会って、近藤容疑者が秘密法違反で近々指名手配となるのは、知っていたな」

「答える必要はないと思います」

「これは非公式の聴取なんだ。正直に話してくれ。文科省の連中は、おまえに接触してきたのか」

　羽瀬の声の調子が変わった。俺を信用しろ。そう言っている。

「三週間ほど前です」

「俺や部長は、近藤への告発を受けるまで、文科省からそんな事実を知らされていない」

「報告を怠りました。お詫びします」

　羽瀬は文科省に対して怒っている。検察庁に仁義も切らずに特捜検事を聴取するなど無礼千万と、羽瀬は憤慨している。

「奴らは、おまえに何を訊ねた」

「近藤の行方と、預かり物がないかと」

「何と答えたんだ」

「知らないと」

「本当はどうなんだ」

「行方については知りませんでしたが、預かったものはありました。しかし、彼らにそれを報告する義務はありません」

　いきなり羽瀬が笑った。

「まったく、おまえという奴は、どういう神経をしているんだ」

褒めてくれているのだろうか。冨永は黙っていた。

「何を預かった？」

「近藤のスマホです」

「今、持っているのか」

「しかるべき所に厳重に保管してあります」

保管場所については訊かれなかった。

「それが本当に最後なんだな」

しばらく考えた上で、前に進もうと決めた。羽瀬には洗いざらい話そう。

「直接は」

「どういう意味だ」

「ある場所で、彼からのビデオメッセージを受け取りました」

羽瀬の眉間の皺が深くなった。

「それは、どこだ？」

「橘洋平の自宅です」

3

羽瀬が口を半開きのまま、こちらを見た。さすがに驚いたらしい。

「なぜ、橘が繋がるんだ」

「橘は、日本の宇宙開発の守り神を自任しています」

我ながらバカバカしい答えだ。羽瀬に「詳しく話せ」と促され、冨永は今日に至るまでの経緯の詳細を全て話した。

羽瀬はじっと聞いていた。メモの類も一切取らず、話を遮ろうともしない。

「それで全てです」

複雑怪奇な顚末が果たして正確に伝わっているかどうか、手応えがないまま冨永は話し終えた。話に集中していて、デスクの上に投げ出された羽瀬の足がいつの間にか下ろされていたのにも気づかなかった。

「それで、近藤左門はどこにいる？」

「知りません」

「北野田の容疑は固まったか」

「状況証拠ばかりで難航しています」

信金の通帳の入金記録、グローバル・インプ社長の木戸がボストンバッグを手に、北野田がいたと思われるホテル客室に出入りする写真、北野田が捨てたバッグ――。入手したものを列挙した。

「キーマンは、木戸か」

「木戸を呼ぶだけの裏付けが見つかりません。それよりも北野田をインサイダー取引で引いた方がいいと思います」

証券取引等監視委員会《SEC》の内偵が大詰めという情報を五十嵐が摑んでいた。

羽瀬は低く唸ると、頭の後ろで両手を組んで天井を仰いだ。

「そっちの固めはできているのか」

「SECは立件に自信を持っています」

「一つ訊くが、事件の全貌を明らかにするためなら自分が逮捕されてもいいと、橘は本当に言ったんだな」

羽瀬が何を考えているのか察した。だが果たして、それは得策なのだろうか……。他に選択肢がないのは分かっていたが、まだ迷っていた。しかし、覚悟を決めて頷いた。

「そうか。その件は少し考えさせてくれ。その間におまえにやってほしいことがある」

「何でしょうか」

「白金で2DKほどの部屋を借りろ」

橘の自宅近くに前線基地を置くのか。羽瀬は積極的な協力を橘に求めるつもりらしい。

「承知しました」

「それと、おまえは当分謹慎処分にする」

「なぜです」

想定外の命令だった。

「重大事件を上司に報告する義務を怠ったんだ。当然だろう」

冨永は項垂《うなだ》れるしかなかった。

「北野田議員捜査のために集めた資料と一緒に、白金の部屋で謹慎しろ」

4

遙が今まで見たどの空よりもカリフォルニアの空は美しかった。青さだけなら内之浦の方が濃いかもしれない。だが、乾いた空気のせいか、明るさが違うのだ。思わず大きく手を広げて深呼吸すると、隣に立っていた関岡も両手を広げている。ロサンゼルスから東へ車で一時間ほど走ったパサデナにあるジェット推進研究所《JPL》の中庭で、宇宙センの一行全員が嬉しそうに空を見上げている。訪問前に「ＪＰＬは、宇宙センを大きくした先端施設」とだけ説明されたが、その規模は桁違いだった。

敷地面積は、宇宙センのゆうに三倍はあるだろう。

負けた――。あれほどアメリカを、ＪＰＬを憎んでいたはずだったのに、アメリカの宇宙開発の凄さとスケール感を目の当たりにして、これでは相手にならないとはっきり理解した。だとすれば、今はアメリカの宇宙開発の全てを吸収するしかない。どっぷりとここに浸り、日本が勝てる方法を探るのだ。

「遙ちゃんがそうしたくなるのも分かるよ。ここに来ると、みんな深呼吸したくなるんだ」

寺島がおかしそうに言った。全員がカリフォルニアの空気を深呼吸したところで一行は施設の概要について説明を受けた。ＪＰＬは建物ごとに愛称があった。ビーナス、マーキュリー……。いずれも太陽系の惑星で、それぞれの棟で、その惑星の研究をしているのだという。そのほかにも深宇宙《ディープスペース》に特化した研究施設や地球環境など膨大な種類の研究部門が広い敷地内に点在する。

ＪＰＬは宇宙の森だと関岡が言っていたが、現地に来てその言葉通りだと実感した。「あんじん」で火星でのサンプルリターンに成功したとはいえ、宇宙開発における日米の差は歴然としていた。

「遥ちゃん、準備はいいかな」

ＪＰＬの教授と談笑していた寺島が声をかけてきた。寺島と関岡が共同研究するインテグラル・ラムジェットエンジンを援用した新型ロケットのプレゼンテーションがこれから始まる。

ＪＰＬという名前に反して、ここでは現在、宇宙ロケットの開発がおこなわれていない。探査機と人工衛星の開発を主目的とする研究所なのだ。そんな場所で、新型ロケットのプレゼンテーションを行うのは奇異だった。

関岡に尋ねると、「どうやらＪＰＬが、新型無人ロケットの研究開発を始めようとしているそうなんだ。それで、寺島教授《せんせい》と僕の研究に白羽の矢が立った」ということらしい。

もっとも彼らの研究内容について遥が知ったのは、日本を出発する一〇日ほど前のことだ。突然、寺島から論文の束を渡されて、パサデナに到着するまでに読んでおくようにと指示された。

遥が苦手な英文だったせいもあるが、論文を二度読んでも今ひとつわからなかった。正直に告げると、関岡が論文を補足するイメージ映像が録画されたＤＶＤを貸してくれた。それを見て初めて二人の研究を理解した。と同時に、度肝を抜かれた。どうすれば、こんなＳＦ映画のような発想ができるのか……。

こんなとんでもないアイディアをプレゼンした時、ＪＰＬの教授たちがどんな反応をするか、楽しみだった。

「この度は、お忙しい中、貴重なお時間を戴きありがとうございます」

寺島は出席者に丁重に礼を述べてから〝プロジェクトオメガ〟と名付けた新型ロケットは、空中発射ロケットの応用からスタートしたと切り出した。聴衆は二〇人ほどだったが、すでに室内は熱気に包まれていた。

空中発射ロケットとは、宇宙ロケットを成層圏近くまで空輸し発射する方法だ。これはロケット燃料の軽減、つまり、コストダウンを目的とした手段で、考案当時は大きな注目を浴びた。だが、ロケットを空輸する母機の維持費が掛かったり、ロケットや探査機の規模に制約があったために、開発そのものが下火になってしまった。

その発想に、関岡がインテグラル・ラムジェットエンジンを持ち込んだのだ。

「まず、高高度気球によってロケットを地上三〇キロ付近まで浮上させます」

寺島の説明に合わせて図説のアニメーションがスクリーンに投影された。

「目標高度に達したら、ロケットを切り離します」

つまり、ロケットは地上に向かって落下するわけだ。この時、ロケットエンジンが点火する。

「重力とロケットエンジンの推進力によって、十数秒後には音速を超えます。その段階で一段目の固体燃料は燃え尽きますが、空洞となった燃焼室をインテグラル・ラムジェットエンジンに転換し、加速します」

要するに、まず地上に向けてロケットを落下させてから、その落下速度とラムジェットエンジンの構造を利用して、超音速まで加速して再浮上させるのだ。まさに奇想天外な発想だった。

あちこちで唸り声やため息が漏れた。

「デルタ翼の効果によって、急降下し続けていたロケットの飛行状態は上空一万メートルあたりで垂直から水平へと変化を生じます。そして地上一〇〇〇メートルで水平飛行となり上昇に転じます。インテグラル・ラムジェットエンジンに加え液体燃料の点火でロケットはさらに上昇。ほどよきところで次に一段目を切り落とし、二段目を着火し、そこから一気に宇宙空間に向かいます」

この方法が実現すると、従来の燃料費の四割減で大気圏突破が可能になる。さらに、一段目のロケットは再利用できるし、地上での打ち上げ施設も不要のため、コストはさらに下がる。コストダウンこそ日本の宇宙開発の最大の使命だと考えている宇宙センにとって、これはまさに夢のロケットだった。

「実験初期はイプシロンロケットサイズでおこないますが、試算上では日本最大のM－Vロケットと同規模ロケットの打ち上げも可能です」

そこで寺島のプレゼンが終了して照明が灯された。スクリーンのそばに控えていた遙は、出席者の大半が半信半疑の表情を浮かべているのを見て、がっかりした。

「このプロジェクトの実現可能性は、どの程度ですか」

気難しそうな男性が、ペンを顎に当てながら尋ねた。

「限りなく一〇〇パーセントに近いです」

寺島の強気な答えに、どよめきが起きた。質問者も呆れたように笑っている。

「寺島教授には失礼だが、それは希望的観測が過ぎますな。発想としては面白いが実際のところロケットは地面に叩きつけられて大破して終わるのでは」

関岡は気まずそうに眉をしかめているが、寺島は余裕の顔つきだ。

「では、これをご覧下さい」

高高度気球でロケットが空輸されている映像が映し出された。

「残念ながら、この模型はラムジェットエンジンの構造ではありません。固体燃料を詰め込むだけ詰めてはいますが」

高高度でロケットが切り離された直後に、着火したのが見えた。もの凄い速度でロケットは下降を続けるのだが、ある段階で向きが変わった。そして、やがて水平飛行から上昇へと移行し、海に落ちた。

「なるほど、見事なものだ。だが、これは重量の軽い模型だから成功したに過ぎないのでは」

「計算上は問題ありません。M－Vレベルでもやれます」

「計算上ねえ。では、実施実験はこれからということですね」

老教授の皮肉を喜ぶかのように、寺島の笑顔がさらに輝いてみえた。

「そうです。ここからは、ＪＰＬの精鋭の皆さんと一緒に実現に向けて汗を流したいと思っています」

5

わずか数時間で、五十嵐が手頃な物件を白金で見つけてきた。橘邸から一〇〇メートルもない一戸建て住宅で、地元の不動産業者が一ヶ月限定で格安で貸してくれたという。さっそく下見に出掛けると、ずいぶんと手入れの行き届いた家だった。家電製品だけではなく、家具も揃っている。レンタルハウスとして使っていたのだろうか。

「昨日まで人が住んでたような家じゃないですか。高かったんじゃ」

「それが、一〇万円でいいと言われまして」

水回りやキッチンをチェックしながら五十嵐が答えた。白金でその値段だと、よほどのいわくがあるのだろう。

「家主は？」

「不動産業者当人なんです。おっしゃるとおり何かありそうですが、本人が検察庁に協力できるならばと快諾したので、詮索はしませんでした」

地元で三代続き評判も良いらしい不動産屋の言葉を信じるしかない。

「橘先生の印象はいかがでしたか」

いきなり話が変わった。おそらく、この二週間ほど五十嵐は尋ねる機会をずっとうかがっていたのだろう。

「好印象です。我ながら驚きました」

「冨永検事のお言葉とは思えないですな」

「そうとしか言いようがないんです。最初は永田町の妖怪を前に正直ビビりました。でも、話すうちに警戒心がどんどん薄れてしまって」

「いわゆる人たらしですな」

「おっしゃるとおりです。あんな人物に初めて会いました」

親しくなりたいと思っていない相手を、また会いたいと思わせる手腕——だてに永田町に長く巣くっているわけじゃないと痛感した。

「さすがの冨永検事も脱帽ですか」

「ある意味そうですね。だからといって、橘という人物が潔白だとは思っていませんよ。ただ、彼の提案は捨てがたかったんです」

「それは、ご友人のせいですか」

否定はしないが、たとえ左門でも、罪を犯しているのであれば容赦はしない。

「多少は影響があるでしょう。しかし、橘が自首すると言ったことの方が大きかったです」

「まるで、羽瀬副部長が乗り移ったようなご発言ですね」

五十嵐の指摘にハッとした。そんな自覚は全くなかった。

「橘逮捕のためなら、何だってやるという発想は、私にはありません。ただ、橘の告白を聞いてみたかったんです。彼が求めている売国奴摘発が可能かどうかはさておき、自らの罪を洗いざらい告白するという提案を断る検事はいないのでは？」

自分は売国奴なんぞに興味はない。したがって、彼らに同調するつもりもない。ただ、目の前に暴くべき悪があるのであれば、躊躇しないだけだ——。

左門のファイルを読み、橘の話を聞いてから、一日何度も自分にそう言い聞かせている。そうしなければ、左門が陥った深みに、自分もはまりそうだからだ。

ミッション成功を意味する三本指のピースを見せた左門に、「真ちゃん、あとは頼みまっせ」と言われている気がしてならない。

スパイだの陰謀だのに関わりたくない。そもそもそんな事件は、検察庁に馴染まないと考えている。その一方で左門や橘が地位も名誉も、もしかしたら命までをも捨てて闘う姿勢に、素直に感動しているという自覚はあった。

「では、検事は売国奴の告発にご興味がないわけですか」

「そこまでは言いません。ただ、根拠のない売国奴呼ばわりはできないだけです」

五十嵐が腕組みをして考え込んでいる。

「確固たる証拠があれば、売国奴を退治してもいいとはお考えなんですね」

「五十嵐さん、どうしちゃったんですか。退治だなんて、僕らの仕事に馴染みませんよ。もしそういう裏付けが取れたら、喜んで売国奴でもスパイでも逮捕し起訴しましょう。それが僕らの仕事です」

「検察こそが権力なのだ」という橘の悲痛な叫びが頭にこびりついている。

だが、それは間違いだ。

検察は罪と罰を見つめる番人に過ぎない。権力意識を持った瞬間、冷静かつ適切な判断ができなくなる。

「検事は、本当に不思議なお方ですね。それだけ徹底した法執行官の姿勢を貫かれているのに、時々青臭いほどの正義感を検事の目に感じることがあります。根っからの検事の目です」

今日の五十嵐はどうかしている。だが、事務官としてだけではなく、人生の先輩として尊敬している五十嵐がそこまで褒めてくれるのだ。素直に喜ぼう。

強い西日を背にして座っている五十嵐の顔が、逆光で見えなくなった。

6

遙たちは「ウルトラＡ《エース》」の生産工場《ファクトリー》にいた。ロサンゼルスにある「ウルトラＡ」は、宇宙ベンチャーのトップランカーとして世界中から注目されている。「火星を第二の地球にする」を標榜する同社は、並み居る強豪を押しのけて国際宇宙ステーション《ＩＳＳ》のクルーを運ぶ有人ロケット企業に公認された。

「可能な限り自社製品でロケットを作る。アウトソーシング流行りの昨今に逆行する発想ですが、僕らの強みでもあります」

解説する「Ａ」の社員、曾根崎《そねざき》は胸を張って誇らしげだ。

ＩＴ企業を思わせるクールなデザインの受付ロビーを抜けた先にファクトリーがあった。五階建てのビルに相当する巨大空間からなる工場は中央の通路を境にエンジン製造部門と機体製造部門が分かれており、ガラス張りの中央通路に立てば全ての工程が一望できる。驚くほど開放的だった。

「今ちょうど新型エンジンヘルメスⅦの完成直前の姿が見られます」

「こんなにシンプルなんですか」

ガラスにへばりつくようにしてエンジンの製造現場を見ていた関岡がため息混じりに言った。

サターンロケットを知っている者には、ヘルメスⅦのエンジンは頼りなげに見える。

「複雑であることは故障を招きやすい。それに、重量にも問題がある。我々のモットーは、市販品に少し改良を加える程度の製品で高い効果を上げることなんだ。新型ロケット・イリスXは、このエンジン一〇基を搭載するんだ。オーダーメイドエンジンではなく、既製のエンジンをカスタマイズして積めば、安価で求められる推力を得られるからね」

「何でもかんでも最先端の技術を詰め込んで宇宙を目指すというわけじゃないんですね」

関岡の声にショックの色が滲んでいる。

「それは研究者の発想だよ。僕らは宇宙空間を往き来する交通手段を作っている。だから、経済効率は最重要課題なんだ。関岡、宇宙はもはや夢じゃなく現実なんだよ」

曾根崎も寺島ゼミの出身で、ゼミが誇る天才だと関岡が教えてくれた。カリフォルニア工科大《カルテック》に留学し、二年後にJPLで採用されたが、強い勧誘があって、昨年春からウルトラAの社員となった。

宇宙は現実――。日本では冗談にしかならない言葉を、曾根崎は当然のように言い放ち、寺島も深く頷いている。

「ご存知のようにウチのトップは、SF映画『スタートレック』に憧れて『A』を興すような人間です。シリコンバレーで大儲けした資金をつぎ込んで、飛行機のように日常的な宇宙旅行を可能にする乗り物をつくると豪語している。そもそもロケットの概念が全然違う。半年前にイリスVの一段目が射場への着陸に成功したことで、我々は一つのハードルを越えたんです」

そのニュースは遙も知っていた。初めて聞いた時は大興奮した。大気圏脱出の際に切り離す宇宙ロケットの一段目は、海に棄てた時点で役割を終える。回収する場合はあっても、再利用するという発想はなかった。なのにウルトラAは、一段目ロケットが射場まで自ら帰還するシステムを開発し、実用化の目処を立てている。

曾根崎によると、同社は二〇年以内に、地球から火星まで直行便を飛ばし、しかも一日一〇往復を目指しているらしい。

スペースシャトルの誕生でロケットの再利用が実現したものの、コスト高というデメリットがあまりにも大きすぎてＮＡＳＡは遂に運行を中止した。しかし、そこで停滞しているかぎり、宇宙ロケットが一般利用される可能性はゼロだ。

「Ａ」は遙の宇宙開発の常識を根底から覆す施設だ。曾根崎の話では、製造ラインは日本車のシステムを参考にして作られており、その上ライン責任者は、日本の自動車メーカーからヘッドハントしたという。

最先端を突き進むだけが能じゃない。既存の物を有効活用し、そこに創意工夫があって初めて夢が現実になる。そのためには、いかに低コストに抑えられるかがカギになる。

「ほどよき貧乏」のお陰で知恵を絞ってコストダウンを図ってきたと、宇宙センも胸を張ってきた。だが、ウルトラＡの〝ファクトリー〟を前にしては、まるで子どものママゴトだった。それを自覚しなければ、宇宙予算を削られても文句は言えないかも知れない。

旅の終わりに、遙は重い現実を突きつけられた気がした。本当に日本はアメリカのライバルになりえるのか。人類のためには、日米共同開発こそがベストな選択ではないのだろうか……。

第八章　闇の中へ

1

世間は、左門の話題で持ちきりだった。京都の老舗お茶屋の御曹司という出自が知れると、さらにヒートアップした。夕刊紙や週刊誌は、左門は銀座や六本木で遊び回る男だと批判し、派手なカネの使い方と奇矯が目立つ変人というレッテルを貼った。ひどいものになると左門と北朝鮮の接点をあれこれと邪推して面白がっていた。一般紙まで、生い立ちから現在までの略歴や関係者の談話を毎日のように取り上げている。

冨永の父も心配して何度も電話してきた。事実関係を知りたいのだろうが、冨永の立場では何も言えないとしか返せなかった。

「連日マスコミが店を取り囲んで商売にならへんって女将が嘆いてはるわ。なんか取り締まる方法ないんか」と父は憤慨するが、警察に相談するようにとしか言えなかった。

謹慎という名目で白金別室勤務となった冨永自身は、世間の騒ぎをよそに精力的に橘洋平や日米の宇宙開発についての資料を読み漁った。

資料を読めば読むほど、橘こそがアメリカに日本の国益を売り渡した売国奴のドンと思えて仕方ない。

橘の仮面がそれほどに強固だったと言えるのかも知れないが、それよりも日本を裏切り続けた男と読む方が、はるかに腑に落ちる。

日本の宇宙開発についても、橘が目くじらを立てるほどの価値を見出せなかった。ただ、この先も日本がものづくりを軸に経済活動を行っていくならば、超先端技術を駆使した宇宙開発は、日本の成長産業になりえる。

とはいえ、やはり自分には陰謀という考え方が馴染まなかった。

白金の別室で橘の資料を読み漁って三日目の夕刻、「態勢が整った。一時間後にそちらに行く」と羽瀬から連絡があった。


羽瀬と並んで藤山も白金に現れた。彼女の立会事務官も同行している。

「お疲れっす。先輩、私たちも今日からここでご厄介になります」

心強い助っ人だと安堵しかけて、さらにもう一人ゲストがいるのに気づいた。

「次長検事……」

冨永の体が硬直した。

「やあ、ご苦労様」

写真では見たことがあるが小松本人に会うのは初めてだ。噂通りの飄々とした雰囲気だ。

「いいところだねえ」

小松次長検事は暢気そうに部屋を見渡している。

羽瀬の苦笑いに気づいてようやく富永の体が動き、彼らを応接間に案内した。

「先程、検事総長にもご了承を戴いた。極秘で橘の聴取を始める」

羽瀬の宣言に、思わず身が引き締まった。

「表向きの責任者は羽瀬君になります。総長と私は一切あずかり知りません。冷たいようですが、それが組織です」

もとより覚悟はできている。

「みなさんは当分の間、ここを拠点にして特命捜査に専念して下さい。この件については岩下君も知りませんので、あしからず」

特捜部長が蚊帳の外という独自捜査など尋常ではなかった。

「結果を恐れず正義を貫いてください。追い詰めるだけ追い詰め、獲れる首はすべて頂戴します。但し無理は禁物です。証拠を固めた上での逮捕以外はあり得ないと肝に銘じてください」

結果を恐れるなというのは、ありがたい言葉だった。しかし、次長検事がそこまで言うのは、事件がそれだけ難物だという証しだ。

「最終ターゲットは、中江官房長官だ」

橘が聞いたら感涙するかもしれない。

「羽瀬さん、本当にそれでよろしいんでしょうか」

〝ニッポン骨抜き計画〟は中江だが、売国奴のボスは他にいるだろうと橘は言った。

「いるかいないか分からんような奴は捜しようがないだろ。とりあえずは中江と橘、この二人をサンズイでやれるのなら、十分だ」

橘はそうは思わないだろう。命懸けで動くからには、売国奴の首魁を叩き潰したいはずだ。だが羽瀬の理屈は間違っていない。

「俺が中江を追い詰める。冨永は橘の容疑を固めろ。北野田は、藤山が担当する」

「これは検察の名誉のためにやるのではありません。正義ありて国甦り――。すなわちこの事件《ヤマ》は日本の未来を守るための大勝負です。心してかかってくれたまえ」

小松はそう締めくくると、全員と握手を交した。

賽は投げられた――。冨永は腹をくくった。

2

満員の最終電車に揺られている内に、冨永は気分が悪くなってきた。車内の混雑が原因ではなく、連日の過労とプレッシャーが祟ったらしい。

二子玉川駅で倒れ込むように降りると貧血を起こしてしまい、駅のベンチで座り込んでしまった。

「大丈夫ですか」

声をかけられて顔を上げると、ねずみ色のスーツ姿の男が立っていた。

「ありがとうございます。ちょっと人酔いしただけです」

「お互い大変ですね。寿命を削って死ぬほど働いたところで、ほとんど報われない」

男は馴れ馴れしく話しながら隣に腰掛けた。その態度と、いかにも冨永の仕事を知っているかのような口ぶりに引っかかった。過去に会った記憶はないが、その雰囲気で何となく職業は察せられた。

「失礼ですが」

「ご同業ですよ。とはいえ冨永さんほど頭が良くないので、私のはもっと底辺を這いつくばる仕事ですがね」

公安関係者がいずれ接触してくるだろうとは思っていたが、あまり気持ちのいいものではないな。本来、スパイ事件の捜査は警察庁や警視庁公安の管轄だ。しかし〝敵〟がアメリカとなると事情は変わる。なぜなら公安にとってアメリカは味方、いや〝ボス〟だからだ。

「お会いしたことがありましたっけ？」

「初めてですよ。もっとも私の方は冨永さんのファンでしてね。何でも知っていますよ。ご家族のこと、ご実家のおいしいお菓子も」

最終電車が過ぎ去ったホームには自分たち以外は誰もいない。

「それは光栄です。で、何か御用ですか」

「餅は餅屋、あなたになら菓子は菓子屋と言った方がいいんでしょうけれど、畑違いの問題にはあまり嘴《くちばし》を突っ込まないでください」

「言っている意味が分かりませんね」

「輝かしい検察官としての将来を棒に振ることはありません。あなたにはもっと頑張って戴いて、この国の悪い奴らを一掃して欲しいですから」

「だったら邪魔しないでくださいよ。まさに今、とんでもなく悪い奴らを追いかけているんですから」

冨永が立ち上がろうとすると、二の腕を摑まれた。思いがけない強さだった。

「まだ、話は終わっていません」

「なら、さっさと済ませてください」

ホームを見回る駅員が二人に気づいて近づいてきた。

「白金の先生に手を出さないで戴きたい。あなた方が介入するような話ではない」

「申し訳ありませんが、本日の電車は終了しました」

駅員が話しかけてきた。

冨永はにこやかに立ち上がった。

「ご忠告に感謝します。あ、そうだ、名刺を戴けますか」

男は黙って名刺を差し出した。警視庁公安部の警視だった。名刺には携帯電話の番号がメモされている。

「中西《なかにし》さん」

そう呼びかけたが、男は無視して改札に向かった。冨永の顔に不安が浮かんでいたのか、駅員が心配そうにこちらを見た。

「大丈夫ですか」

「ありがとう。満員電車のせいで貧血を起こしてしまいました。でも、ちょっと休んだので落ち着きました」

男が改札に消えるのを待ってから冨永は歩き始めた。すぐさまこの一件について、羽瀬、藤山、五十嵐にメールで報告した。

〝公安とおぼしき者から接触され脅迫されました。自宅も家族構成も、実家についても調べられているようです。おやすみなさい。冨永〟

家までの道がこれほど暗いと感じたことはなかった。

3

二度目の橘邸訪問では、冨永は往診する主治医の車に身を隠さなければならなかった。今回は羽瀬も同行している。移動中、主治医に橘の体調を尋ねた。

「生きているのが不思議なぐらい衰弱しています。気力が身体の衰えを抑え込んでいるのでしょう」という見立てに、橘が事を急《せ》く理由を悟った。

いつ死んでもおかしくない。だが、このままでは死ねない――。その気迫は、前回会った時にも十分感じ取れた。

橘が主治医の診察を受けている間、窓のない小部屋で待たされた。公設第一秘書が顔を見せた。羽瀬とは顔見知りらしく、意味ありげな笑みを交わしている。

「まさか、こんな場所で羽瀬さんと相対するとは思いませんでしたよ」

畑中という第一秘書が値踏みするような目をこちらに向けてきた。

「得体の知れない若者だとウチの大将が言ってましたが、確かにそんな雰囲気がありますなあ。

冨永さん、大将が期待してます。どうかよろしく頼みます」

そこで公安から警告を受けた件を、畑中にも告げた。

「私たちが極秘捜査の拠点を近所に設けているのも知られている可能性があります。何か対策が必要だと思うのですが」

近いうちに冨永と五十嵐が橘邸を密かに訪ね、本格的に聴取する予定だが、それは本当に安全なのか念押ししておきたかった。

「ここは名実共に要塞ですからね。アメリカさんといえども簡単には侵入できません。でも、万全を期して念には念を入れましょうか」

一軒置いて西隣に一〇〇坪ほどの民家があると、畑中が教えてくれた。老夫妻が住んでいるのだが、所有しているのは橘だ。地下が橘邸と繋がっていて、橘の健康管理ができる部屋もあるという。

「夫妻は邦楽を教えていまして、人の出入りが頻繁にあります。稽古に通うふりをしてお訪ね下さい」

冨永は同意して礼を言った。

「ここからは本気の勝負ですからね。冨永さんや羽瀬さんのご家族の安全も、我々で守るよう言われています」

さすがにそれはやりすぎではないかと思い羽瀬を見ると、彼はありがたそうに一礼した。

本来なら、警視庁に保護願いを出せばよい話である。ＦＢＩほどではないにせよ、証人やその家族を守るチームは存在する。しかし、アメリカの情報機関に狙われている証人など誰が守ってくれるだろうか。むしろ彼らは敵になると考えるべきだ。

橘の診療が終わったらしく畑中に案内されて、冨永らは例の部屋に向かった。

相変わらず薄暗く、湿っぽい部屋だ。ただ、中央にやたら重そうな材質の大テーブルがあるのが前回とは異なっている。そこにはぶ厚い資料の束が置いてあった。

「大変御無沙汰しております」

羽瀬の挨拶に橘は笑って応えた。

「君を自宅に招待する日が来るとは思わなかったよ」

しわがれた声は、前よりもさらに弱々しく聞こえた。車椅子の脇に点滴台があり、その管の先は枯れ枝のような橘の左腕に繋がっている。

「ご体調はいかがですか」

「冨永君と会ってから元気が出てね、このところ夜更かしが過ぎてるんだよ。気にせんでくれ。私は簡単には死なんよ」

気迫で生きているという主治医の言葉を思い出した。

「先生の大切なお時間を無駄にしたくありませんので単刀直入に申し上げます。東京地検特捜部は、先生の告発を立件すべく極秘の内偵捜査を開始致しました」

「大英断だね。あの弱腰の検事総長がよく決断したものだ」

「特捜部の気概をお見せします。ご期待ください」

橘の皮肉などものともせず、羽瀬は力強く断言した。

「それで、どんなふうにやるのかね」

「準備が整えば、先生の身柄を預からせて戴きます」

すなわち逮捕拘束するということだ。実際は橘の体調を配慮して動くが、マスコミには〝逮捕〟と発表する。

「ほお、君の宿願が成就されるわけだね。で、容疑は何だね」

「アメリカの軍事・航空産業からの収賄罪をイメージしておりますが、それは冨永がしかるべく整えます」

羽瀬が遠慮ない調子で話すのを面白がっているのか、橘の目が笑っている。

「但し、本丸は中江官房長官です」

「真っ向勝負というわけか。結構だ。君らの腕前を拝見させてもらうよ。で、私が逮捕されるタイミングは？」

「北野田議員の容疑が固まり次第と考えています」

北野田は金融商品取引法違反で逮捕する予定だ。今頃、藤山が証券取引等監視委員会《SEC》を訪ねて、担当者と詰めの作業をしているはずだった。

「ならば、これも使ってくれ」

テーブルの上のぶ厚いファイルを指さした。

「某商社から北野田が賄賂を受け取った証拠一式が入っている。その商社は、アメリカの軍需・航空コングロマリットの日本代理人を務めている。額は三億円。日本の航空会社の次期主要旅客機の選定への口利きとライバル社のバッシング費用だ」

会議室で現金を受け渡ししている写真に加えて、商社の要望書と誓約書のコピーまである。こんなものがそもそも存在するのが不自然だった。

「あの男が、私の仕事を手伝いたいと言い出したのが二年ほど前だ。奴のことは信頼していなかったし、孫娘に累が及ぶ危険も考えて、当初は認めなかった。だが、本人が強硬だったので、最初の仕事として私宛ての賄賂の受け取りを任せたんだ。写真は隠し撮りだよ。また、要望書や誓約書なんてものは本来作るべきではないが、この男が裏切ったときのために、不正の証拠として利用できるようあえて作成した。要望書の宛名は私だが、誓約書には私の他に代理人として奴の名前もある」

愛する孫娘の夫をいつでも破滅させられる証拠を持っているとは。しかも、そんなことはこれまで一度も言及していない。冨永が橘を信用しなかったように、この男も北野田を全面的に信用していたわけではなかったのだ。つくづく関わりたくない男だと思った。

贈賄側の責任者と窓口となっている総合商社の役員の署名もあった。

「商社の役員も逮捕することになりますが、よろしいんですね」

「検事らしく法律に忠実でありたまえ、冨永君。この商社役員は元国交省幹部だ。こんな企業の賄賂の仲介をするのだから、こいつも売国奴なんだよ」

そう言ってくれればやりやすい。

「さすが、橘先生だ。これだけの資料を用意してくださっていたとは。これで、先生の容疑を考える必要もなくなりました」

羽瀬が感心しながら資料をめくっている。

「羽瀬さん、時間との闘いだからね。くれぐれも迅速な対応を頼むよ」

「肝に銘じます。北野田には数日以内に任意同行をかけます」

「明日にでも動いて欲しいんだが」

「努力します。北野田はまず、金商法違反で逮捕します。その間に、戴いた資料の裏付け捜査を行い、関係者を聴取します」

「北野田の秘書に事情を聞くなら第一秘書の堀田がいい。私が送り込んだ男なので、因果を含めておく」

「北野田議員逮捕に合わせて、宇宙関係者も同時に一人逮捕します」

羽瀬がついでのように告げたのを、橘は聞き逃さなかった。

「誰だ？」

眉をひそめて羽瀬を見ている。

「まだ、申し上げられません」

宇宙航空研究センターの教授だった。米国のＮＡＳＡや情報機関の工作員から多額の研究資金を受け取り、その見返りにＪＡＳＤＡ幹部の個人情報やスキャンダルを米国側に流していた。

「よかろう。但し、宇宙開発のエースはダメだぞ」

冨永が捜査を進めている寺島という教授が、エースかどうかは分からない。しかし、彼はＪＡＳＤＡの解体と宇宙センを丸ごとＮＡＳＡの研究関連施設に提供する交渉において積極的に関わっている。紛れもない売国奴だった。

4

早朝に携帯電話の着信音で叩き起こされた。発信者は藤山だった。妻の眠りを妨げぬよう冨永はそっと寝室を出た。

「早朝にすみません。北野田に逃げられました」

頭の片隅に、疑惑のランプが点《とも》った。

「明け方の香港行きに乗ったのは確認できましたが、その後の行方は不明です」

つまり誰かが逃がしたのではないのか……。

「北野田は妻子連れです」

「羽瀬さんには？」

「伝えました」

歓迎したくない状況だった。それは、橘がやろうとしている事の障害になるかもしれない。すぐ白金に行かねば。

「私は木戸宅に向かっています。羽瀬さんから任同で引っ張るように指示されました」

木戸を逮捕し、北野田を指名手配するつもりなのだろう。

「分かりました。私は白金の別室に向かいます」

電話を切ると再び着信があった。藤山が言い忘れでもあるのだろうとディスプレイを確認せずに出た。

「まだ、何か」

「真ちゃん？」

母だった。

「ああ、ごめん。お母ちゃん、どないしたん？　こんな朝早く」

まさか父の容態でも急変したとか――。

「えらいことやねん――家も店もあかんようになった」

「なんやて？」

「火事よ」

血液が瞬間冷凍されたように体が硬直した。

「どないしょう――真ちゃん、どないしたらええの」

「怪我人はないんか。お父ちゃんは？」

「まだ病院やし。お願いや、真ちゃん」

母を宥めて電話を切ると背後に智美が立っていた。

「何かあったの？」

どうしようか迷ったが、正直に実家の火事を告げた。

「大変!!　わたしすぐに京都に行くわ」

「いや、ダメだ。誰も行っちゃいけない」

「どうして？」

智美が不審な目を向けてきたと同時に、一階の書斎でファックスが鳴った。嫌な予感が走って、階段を駆け下りた。

ちょうど用紙が吐き出されたところだった。


〝火のないところに煙は立たない。

これは最後通牒です〟


「少しは落ち着いたか」

橘邸と地下で繋がっている邦楽教室の一室で、羽瀬が訊ねた。

「起きたことについては受け入れられていないのですが、とにかく一息つきました」

明け方の騒動の直後に、橘の使いだという男がいきなり現れた。冨永と家族を護衛するというのだが、到底信用できなかった。男の携帯電話で橘本人に連絡してようやく、提案を受け入れ用意されたミニバンに家族全員で乗り込んだ。

問答無用で車に押し込まれて混乱している智美に事態の説明を求められたが、詳細を伝えるわけにはいかなかった。左門の事件で我々の身辺も危うくなったので、と説明するしかなかった。

智美は冨永と離れないと言って聞かず、邦楽教室の二階で子供と一緒に仮眠している。

「それより、北野田の行方はつかめましたか」

「香港から中国本土に逃げ込んだようだが、そこから先は分からない」

「妻子連れなのは、橘への脅迫でしょうかね」

「だろうな。我々も踏ん張りどころだな」

木戸は任意同行に応じており、まもなく逮捕する。その後、北野田の逮捕状を取る――、そうすれば北野田の指名手配が大々的に打てる。

「それにしても、予想外の動きです。情報が漏れたのでしょうか」

北野田失踪のタイミングがあまりにも良すぎる。本郷土木事件の際に、本郷五郎の息子をたらし込んだホステスが消えたのと同じだった。

「おそらくそうだろうな」

羽瀬が素直に認めたのは意外だった。何か知っているんだろうか。

畑中が現れて、面会の準備が整ったと告げた。

5

たった数日見ないうちに、橘は一気に老け込んでいた。車椅子に座っているのすら辛そうで、腕が筋張るほど肘置きを握りしめて体勢を保っている。

「冨永君、なんとお詫びをしたらいいのか」

橘は立ち上がろうとして、よろけた。慌てて冨永が抱き留めて椅子に座り直すのを介助しようとしたが、橘は離れようとしない。

「本当に許してくれたまえ。ご家族にまで怖い思いをさせてしまった」

「お気遣いはご無用です」

「いや、こんなバカげたことは君の職責じゃない。政治家や官僚を取り締まりさえすれば、検事としては充分なのだから」

「しがない検事に、国を守るという大役を授けて下さったんですから感謝しています。どうぞ、お気になさらずに」

取り乱す橘を見て思わず口を衝いて出た。果たして本気で思っているのか。いや、すでにそう思い始めている気もする。

それを聞いて安心したのか、橘は車椅子に座り直した。

「冨永へのお心遣いを感謝致します。しかし、仮にも東京地検特捜部検事なのです。彼は立派に使命を全うしますので、ご安心ください。それより、北野田議員です」

それまで黙っていた羽瀬が話に加わった。

「奴は香港から深圳《しんせん》に渡ったらしい。そこから足取りが摑めていない」

犯罪人引渡し条約を結んでいない中国に逃げ込まれるとあとが厄介だ。本土内に紛れられると見つけ出すのは砂漠で針を探すようなものだった。

「私の不徳の致すところです。申し訳ありません」

羽瀬が頭を下げた。

「検察庁から情報が漏れたという意味かね」

「北野田の件を知っているのは、ごく限られた者だけです。無論、警察庁も警視庁もあずかり知りません。お恥ずかしいですが検察庁に内通者がいた可能性を否定できません」

「まあ、いい。それより今晩、私は記者会見を開く。もはや待ったなしだ。君らも覚悟をしてくれたまえ」

「先生、そんなことをしたら瑞穂さまと秋穂ちゃんが」

畑中が心配そうに嘴を挟んだ。

「もしかして北野田から接触があったんですか」

羽瀬の剣幕に気圧《けお》されたのか、畑中がＡ４用紙一枚を差し出した。橘は苦い顔で睨んでいる。

「事務所宛にメールがあったんです。ご家族揃って本日付の香港タイムズを持って立つ写真も添付されていました」

そこには二行だけの短いメッセージがあった。

〝孫とひ孫を犠牲にするほどの価値が
ニッポン国にありますか？　自重を〟

そして北野田家の笑顔のスナップ――。

「想定内だ。気にするな。本日午後六時、永田町の国会記者会館で会見を開くともう決めたんだ。戦後七〇年近くこの国を裏切り続け、その見返りとして莫大なカネを受け取っていたと懺悔する。例の北野田立件に用意した証拠のコピーを記者に配り、北野田を告発し同時に自首する」

死にかけている老人の鬼気迫る決断に反論などできなかった。

さすがの羽瀬も呆気にとられている。

「それで逮捕は、冨永君の手でお願いできないだろうか」

「橘先生、それは羽瀬副部長の役目です」

「いや冨永、おまえがやれ。先生、委細承知しました。では、我々は逮捕状を用意して会見場で控えます」

「無理ばかり言ってすまないね。羽瀬君、もう一つお願いがある」

「何でしょうか」

「冨永君と、二人っきりで話をしたい」

6

「私は、死の病に冒されています。長くても余命一ヶ月だと言われています」

国会記者会館の会見室に収まりきらないほどの記者が注視する中、橘洋平は毅然と切り出した。

冨永はひな壇下手に控えて〝妖怪〟の最後の演説を聞いていた。

「昭和二九年、通商産業省に入省以来、私は終始一貫、アメリカ合衆国に忠誠を尽くしてきました」

一瞬の間《ま》があって、会場の空気がざわつきだした。記者の私語が消えるまで、橘は唇を結んで辛抱強く待った。

「私は今日に至るまで、アメリカの複数の情報機関から資金提供を受け、ニッポンがアメリカに利益をもたらすように取り仕切ってきたのです」

一〇〇人以上の記者が会見室を飛び出していった。世紀の告白が語られているという一報を社に伝えているのだろう。

「私が受け取った報酬の総額は五〇〇億円をくだらない。ほとんどは多くの仲間の尽力の見返りとして配ってしまった」

「いくつか具体例を挙げると」と前置きしてから橘は淡々と告白を続けた。安保運動の活動家に資金を提供し、時の政権打倒を画策、見事に成功したと語った。また、日中関係が良好になりかけると、在中国の活動家に働きかけて教科書問題などで騒動を起こすよう指示したともいう。止めに、バブル崩壊後、銀行の不良債権処理を外資系に委ねる道筋をつけたと言い放った。

「全てに証拠があるわけではないが、いくつかは今お配りしたファイルに裏付けとなる資料を添付しております」

橘事務所のスタッフが配るファイルを、記者が我先に受け取ろうと手を伸ばしている。

冷静に考えれば荒唐無稽な大ボラ話か、ねじの外れた耄碌爺さんの世迷い言だと切り捨てられる話ばかりだった。そもそもたった一人の男が、日本の戦後の重大政治事件の大半に関わり影響を及ぼしたなどありえない。

だが、日本でただ一人、橘洋平だけは「やりかねない」と誰もが思っている。彼は一世一代の大芝居で、自らが築き上げた虚像を実像にして、破滅するつもりらしい。

「この国の発展成長の影には屍《しかばね》が無数にあるんだ。それを忘れないで欲しい」

先日、橘と二人っきりになった時、いきなりそう切り出された。

「左門君が消息を絶った」

頭にカッと血が上った。守ると言ったはずだ。摑みかかりたくなるのを必死で堪えた。

「死んだかどうかは分からない。彼の行動を見守っていたのだが、その網の目から消えてしまったんだ」

「つまり、左門も屍の一つと思えと？」

疲れ果てた瞼が垂れている橘の両眼《まなこ》が、大きく見開かれた。

「次は、私の番だよ」

「あなたは、次々と戦士を投入する総帥でしょう」

「それは違うな。私も日本に命を捧げる戦士の一人に過ぎない」

橘の覚悟は感じた。だが、命を捨てただけで、国が栄えるとは思えなかった。

「私もお国に命を捧げろとおっしゃるんですか」

「そうじゃない。その逆をお願いしたんだ」

「どういうことです。逆とは何を指すんですか」

「屍になって欲しくないんだ。君は売国奴の存在なんぞ知らない一検事で押し通して欲しい」

冗談も休み休み言ってくれないか。ここまで足を突っ込ませておいて、何を今さら。

「もはや、私も抜き差しならないところに来ているのは、ご存じのはずです」

「いや、今なら踏みとどまれる。君は単に私や北野田を収賄罪で追い詰めようとした検事に過ぎない」

そんな話を、誰が信じるんだ。

「私が、左門の親友であり、ここであなたから話を聞いているのを、敵は知っているのですよ。だからこそ、実家が焼かれ、自宅に脅迫文が届いたんです」

「シラを切って欲しい。君は、愚直に捜査をしていただけだと。いや、無茶は承知だ。だが、そうしなければ君や君のご家族はずっと恐怖に怯える羽目になる」

勝手なことを……。

「橘さん、そんなお人好しな敵なんですか」

「そうではない。しかしね、君ならやれる」

急に腹が立ってきた。そんな気休めはやめて欲しい。

「君の行動規範は何だね？　少なくとも愛国心でも凝り固まった正義感でもないだろう。今でさえ全面的に私の話を信じたわけでもあるまい。ただ、検事として私の過去に興味を持ったから協力しているだけだ」

病で青息吐息の老人とは思えない力強い声だった。

「無二の親友の左門君が君を説得しても、証拠がなければ動かない。つまり、君の行動規範は、証拠の裏付けによって罪を暴き、適切な罰を求める検事そのものだろう。だから、左門君から預かった資料を全て破棄したまえ」

「それはできません。そんなことをすれば左門の勇気が無駄になる」

「大丈夫だ。彼が君に提供しようとした情報は全て、私が自首する際に君や羽瀬君にお渡しする。だから、君は手元に資料を残してはならない」

なぜだ。なぜ、大勢の愛国者を犠牲にしてまで日本の国益を守ってきた冷徹な男が、自分にだけそんな配慮をするんだ。

「私が左門から預かった資料を全て破棄したとしましょう。それでも、アメリカは私を排除するのでは。彼らの行動に遵法精神はありません。疑わしきは罰する――では？」

不意に橘が微笑んだ。

「本当に君という男は、強い男だね。惚れ惚れするよ。だからこそ、この橋は絶対に約束を守る。方法は言えないが、君はまったく売国奴について知らない。それを相手に納得させる。なので、つまらない弔い合戦をしないでくれ」

ここで感激の涙に噎《むせ》ぶべきなのかも知れない。だが、冨永は冷めた怒りしか湧いてこなかった。

「それで、よろしいんですか。左門が果て、あなたが命を落としてしまえば、これから誰がこの国を守るんです」

「君だ」

どうやら老人は、頭のねじが数本落ちているようだ。

「自分の言っている意味は分かっているよ。君がいれば、売国奴と闘う戦士はいらない。アメリカから賄賂を受け取っている輩を愚直に見つけ出し、この国の制定した法律で取り締まってくれればいい。君ならそれができるじゃないか」

冨永は納得したわけではない。自らが安全であるとは到底思えない。だが、冨永にできるのは一つだけだ。アメリカだろうが、中国だろうが、公務員が賄賂をもらって便宜を図るような行為を犯すのであれば、取り締まるまでだ。スパイごっこの必要はない。検察官として徹底的な捜査をして、逮捕すればいいという橘の提案だけは、非常に腑に落ちた。

複数の記者が挙手をした。

「悪いが、質問には一切答えない。お配りしている資料の大半は、既に公訴時効が過ぎている。なので、一つ最新の事件について告白する。三ヶ月前の出来事だ。私は総合商社大和商事の専務取締役から、日本の次期主力旅客機としてイーグル社のウイング８８８を推すようにと頼まれた。そして総額三億円の報酬を受け取った。私は長年の盟友である中江官房長官と、孫娘の婿である北野田参議院議員ら複数の議員で国土交通省に圧力をかけ、日本の航空二社に次期主力旅客機選定をウイング８８８にするように命じた。結果は、諸君の知っている通りだ。全ての証拠を持参して、只今から東京地検特捜部に自首する」

そこで冨永は羽瀬に背中を押された。だが、本当に押しているのは橘だ。

橘の座るひな壇を埋め尽くすように林立するストロボが一斉に炸裂した。目が眩んだ次の瞬間、光の向こうに橘が見えた。彼はじっと冨永を見つめている。

冨永は顎を引いて橘に近付いた。

逮捕から二日後、慶應大学医学部付属病院で入院、治療中の橘が息を引き取った。

死因は、持病の心臓病の発作だという。

死因に不審を持った冨永は警視庁に駆け込んで、徹底的な捜査を根津に依頼した。だが、殺人に結びつく痕跡は発見できず、多くの謎を残したまま橘は荼毘《だび》に付された。

7

宇宙センのプレスルームを使って行われた、所員向けのアメリカ研修発表会は大盛況だった。遙も随行員の一人として現地での珍道中を報告し、ともすると深刻になりがちな話に色を添えた。時に会場が笑いに包まれるのは不本意ではあったが、明るく報告できた点については自画自賛した。

「なんで、おまえはいつも良い目を見るんだろうなあ。僕なんて留守番中、予算削減問題でてんてこ舞いだったのに」

門田は不満そうだ。

「おまえだって、これまで何度も先生に欧米に連れて行ってもらっただろ。そのたびに、パスポートはなくす、集合には遅れる、宴会で顰蹙《ひんしゅく》を買うなど武勇伝を繰り広げてくれたよな」

関岡に混ぜっ返されて門田はふて腐れている。そのとき、寺島がプレスルームから出てきた。もう一ヶ所、報告する場所があるそうで、遙は同行するように命ぜられていたのを思い出した。

遙は先輩たちに断って、教授を追いかけた。

「おっ、優秀だなあ、遙ちゃんは。ちゃんと僕の動きを捕捉している」

ご機嫌そうな笑顔の寺島に褒められて、遙は素直に嬉しかった。

「失礼ですが、寺島光太郎教授ですか」

不意に見知らぬ男が近づいてきた。全身に冷たい雰囲気が漂っている。寺島が頷くと、男は名刺を差し出した。

「東京地検特捜部の冨永と申します。少しお話を伺いたいことがありまして」

んだもしたん！　東京地検特捜部ってどういうことね！

寺島も顔を引きつらせている。

「検事さんが、私にどんなご用なんですか」

「どこか部屋の中で話しませんか」

寺島は腕時計を見ている。

「これから所用があって、都内まで行かなければならないんですが」

「では、私どもの車でお送りしましょう」

それって逮捕ってこと！　遙は激しく動揺した。

「教授《せんせい》」

「僕の車に乗ってもらえませんか。検事さんの車になんて乗ったら最後、そのまま逮捕されちゃうかも知れないんで」

寺島の精一杯の皮肉を検事はあっさり承諾した。遙は一気に緊張した。つまり私の運転する車に特捜部の人が同乗するんだ!!

とんでもないことになったと焦りながら、三人で駐車場に向かった。車に乗り込んだ時には、既に遙の掌はじっとり汗ばんでいた。

「ウチの車が付いてきますので」

検事が告げたのも上の空で、遙は発進した。行き先は町田駅前だ。

「ご存じかと思いますが、日本宇宙開発推進協議会の理事長だった橘洋平氏について捜査をしておりまして」

長年にわたってアメリカから賄賂をもらっていたと自首した直後、病院で急死した大物政治家の名が出て、遙の身は固くなった。世間が大騒ぎになったニュースだ。

「橘理事長ですか……。シンポジウムで何度かお会いした程度ですが」

寺島の声が落ち着いているのがせめてもの救いだった。

「今、裏付け捜査を行っているんですが、日米合同での宇宙開発について素人には分からない点がたくさんありまして。一度レクチャー願えないかと思いまして」

なんて図々しいことを。教授は寝る間を惜しむほど忙しいんだ。検事というのも忘れてルームミラー越しに細面の男を睨み付けた。

「具体的には何をお知りになりたいんです」

「ひとつは、先生が座長を務めてらっしゃる日米宇宙開発プラットフォームの具体的な活動です」

それは日米の宇宙開発の研究機関の情報共有を進め、共同研究に弾みをつけようというプロジェクトだ。

「その件については僕でお役に立つかなあ。でも、それと橘理事長の事件とが繋がるんですか」

寺島はリラックスしているように思えた。

「分かりません。それを知るためにも背景を伺いたいんです。あともう一つ、教授の共同研究パートナーとなってらっしゃるサラ・ジョーンズさんについても伺えますか」

種子島で出会った陽気で頭脳明晰なサラの笑顔が浮かんだ。とっても素敵な人で同性としても憧れていた。

「どういうことです？　彼女が何か疑われているんですか」

「そういう訳ではないのですが、少し気になることがありまして」

なんだ、この勿体つけた感じは。本当にこの人は、感じ悪い。

それでも寺島は極めて丁寧に応対している。

「なるほど、分かりました。で、いつがいいんですか」

「できれば、近々で午後から半日頂戴できればと思うんですが」

寺島がｉＰｈｏｎｅを開いてスケジュールを確認している。

「次の日曜日なら何とかなるかなあ」

「一七日ですね。では午後一時に中央合同庁舎第六号館Ａ棟までお越し戴けますか」

寺島が快諾すると、検事はここで降りますと言った。遙が慌てて路肩に寄せると、「無理なお願いをご快諾戴きありがとうございました」と検事は丁重に礼をした。

再び車を走らせて赤信号で停まったときに、遙は大きなため息をもらしてしまった。

「教授《せんせい》、めちゃくちゃ緊張しました」

「悪かったね。そうだ、遙ちゃん、行き先を変更してくれないか」

寺島は遙のアパートに向かうように言った。

「そこからは僕一人で行くよ。遙ちゃんには余計な不安を与えてしまったしね。今日はこれで帰ってくれないか。」

「だったら、私ここで降ります」

「いいんだって。言われたとおりにしてくれるか」

遙はそれ以上抵抗せず、自宅を目指した。数分後、遙はアパートの前で降り、寺島と運転を代わった。

「お父さんからもらったペンシルロケット、まだここにあるかい？」

「いえ、先日実家に帰る用があったので、お約束通り父の仏壇に置かせてもらいました」

「そうか。それは良かった。大事に持っていてくれよ」

それだけ言うと、寺島は車を出した。


翌日、寺島は宇宙センを休んだ。その次の日、横浜市内の埠頭から転落し海中に沈んだという車から、寺島が遺体で発見された。泥酔した状態でブレーキも踏まずに海に飛び込んだらしく、神奈川県警は自殺と殺人の両面から捜査を始めた。

エピローグ

「本当にこれだけですね」

冨永が提出したフラッシュメモリとｉＰｈｏｎｅを指し示しながら、中西が念を押した。フラッシュメモリは、京都の実家でコピーしたものだ。二子玉川駅で脅してきた公安刑事は、ホテルの一室に無駄に不快感をまき散らしていた。

「失礼ですよ。冨永さんは、あなた方との約束を全て果たしたじゃないですか」

冨永の隣に座る五十嵐が抗議した。

「そう簡単には信用できませんよ。何しろ、正義感に溢れてらっしゃる検事さんですから何をするか知れたもんじゃない」

「もう一つコピーしたフラッシュメモリがありましたけれど、おたくが実家を放火した時に焼失しました」

「困るなあ冨永さん、ご実家とお店が燃えたのは単なる失火でしょう」

勝手に言ってろ。冨永がフラッシュメモリを実家に隠したと推測したこいつらが放火したに違いないのだ。

「ほら、その目。ねえ五十嵐さん、こんな目つきの男を信用なんてできませんよ」

「でも、彼は橘洋平事件に際してiPhone内にあったデータを一切用いてませんよ。それに現在は捜査そのものからも身を引いているんだ。事故死した寺島教授についても静観している。目つきぐらいで、ごちゃごちゃ言わないでくれないか」

五十嵐とは思えない高飛車な態度だった。彼がこれほど強気なのはアメリカ情報部の工作員だからであり、中西はその僕《しもべ》である日本の公安の一刑事に過ぎないからだ。

五十嵐が、アメリカのスパイだった——今でも信じられないが、目の前のやりとりを見ていると事実なのだと思わざるを得ない。

「まっ、いいでしょう。私たちとしては厄介事に巻き込まれなくてホッとしていますから。じゃあ、これで」

中西はそう言うと左門のiPhoneとフラッシュメモリを摑み、部屋を出て行った。

五十嵐が深々と頭を下げた。

「我慢してくださったこと、感謝に堪えません」

橘が死んだ日、五十嵐本人から驚愕の事実を告げられた。五十嵐は橘の忠実なる配下であり、同時に二重スパイとしてアメリカの工作員を務めていると。

五十嵐がそうなった経緯を尋ねたが、「言えない」と拒否された。

——私は、米国政府からあなたを監視するように命ぜられていました。

橘さんは、あなたを説得して自陣に引き込もうとしたのに返り討ちに遭い、自首に追い込まれた。それに近藤さんからの告発データは受け取りはしても、あなたは、裏付けがない情報は使えないと一顧だにしなかった。それを私は、ずっとそばで観察して、報告していました。あなたの命を救ったのは、ご自身の行動なんです。

何より、橘さんが期待を寄せていた寺島教授を死に追い詰めてしまった事実は、冨永検事が橘に取り込まれていない証左だと訴えました。冨永検事は常に検察官として、橘と関わったにすぎない――。

そういう筋書きで、五十嵐は米政府に報告したのだという。

寺島に話が及んだとき、冨永は胸が痛んだ。あれは痛恨の拙速だった。彼にプレッシャーをかけることで、日本の宇宙開発を潰そうと謀る売国奴を炙り出そうとしたのだ。

寺島は冨永と会った直後、米国企業の役員が所有している箱根の別荘に向かっている。別荘前に、寺島の車が長時間駐車していたのを巡回していた警邏《けいら》巡査が記録したのだ。おそらくは、寺島は特捜検事に目をつけられたという事実を、その別荘にいた誰かに報告に行ったのだろう。そして不可解な死を遂げた。

その点については悔やんでも悔やみ切れない。しかし五十嵐は、それを冨永を守る道具に使ったのだ。売国奴を潰す刺客ではなく、愚直な一検事という存在であり続けるためだと五十嵐には強く言われた。

その総仕上げが、公安刑事中西との面談だったのだ。

果たしてこの程度で、自分への疑惑が消えるとはとても思えない。ただ、五十嵐が自分を守ってくれているという一点に縋っているだけだ。

自分はともかく家族を守るために、この先も気が休まらない日々が続くのは間違いない。もはやそれは嘆くことではなく、受け入れるしかない現実だと腹を据えている。

左門、どないしょう。僕はなんかとんでもなく遠いところにきてしもたわ。こんなん、殺生や。

ホテルの窓から真っ赤にライトアップされた東京タワーが見えた。

ひとつだけ誰にも言ってない事実がある。左門の全情報が詰まったｉＰｈｏｎｅのデータをもう一枚コピーしていたことだ。それは冨永の鞄の中で眠っている。

物証があれば、いつか必ず告発できる。検察官としての冨永の矜持だった。そして、そのタイミングは自分自身が決める――。

冨永は実家から持ってきたデジタルカメラを手にした。そこに例のカードも入っている。

「五十嵐さん、お願いがあるんです」

手にしていたデジカメで東京タワーをバックに写真を撮って欲しいと頼んだ。

カメラの前で冨永は滅多に見せない笑顔を浮かべ、三本指でピースした。

＊

父の遺影の前で両手を合わせながら、遙は激動のこの一ヶ月を振り返っていた。

寺島の事故からしばらく遙はショックで食事もできなくなり、鹿児島の実家で療養するよう准教授から命じられてしまった。その間に宇宙センでは大規模な組織変更があり、二〇人もの優秀な研究者がＪＰＬへ移籍することになった。そこには関岡の名もあり、三ヶ月後の九月には渡米するという。

遙はカリフォルニア工科大《カルテック》に誘われたが、悩んだ末に宇宙センに残る道を選んだ。門田はカルテックに行くと聞いている。

ＪＡＳＤＡは今後五年を目処にＮＡＳＡとの合併を検討しており、宇宙科学と開発の分野はアメリカに吸収されてしまうという観測が有力だった。噂では、射場も二つあるのは不経済という意見が強くなり内之浦発射場の閉鎖まで検討されているらしい。その一方で国際宇宙《I》ステーシ《S》ヨン《S》への拠出金は向こう一〇年出し続けるとも聞く。

日本が宇宙開発から撤退してしまう――。そんなことがあっていいのだろうか。宇宙開発の末席を汚しているだけの遙でさえも我慢できない話が多すぎた。

だからこそ宇宙センに残って、成果を上げようと思う。果たしてそんな能力があるのかどうか、むしろ「絶望的にない」と自覚しているが、死に物狂いで結果を出そうと決めた。

「遙、宇宙センの先輩ちゅう方がお見えよ」

母に声をかけられて振り向くと、仏間の入口に関岡と門田が立っていた。

んだもしたん！　なんで、二人がここにいるが。

「おお、びっくりしてるな。関岡さん、やっぱ作戦成功ですよ」

門田は胸を張っている。

「突然お邪魔して申し訳ない。内之浦の射場に用があってね。図々しく押しかけた」

母が奥の座敷に案内しようとするのに、二人は遙の父に線香を上げたいといって仏壇の前に座った。わざわざ供物の果物まで持参していて、遙は恐縮しながらもびっくりしていた。

「寺島教授《せんせい》は酔うと、内之浦の思い出をよく話してくれたんだ。八反田のお父さんもしょっちゅう話題に出たよ。お父さんは相当な頑固者だったみたいだね。でも、固体燃料については何でもご存じの日本一の技官さんだったと教授《せんせい》はおっしゃってたよ」

関岡の話を聞いて、遙は嬉しさと誇らしさで顔がほころんだ。

「まだ小さかったので畏れ多くも教授を光太郎ちゃんと呼んでました。教授はしょっちゅうウチに遊びに来てくださって可愛がってもらいました」

「そういう文化こそが宇宙センの伝統だったんだけど、それが失われつつある」

関岡が言うと、門田が神妙に頷いている。

「関岡さん、射場にどんなご用で？」

「内之浦の射場が閉鎖されるかもしれないという件は、八反田も知っているだろう」

辛い話だが、事実を受け入れなければならないと思っている。

「実は射場を買い取ろうという企業があってね」

「つまり、民間に売るってことですか」

「それで射場が存続し、活用されるならむしろラッキーだと思わないか。その社長が明日現地視察に来るんで僕らが案内するんだ」

関岡が身売りに賛成なのが意外だった。

「実はね、お父さんのお参りだけではなく、もう一つ話があるんだ」

関岡と門田があらたまったので、遙も背筋を伸ばした。

「買収の手を挙げているのは、アカマ自動車なんだ」

アカマ？　世界的な大企業とはいえ、宇宙とはかけ離れた企業名で射場と繋がらなかった。

「自動車メーカーが何に使うんです」

今度は門田が口を開いた。

「んだもしたんな話なんだ、八反田。アカマ自動車が宇宙産業に進出するというんだ」

車で宇宙飛行するとでもいうのか。

「びっくりだろ、サプライズだろ。日本の企業もまだまだ捨てたもんじゃないぞ、八反田。アカマ自動車の御曹司が、宇宙ベンチャーを設立して民間ロケットで火星に行くと言い出したんだよ。打倒ウルトラＡだ」

「それで寺島研の全員を開発者としてリクルートしたいと言ってきた。真鍋准教授《せんせい》以下全員だ」

「全員って、関岡さんや門田先輩もですか」

「あったりまえだろ」

この話を聞いた途端、門田はアメリカ留学を取りやめたらしい。

「でも関岡さんはＪＰＬに行かれるって……」

「僕らが提案した〝プロジェクトオメガ〟の研究を、いきなり却下してきたんだ。途方に暮れていたら、アカマ自動車から接触があった」

そんな幸運があるのだろうか。

「信じられません」

「みんなそうだ。けどな、自動車メーカーと宇宙開発は親戚みたいなもんなんだぞ。アカマ自動車は航空産業には参入しそこねたので、ならば宇宙へと考えたらしい。宇宙で世界一を目指すらしいぞ」

門田は興奮を抑えられないようで、それが遙にも感染した。

「マジですか!?　夢じゃないですよね!?」

「捨てる神あれば、拾う神ありだよ。寺島教授が生きてらしたら、どれほど喜んで下さったか」

寺島と二人で呑んだ夜を思い出した。

「じゃあ、お二人とも日本で研究を続けてくださるんですね！　それはほんとに心強いです。おめでとうございます！」

「おい八反田、何、他人事みたく言ってんだ。その会社におまえも来ないかって、僕らは誘いに来たんだよ」

「何で、私なんかを。私まだ修士一《M1》年ですよ」

「そのまま宇宙センで勉強すればいいよ。話はつけてある。それと並行してアカマ・スペースの社員として、そして〝プロジェクトオメガ〟メンバーとして働いて欲しいんだよ」

ありえなかった。そんな凄いこと、そんな嬉しいこと！

「どうだい八反田、僕らと一緒に火星を目指さないか」

迷わず大きく頷いていた。

寺島から預かったペンシルロケットが、父の仏壇のそばで一瞬だけ輝いて見えた。

エピローグ

主要参考文献一覧（順不同）

〈宇宙〉
『逆転の翼　ペンシルロケット物語』　的川泰宣著　新日本出版社
『トコトンやさしい　宇宙ロケットの本』　的川泰宣著　日刊工業新聞社
『こんなにすごかった！　宇宙ロケットのしくみ』　的川泰宣監修　PHP文庫
『はやぶさを育んだ50年　宇宙に挑んだ人々の物語』　的川泰宣著　宇宙航空研究開発機構（JAXA）編　日経印刷
『新版　日本ロケット物語』　大澤弘之監修　誠文堂新光社
『世界一わかりやすいロケットのはなし』　村沢譲著　KADOKAWA
『衛星ビジネス・ウォーズ　大を制した宇宙ベンチャー』　ゲーリー・ドルシー著　高遠裕子訳　日経BP社
『NASAより宇宙に近い町工場』　植松努著　ディスカヴァー・トゥエンティワン
『宇宙へのパスポート2　M‐V＆H‐ⅡAロケット取材日記』　笹本祐一著　朝日ソノラマ

〈検察〉
『検察秘録　誰も書けなかった事件の深層』　村串栄一著　光文社
『新・検察秘録　誰も書けなかった政界捜査の舞台裏』　村串栄一著　光文社

『市場検察』　村山治著　文藝春秋
『検察　破綻した捜査モデル』　村山治著　新潮新書
『小沢一郎VS．特捜検察20年戦争』　村山治著　朝日新聞出版
『検事失格』　市川寛著　毎日新聞社
『ロッキード秘録　吉永祐介と四十七人の特捜検事たち』　坂上遼著　講談社
『特捜検察の闇』　魚住昭著　文春文庫
『適正捜査の要点』　司法研修所検察教官室編　令文社
『東京地検特捜部』　共同通信社社会部著　講談社＋α文庫
『ドキュメント検察官　揺れ動く「正義」』　読売新聞社会部著　中公新書
『検事の仕事～ある新任検事の軌跡～』　阪井光平著　立花書房
『検察官になるには』　三木賢治著　ぺりかん社
『司法改革の時代　検事総長が語る検察40年』　但木敬一著　中公新書ラクレ
『特捜検察（上）巨悪・地下水脈との闘い』　山本祐司著　講談社＋α文庫
『検察讀本』　河井信太郎著　商事法務研究会
〈その他〉
『トップシークレット・アメリカ　最高機密に覆われる国家』　デイナ・プリースト、ウィリアム・アーキン著　玉置悟訳　草思社

『CIA極秘マニュアル　日本人だけが知らないスパイの技術』　H・キース・メルトン、ロバート・ウォレス著　北川玲訳　創元社
『CIA秘録　その誕生から今日まで（上）（下）』　ティム・ワイナー著　藤田博司、山田侑平、佐藤信行訳　文春文庫
『泥のカネ　裏金王・水谷功と権力者の饗宴』　森功著　文春文庫
『アメリカに潰された政治家たち』　孫崎享著　小学館
『研修叢書47　公判前整理手続』　東京弁護士会弁護士研修センター運営委員会編　商事法務

【DVD】
『プロフェッショナル　仕事の流儀　京菓子司　山口富藏の仕事　古都の雅、菓子のこころ』　NHKエンタープライズ

※右記に加え、政府刊行物やHP、ビジネス週刊誌や新聞各紙などの記事も参考にした。

謝辞

今回も多くの専門家の方々からご助力を戴きました。深く感謝いたしております。お世話になった皆様とのご縁をご紹介したかったのですが、敢えてお名前だけを列挙させて戴きます。
また、ご協力戴きながら、名前を記すと差し障る方からも、厚いご支援を戴きました。ありがとうございました。

的川泰宣、樋口清司、坂本啓、小野雅裕、荒堀真生子、青木節子、水戸純子、桑田良昭、中村友哉、萩原利士成、白石紀子、宇宙航空研究開発機構（ＪＡＸＡ）
Justin Tilman、Jeff Greason、Louis Friedman、

麻生和彦、福田浩一、高尾寛弘、

但木敬一、髙井康行、平尾覚、沖田美恵子、村山治
Thomas Blanton、William A. Cira、Bob Wallace、Patrice McDermott、

太田一郎、五反田麻矢、宮原朱未、池原麻里子、安藤良美、番地章、大貫美鈴、

西口司郎

金澤裕美、柳田京子、花田みちの、杉本雅明

【順不同・敬称略】

二〇一四年一〇月

初出　週刊文春　二〇一三年五月二・九日号〜二〇一四年八月七日号
単行本化にあたり、大幅に加筆、修正をしました。

著者紹介

一九六二年、大阪府生まれ。

同志社大学法学部政治学科卒業。

新聞記者、フリーライターを経て、
二〇〇四年、企業買収をめぐる熱き人間ドラマ『ハゲタカ』でデビュー。

二〇〇七年に『ハゲタカ』『ハゲタカⅡ（『バイアウト』改題）』を原作とするNHK土曜ドラマ「ハゲタカ」が放映され、大きな反響を呼ぶ。同ドラマは国内外で多数の賞を受賞した。

他の著書に『虚像《メディア》の砦』『マグマ』『ベイジン』『プライド』『黙示』『コラプティオ』『グリード』『そして、星の輝く夜がくる』などがある。

公式ホームページ
http://www.mayamajin.jp/

売国《ばいこく》

二〇一四年十月三十日　第一刷発行

著　者　真山《まやま》　仁《じん》
発行者　吉安　章
発行所　株式会社　文藝春秋
〒102-8008　東京都千代田区紀尾井町三―二三
電話　〇三―三二六五―一二一一
印刷所　凸版印刷
製本所　加藤製本

ISBN978-4-16-390142-8